Sur l'auteur

Margaret Atwood, née en 1939 à Ottawa, est diplômée des universités de Toronto et d'Harvard. Auteur d'une quarantaine d'ouvrages – *La Servante écarlate, Œil de chat, La Voleuse d'hommes, Captive, C'est le cœur qui lâche en dernier* –, elle est l'un des écrivains les plus estimés de notre époque. Lauréate de dix doctorats *honoris causa*, chevalier de l'ordre français des Arts et des Lettres, elle reçoit, en 2000, le Booker Prize pour *Le Tueur aveugle* puis de nouveau en 2019 pour *Les Testaments*. Margaret Atwood vit à Toronto avec son mari, l'écrivain Graeme Gibson.

Du même auteur
aux Éditions 10/18

CAPTIVE, n° 3534
LE TUEUR AVEUGLE, n° 3538
LA VOLEUSE D'HOMMES, n° 3744
LE DERNIER HOMME, n° 4063
LE FIASCO DU LABRADOR, n° 4534
LE TEMPS DU DÉLUGE, n° 4876
MADDADDAM, n° 4975
C'EST LE CŒUR QUI LÂCHE EN DERNIER, n° 5330
GRAINE DE SORCIÈRE, n° 5534

MARGARET ATWOOD

GRAINE DE SORCIÈRE

Traduit de l'anglais (Canada)
par Michèle Albaret-Maatsch

ROBERT LAFFONT

Pour les citations de l'œuvre de William Shakespeare, la traductrice a puisé dans les traductions d'Yves Bonnefoy, Victor Bourgy et Jean-Michel Déprats.

Titre original :
Hag-Seed

Édition originale : Hogarth, an imprint of Vintage.
Vintage is a part of the Penguin Random House group of companies.
© Margaret Atwood, 2016
© Éditions Robert Laffont, S.A.S., Paris, 2019,
pour la traduction française
ISBN 978-2-264-07413-3
Dépôt légal : avril 2020

Richard Bradshaw, 1944-2007
Gwendolyn MacEwen, 1941-1987

Enchanteurs

« Celui qui s'applique à la vengeance garde fraîches ses blessures. »

Sir Francis Bacon,
« Sur la vengeance »

« ... bien qu'il y ait de braves gens sur scène, il en est certains devant lesquels vos cheveux se dresseraient sur votre tête. »

Charles Dickens

« D'autres îles épanouies se trouvent sûrement
Dans l'océan de la vie et du tourment
D'autres esprits errent et fuient
Au-dessus de ce golfe... »

Percy Bysshe Shelley,
« Vers écrits
au milieu des monts Euganéens »

PROLOGUE :

LA PROJECTION

Mercredi 13 mars 2013

Les lumières s'éteignent. Dans la salle, le public fait silence.

GRAND ÉCRAN PLAT : *Caractères jaunes irréguliers sur fond noir :*

LA TEMPÊTE
de William Shakespeare
interprétée par
La Troupe du pénitencier Fletcher

À L'ÉCRAN : *Le présentateur, vêtu d'une cape courte en velours pourpre, brandit un panneau manuscrit devant la caméra. De l'autre main, il tient une plume.*

SUR LE PANNEAU : UNE TEMPÊTE SOUDAINE

LE PRÉSENTATEUR : Ce que vous allez voir, c'est une tempête en pleine mer :
Les vents rugissent, les marins hurlent,

Les passagers les abreuvent d'injures parce que les choses vont de mal en pis :
Vous allez entendre des cris, comme dans un vilain-ain-ain cauchemar,
Mais certaines choses ici ne sont pas ce qu'on en voit,
Moi, je dis ça…
Larges sourires.
Et maintenant, commençons.
Il fait un grand geste avec sa plume. Cut sur tonnerre et éclairs au cœur d'un entonnoir nuageux, capture d'écran de la chaîne météo. Images d'archives de vagues. Images d'archives de pluie. Rugissement du vent.
La caméra zoome sur un jouet de bain, un voilier qui ballotte sur un rideau de douche en plastique bleu décoré de poissons. Dessous, des mains miment la houle.
Gros plan du maître d'équipage coiffé d'un bonnet à pompon en tricot noir. Des trombes d'eau hors champ lui tombent dessus. Il est trempé.

LE MAÎTRE D'ÉQUIPAGE : Manœuvrez rondement ou nous courrons à terre !
Remuez-vous, remuez-vous !
Vite ! Vite ! Attention ! Attention !
Allons-y,
On a intérêt à s'y coller,
Ferlez les voiles,
Luttez contre les bourrasques,
À moins que vous n'ayez envie de nager avec la rascasse !
VOIX OFF : On va tous boire le bouillon !
LE MAÎTRE D'ÉQUIPAGE : Poussez-vous de mon chemin ! C'est pas l'heure de s'amuser !

Il reçoit un plein seau d'eau dans la figure.
VOIX OFF : Écoute-moi ! Écoute-moi !
Ne sais-tu point que nous sommes de sang royal ?
LE MAÎTRE D'ÉQUIPAGE : Vite ! Vite ! Les vagues s'en moquent !
Le vent rugit, la pluie tombe à verse,
Et vous restez là plantés à regarder.
VOIX OFF : T'es soûl !
LE MAÎTRE D'ÉQUIPAGE : Et vous, vous êtes un idiot !
VOIX OFF : On est fichus !
VOIX OFF : On coule !

Gros plan d'Ariel affublé d'un bonnet de bain bleu et de lunettes de ski irisées, la moitié inférieure du visage couverte d'un maquillage bleu. Il porte un imperméable en plastique translucide orné de coccinelles, d'abeilles et de papillons. On remarque une ombre curieuse derrière son épaule gauche. Il rit silencieusement, tend vers le ciel sa main droite enveloppée dans un gant de caoutchouc bleu. Éclair, tonnerre.

VOIX OFF : Prions !
LE MAÎTRE D'ÉQUIPAGE : Qu'est-ce que vous dites ?
VOIX OFF : On coule ! On va se noyer ! On ne verra plus le roi ! Sautons par-dessus bord, gagnons le rivage à la nage !

Ariel rejette la tête en arrière et rit à gorge déployée. Dans chacune de ses mains gantées de caoutchouc bleu, il tient une puissante lampe torche en mode stroboscope.
L'écran devient noir.

UNE VOIX DANS LE PUBLIC : Qu'est-ce qu'il y a ?
AUTRE VOIX : Il n'y a plus de courant.
AUTRE VOIX : Ce doit être le blizzard. Une ligne a dû lâcher.
Obscurité totale. Bruit confus à l'extérieur de la salle. Hurlements. Coups de feu.

UNE VOIX DANS LE PUBLIC : Qu'est-ce qui se passe ?
DES VOIX À L'EXTÉRIEUR : Bouclez les portes ! Bouclez les portes !
UNE VOIX DANS LE PUBLIC : Qui est le responsable ici ?

Trois autres coups de feu.

UNE VOIX DANS LA SALLE : Ne bougez pas ! Silence ! Baissez la tête ! Restez où vous êtes.

I. LE RECUL OBSCUR

1. La mer

Lundi 7 janvier 2013

Felix se brosse les dents. Puis il se brosse les autres, les fausses, et les remet en place. Il a beau appliquer une bonne couche de crème adhésive, elles tiennent mal ; peut-être que sa bouche rétrécit. Il sourit : sourire illusoire. Simulacre, duperie, mais qui le remarquera ?

Avant, il aurait appelé son dentiste pour prendre rendez-vous, et il aurait eu droit à une luxueuse chaise en similicuir, à un visage attentif exhalant le bain de bouche mentholé, à des mains expertes maniant des instruments étincelants. *Ah, je vois le problème. Ne vous inquiétez pas, on va vous arranger ça.* Pareil que quand on va faire réviser sa bagnole. Peut-être même qu'il aurait eu le privilège d'avoir de la musique dans ses écouteurs et un cachet pour l'assommer à moitié.

Malheureusement, il n'a plus les moyens de s'offrir ce genre de révisions professionnelles. Pour ses soins dentaires, il fait dans le bas de gamme, de sorte qu'il est à la merci de son dentier défaillant. Dommage, il ne manquerait plus qu'une panne dentaire pour son grand final. *Nos réchouichances s'achèvent. Chaluez notre cométien...* Si ça arrivait, son humiliation serait totale ;

rien que d'y penser, il en rougit jusqu'aux poumons. Quand les mots ne sont pas parfaitement prononcés, que le ton manque de justesse et que la modulation n'est pas donnée avec finesse, le charme est rompu. Les spectateurs se mettent à gigoter sur leurs sièges, toussotent et se tirent à l'entracte. C'est une sorte de mort.

« Ma me mi mo mu », lance-t-il au miroir piqueté de dentifrice, qui trône au-dessus de l'évier de la cuisine. Il baisse les sourcils, projette le menton en avant. Puis il sourit d'un sourire de chimpanzé acculé, en partie furieux, en partie menaçant, en partie découragé.

Quelle dégringolade. Quelle dégradation. Quelle déchéance. Oublié de tous dans un trou perdu, il habite une bicoque où il bataille pour survivre ; alors que Tony, ce salopard qui se donne des airs et soigne son image, s'affiche avec les grands de ce monde, écluse du champagne, s'enfile du caviar, des langues d'alouette et du cochon de lait, assiste à des galas et se complaît dans l'adoration de son entourage, de ses larbins, de ses courtisans...

Autrefois courtisans de Felix.

Ça lui reste en travers de la gorge. Ça l'empoisonne. Ça suscite chez lui une envie de vengeance. Si seulement...

Assez. *Redresse-toi*, ordonne-t-il à son reflet grisâtre. *Serre les dents*. Il n'a pas besoin de se regarder pour savoir qu'il a pris du bide. Il aurait peut-être intérêt à s'acheter une ceinture abdominale.

Peu importe ! Rentre le ventre ! Tu as du pain sur la planche, des scénarios à scénariser, des entubages à concocter, des traîtres à traiter !

« Combien ces saucissons-ci ? C'est six sous, ces six saucissons-ci. Tes laitues naissent-elles ? Si tes laitues naissent, mes laitues naîtront. Ma main moite de moire mauve mort la mer. »

Voilà. Il n'a pas bouffé une seule syllabe.

Il y arrive encore. En dépit de tous les obstacles, il réussira. Il commencera par les séduire, même si cette perspective ne l'emballe guère. Il les enchantera, comme il dit à ses comédiens. *Faisons de la magie !*

Et enfonçons-la bien au fond de la gorge de ce salopard sournois, ce tordu de Tony.

2. Charmes supérieurs

Ce salopard sournois, ce tordu de Tony, c'est la faute même de Felix. Ou en grande partie. Il se l'est souvent reproché au cours des douze années écoulées. Il a donné trop de latitude à Tony, il ne l'a pas surveillé, il ne s'est pas penché sur l'épaulette de son élégant costume rayé. Contrairement à tout individu doté d'une moitié de cerveau et de deux oreilles, il n'a pas relevé les indices. Pis : il s'en est remis à ce machiavélique lécheur de bottes au cœur noir qui ne songeait qu'à gravir l'échelle sociale. Il avait gobé son numéro : *Confie-moi cette corvée, délègue, envoie-moi à ta place.* Quel imbécile il avait fait !

Il n'avait qu'une seule justification : il était alors totalement absorbé par le chagrin. Il venait de perdre sa fille unique, et ce, d'une manière terrible. Si seulement il avait, si seulement il n'avait pas, si seulement il avait su...

Non, encore trop douloureux. N'y pense pas, se dit-il en reboutonnant sa chemise. *Tiens ça à distance. Imagine que ce n'était qu'un film.*

Même sans cet événement auquel il ne fallait pas songer, il se serait sûrement fait piéger. Il avait pris l'habitude de laisser Tony se charger des affaires courantes, parce que Felix était somme toute le directeur artistique, ainsi que Tony ne cessait de le lui répéter, et qu'il était au sommet de son art, comme les critiques ne cessaient de l'écrire ; il fallait donc qu'il se consacre exclusivement à ses objectifs les plus ambitieux.

Et il s'y consacrait. Pour créer les expérimentations théâtrales les plus prodigieuses, les plus inventives, les plus impressionnantes, les plus belles, les plus riches qui aient jamais été proposées. Pour mettre la barre à une hauteur vertigineuse. Pour élaborer à partir de chaque production une expérience qu'aucun spectateur n'oublierait jamais. Pour provoquer un choc, un soupir collectifs ; pour que le public, la représentation terminée, reparte en titubant un peu, comme sous l'effet de l'ivresse. Pour faire du Festival de Makeshiweg une référence au regard de tous les festivals de théâtre de moindre notoriété.

Ce n'était pas une mince affaire.

Pour y parvenir, Felix s'était appuyé sur les plus compétentes équipes de techniciens qu'il avait pu convaincre. Il avait engagé les meilleurs, il avait motivé les meilleurs. Ou les meilleurs qu'il avait pu s'offrir. Il avait retenu les gnomes et les gremlins de la technique, éclairagistes, techniciens du son. Il avait recherché les concepteurs de décor et les costumiers les plus admirés à l'époque, ceux qu'il avait pu persuader. Tous devaient être excellents et plus. Si possible.

Il lui fallait donc des fonds.

Trouver ces fonds avait été la tâche de Tony. Une tâche mineure : l'argent n'était qu'un moyen de parvenir à ses fins, la fin étant la transcendance — ils le savaient l'un comme l'autre. Felix, l'enchanteur qui chevauchait les nuages, Tony, le chercheur d'or et factotum aux pieds bien sur terre. Compte tenu de leurs talents respectifs, c'était apparemment une bonne répartition des rôles. Ainsi que Tony lui-même l'avait formulé, chacun d'eux devait assumer les responsabilités pour lesquelles il était fait.

« Idiot », grommelle Felix. Il n'avait rien vu venir. Et pour ce qui était d'être au sommet de son art, c'est toujours de mauvais augure. D'un sommet, on ne peut que redescendre.

Tony s'était montré extrêmement soucieux de libérer Felix des rituels qu'il abhorrait, cocktails, passages de pommade aux sponsors et aux mécènes, socialisations avec les membres du conseil d'administration, recherches de financement auprès de diverses strates du gouvernement et rédactions de rapports convaincants. Comme ça – disait Tony –, Felix pouvait se consacrer entièrement aux questions essentielles, tels que ses commentaires pertinents sur les scénarios, ses effets de lumière à la pointe de la technologie et le moment précis où déclencher les pluies de confettis scintillants qu'il utilisait avec tant de brio.

Et à ses mises en scène bien entendu. À chaque saison, Felix se gardait toujours une ou deux pièces dont il assurait la mise en scène. De temps à autre, si c'était une œuvre qui lui tenait à cœur, il endossait même le rôle principal. Jules César. Le roi en tartan. Lear. Titus Andronicus. Des triomphes pour lui, chaque fois. Et chaque fois une de ses productions !

Ou disons des triomphes auprès des critiques, alors qu'il était arrivé que les amateurs et même les mécènes rouspètent. La Lavinia quasi nue et abondamment couverte de sang dans *Titus* était vraiment trop choquante, s'étaient-ils récriés ; pourtant, Felix l'avait souligné, c'était plus que justifié par le texte. Pourquoi fallait-il présenter *Périclès* avec des vaisseaux spatiaux et des extraterrestres plutôt qu'avec des voiliers et des pays étrangers, et pourquoi affubler la déesse Artémis d'une tête de mante religieuse ? Même si, quand on y réfléchissait – avait déclaré Felix au conseil d'administration pour se défendre –, ça collait parfaitement. Et le retour à la vie d'Hermione sous la forme d'un vampire dans *Le Conte d'hiver* : ça avait été sifflé. Felix en avait été ravi : quel succès ! Qui avait déjà réussi ça ? Là où il y a des sifflets, il y a de la vie !

Ces extravagances, ces idées folles, ces triomphes avaient été les trouvailles d'un autre Felix, plus jeune. Elles reflétaient des actes de jubilation, de joyeuse exubérance. Puis, juste avant le coup de Tony, les choses avaient changé. Elles s'étaient assombries, et ce très subitement. *Rugissements, rugissements, rugissements…*

Mais il n'avait pas pu rugir.

Sa femme, Nadia, avait été la première à le quitter, un an à peine après leur mariage. Un mariage tardif pour lui et inattendu : il ne s'était pas cru capable de pareil amour. Il commençait tout juste à découvrir les qualités de Nadia, à la connaître véritablement quand une infection par staphylocoque l'avait foudroyée, juste après son accouchement. Ce sont des choses qui arrivent, malgré la médecine moderne. Il essaie encore de retrouver son visage, de lui redonner vie, pour lui-même, mais au cours des années elle s'est lentement éloignée, estompée comme une vieille Polaroid. À présent elle se résume tout au plus au contour d'une silhouette, silhouette qu'il comble de tristesse.

Il s'était donc retrouvé seul avec sa fille, Miranda. Miranda : quel autre nom aurait-il pu donner à une petite orpheline dotée d'un père d'âge mûr fou d'amour ? C'est elle qui l'avait empêché de sombrer dans le chaos. Il avait tenu du mieux qu'il avait pu, donc pas trop bien ; mais il y était quand même parvenu. Il avait engagé du personnel, bien sûr – il avait besoin de quelques femmes, vu qu'il ignorait tout des soins matériels à apporter à un bébé et que son travail l'empêchait d'être constamment présent auprès de la petite. Mais il avait passé tous ses moments de liberté avec elle. Sauf qu'il n'en avait pas beaucoup, des moments de liberté.

D'emblée, Miranda l'avait plongé dans le ravissement. Il tournicotait autour d'elle, émerveillé. Quelle perfection, ses doigts, ses orteils, ses yeux ! Dès qu'elle avait pu parler, il l'avait même emmenée au théâtre ; elle était tellement intelligente. Assise sur son siège, elle suivait tout sans gigoter ni s'ennuyer comme l'aurait fait un bambin de deux ans moins vif. Il avait nourri de grands projets : quand elle serait plus grande, ils voyageraient ensemble, il lui ferait découvrir le monde, il lui apprendrait une foule de choses. Et puis, à l'âge de trois ans…

Forte fièvre. Méningite. Elles avaient tenté de le joindre, les femmes, mais, étant en répétition, il avait donné des ordres stricts pour ne pas être dérangé, et elles n'avaient su comment réagir. Lorsqu'il avait fini par rentrer, il y avait eu des pleurs frénétiques, puis le trajet vers l'hôpital, mais c'était déjà trop tard, trop tard.

Les médecins avaient fait l'impossible : ils avaient puisé dans tous les lieux communs et offert toutes les justifications. Mais rien n'avait marché et elle était partie. Emportée, comme on disait. Mais emportée où ? Elle ne pouvait pas avoir simplement disparu de l'univers. Il refusait de le croire.

Lavinia, Juliette, Cordelia, Perdita, Marina. Toutes perdues, ces filles. Mais certaines avaient été retrouvées. Pourquoi pas Miranda ?

Que faire d'un chagrin pareil ? Il ressemblait à un énorme nuage noir bouillonnant à l'horizon. Non, il ressemblait à un blizzard. Non : il ne ressemblait à rien qu'il puisse mettre en mots. Il ne pouvait l'affronter directement. Il fallait qu'il le transforme, ou du moins qu'il l'endigue.

Aussitôt après l'enterrement, avec son cercueil d'une petitesse pathétique, il s'était immergé dans *La Tempête*. C'était une évasion, même à l'époque il en avait conscience, mais aussi une forme de réincarnation.

Miranda deviendrait la fille qui n'avait pas été perdue ; un petit ange protecteur encourageant son père banni pendant qu'ils dériveraient sur la mer sombre à bord de leur rafiot pourri ; elle ne serait pas morte, mais se serait muée en une jeune fille ravissante. Ce que la vie ne lui offrait plus, peut-être pourrait-il encore l'entrevoir par le biais de son art : furtivement, du coin de l'œil.

Il créerait un décor approprié pour cette Miranda à laquelle il voulait redonner vie. Il se surpasserait en tant qu'acteur et metteur en scène. Il repousserait toutes les limites, tordrait la réalité jusqu'à la faire couiner. Il y avait dans ses efforts d'alors un désespoir fébrile, mais n'y a-t-il pas du désespoir au cœur de tout art véritable ? N'était-ce pas un perpétuel défi à la mort ? Un doigt provoquant, pointé face au gouffre ?

Son Ariel, avait-il décidé, serait interprété par un travesti sur échasses qui se métamorphoserait en luciole géante à des moments significatifs. Son Caliban serait un sans-abri couvert de croûtes – un Noir ou un autochtone –, paraplégique de surcroît, qui se déplacerait sur un énorme skate-board. Stéphano et Trinculo ? Il n'avait encore rien décidé à leur sujet, mais il y aurait des hauts-de-forme et des brayettes. Et de la jonglerie : Trinculo pourrait jongler avec différents éléments qu'il aurait éventuellement ramassés sur la plage, des calmars par exemple.

Sa Miranda serait superbe. Ce serait une créature sauvage, comme elle avait dû l'être en toute logique – naufragée, puis gambadant à travers l'île douze années durant, pieds nus vraisemblablement, car où aurait-elle déniché des chaussures ? Ses plantes de pied devaient avoir l'épaisseur d'une semelle de botte.

Après une recherche exténuante durant laquelle il avait rejeté des candidates qui n'étaient que jeunes ou jolies, il avait retenu une ancienne gymnaste qui avait décroché, tout enfant, une médaille d'argent aux championnats d'Amérique du Nord et avait été acceptée à l'École nationale de théâtre : une brindille forte et souple, qui commençait tout juste à s'épanouir. Elle s'appelait Anne-Marie Greenland. Extrêmement passionnée, elle avait à peine plus de seize ans et débordait d'énergie. Sa formation théâtrale était limitée, mais il était certain de parvenir à lui faire donner tout ce qu'il voudrait. Un spectacle tellement plein de fraîcheur que ce n'en serait même pas un. Ce serait la réalité. À travers Anne-Marie Greenland, sa Miranda retrouverait vie.

Quant à lui, il serait Prospéro, son père aimant. Protecteur – trop peut-être, mais seulement pour le bien de sa fille. Et sage ; plus sage que Felix. Cela dit, même le sage Prospéro avait la stupidité de se fier à son entourage et cherchait beaucoup trop à parfaire ses talents de magicien.

La cape magique de Prospéro serait confectionnée avec des animaux – pas de vrais animaux ni même des imitations réalistes, mais des peluches vidées de leur rembourrage, puis cousues ensemble : des écureuils, des lapins, des lions, une sorte de tigre et plusieurs ours. Ils rappelleraient la nature élémentale des pouvoirs surnaturels et néanmoins naturels de Prospéro. Felix avait commandé des feuilles artificielles et des fleurs vaporisées de peinture dorée, ainsi que des plumes couvertes de teinture voyante pour les mélanger aux bêtes à poil, et donner plus de panache et de sens à sa tenue. Il aurait un bâton déniché chez un antiquaire : une élégante canne edwardienne au pommeau orné d'une tête de renard en argent avec des yeux, en jade peut-être. Elle était de taille modeste pour un bâton de magicien, mais Felix aimait juxtaposer extravagance et subtilité. Cet accessoire vieux de quatre-vingts ans pouvait avoir un côté facétieux à certains moments cruciaux. À la fin de la pièce, pour l'épilogue de Prospéro, il avait prévu un coucher de soleil accompagné d'une averse neigeuse de confettis scintillants.

Cette *Tempête* serait sensationnelle : le meilleur spectacle qu'il aurait jamais réalisé. Il avait manifesté – il s'en rendait compte aujourd'hui – une obsession malsaine à ce sujet. C'était comme le Taj Mahal, ce mausolée richement ornementé érigé en l'honneur d'un fantôme bien-aimé, ou une précieuse urne funéraire sertie de bijoux. Mais plus encore, car à l'intérieur de la bulle enchantée qu'il était en train de créer, sa Miranda revivrait.

Quel n'avait été son accablement quand son projet avait été réduit à néant.

3. L'usurpateur

Ils s'apprêtaient à entamer les répétitions quand Tony avait abattu son jeu. Douze ans plus tard, Felix se rappelle encore tous les détails de cet échange.

La conversation avait commencé assez normalement, lors de leur traditionnelle réunion du mardi après-midi, durant laquelle Felix présentait à Tony la liste des tâches que ce dernier devait accomplir, et Tony signalait à Felix les points exigeant son attention ou sa signature. Ils étaient généralement peu nombreux parce que l'efficacité de Tony était telle qu'il avait déjà réglé les questions vraiment importantes.

« Soyons bref », avait lancé Felix, fidèle à lui-même.

Il avait noté avec déplaisir le motif, lièvres et tortues alternés, de la cravate rouge de Tony, qui cherchait sans doute à se montrer spirituel. Tony avait un penchant – penchant de plus en plus dandy – pour les bagatelles coûteuses.

« Ma liste d'aujourd'hui : premièrement, nous devons remplacer l'éclairagiste, il ne me donne pas satisfaction. Et puis, pour le manteau magique, il va falloir qu'on trouve...

— Malheureusement, j'ai de mauvaises nouvelles pour toi », dit Tony.

Cette fois encore, il portait un élégant costume neuf ; en général, c'était signe qu'il y avait une réunion du conseil d'administration. Felix avait pris l'habitude de se dérober : le président, Lonnie Gordon, était un type bien, sauf qu'il vous pétrifiait d'ennui, et le reste du conseil se réduisait à une bande de pantins, de béni-oui-oui. Néanmoins, comme Tony les avait mis au pas, il ne s'interrogeait pas trop sur eux.

« Ah bon ? De quoi s'agit-il ? » demanda Felix.

D'ordinaire, les mauvaises nouvelles se résumaient à une banale lettre de protestation émanant d'un mécène mécontent. Lear était-il obligé de se déshabiller des pieds à la tête ? Ça pouvait être aussi une facture de teinturerie envoyée par une spectatrice du premier rang allergique à une giclée interactive : la tête ruisselante de sang de Macbeth balancée trop vigoureusement sur les planches, l'œil de Gloucester échappant à la main de son extracteur et une vile gelée sur la soie fleurie, tellement difficile à enlever.

Tony s'occupait de ces plaintes grincheuses et le faisait bien – il appliquait la dose idoine d'excuses allongée d'obséquiosité –, mais il aimait tenir Felix au courant, dans l'éventualité d'une rencontre du genre déplaisant à l'entrée des artistes. S'il était critiqué, Felix était capable de surréagir et de balancer une batterie d'adjectifs bien sentis, affirmait Tony. Felix répondait que son langage était toujours adapté aux circonstances et Tony acquiesçait : bien sûr, mais, du point de vue du mécène, ce n'était jamais très bon. En plus, ça risquait de se retrouver dans la presse.

« Malheureusement... » dit Tony.

Il marqua un silence. Il avait une drôle d'expression. Ce n'était pas un sourire : c'était une bouche tirée vers le bas avec un sourire par en dessous. Felix sentit se hérisser les petits cheveux sur sa nuque.

« Malheureusement, dit enfin Tony de sa voix la plus suave, le conseil a voté la résiliation de ton contrat. De directeur artistique. »

Cette fois, ce fut au tour de Felix de faire silence.

« Quoi ? marmonna-t-il ensuite. C'est une blague, hein ? »

Ils ne peuvent pas faire ça. Sans moi, tout le Festival partirait en sucette ! Les donateurs fuiraient, les comédiens s'en iraient, les restaurants haut de gamme, les magasins de souvenirs et les pensions de famille fermeraient leurs portes et la ville de Makeshiweg retomberait dans l'obscurité d'où il l'avait si habilement tirée, été après été : en effet, qu'avait-elle à offrir à part sa gare de triage ? Or, le triage ne faisait pas un thème. On n'établit pas un menu autour du triage des trains.

« Non, dit Tony. Ce n'est malheureusement pas une blague. »

Nouveau silence.

Felix fixa Tony comme s'il le voyait pour la première fois.

« Ils pensent que tu n'es plus, tu vois, en phase. »

Encore un silence.

« Je leur ai expliqué que tu étais traumatisé depuis quelque temps, depuis que ta fille... depuis ton deuil tragique, mais que tu allais t'en sortir, que j'en étais sûr. »

Le coup était si bas que Felix en eut le souffle coupé. Comment osaient-ils utiliser ce prétexte ?

« J'ai fait tout ce que je pouvais », ajouta Tony.

C'était un mensonge. Ils le savaient l'un comme l'autre. Lonnie Gordon, le président, n'aurait jamais monté un putsch de cette nature, et les autres membres du conseil étaient des guignols. Ces hommes avaient été choisis, choisis par Tony. Et les femmes, il y en avait deux, avaient été choisies elles aussi. Sur les conseils de Tony, tous.

« Plus en phase ? s'exclama Felix. Bordel, je ne suis plus en phase, moi ? »

Qui avait jamais été plus en phase que lui ?

« Disons que tu as perdu le contact avec la réalité, poursuivit Tony. Ils pensent que tu as des problèmes psychiques. Ça se comprend, je le leur ai dit, compte tenu de ton... Mais ils n'ont pas pu l'admettre. Tu es allé trop loin avec la cape en peau de bêtes. Ils ont vu les croquis. D'après eux, les défenseurs des droits des animaux nous tomberaient dessus comme un essaim de guêpes.

— C'est ridicule, protesta Felix. Ce ne sont pas de vrais animaux, ce sont des peluches.

— Là n'est pas la question, tu dois t'en rendre compte, répliqua Tony avec une patience condescendante. Ils ressemblent à des animaux. Et la cape n'est pas leur seule objection. Pour eux, la limite, ça a été Caliban en paraplégique, à leurs yeux, on était au-delà du mauvais goût. Les gens penseraient que tu te moques des handicapés. Certains quitteraient la salle. En fauteuil roulant même : nous avons en effet un nombre substantiel de... Notre public a largement plus de trente ans.

— Oh, nom de Dieu ! s'écria Felix. C'est du politiquement correct qui part en vrille ! C'est dans le texte, il est difforme ! De nos jours, Caliban est le chouchou, tout le monde l'acclame, je ne fais que...

— Je comprends, mais ce qu'il y a, c'est que nous devons vendre suffisamment de places pour justifier nos subventions. Depuis quelque temps, les critiques ont été… mitigées. Surtout la dernière saison.

— Mitigées ? Les critiques de la dernière saison étaient sensationnelles.

— Je ne t'ai pas montré les mauvaises. Il y en avait beaucoup. Je les ai ici dans mon attaché-case, si tu souhaites y jeter un coup d'œil.

— Mais merde, pourquoi tu as fait ça ? Pourquoi tu ne me les as pas montrées ? Je ne suis pas un gamin.

— Les mauvaises critiques te rendent irritables. Puis tu reportes tout sur l'équipe. Ce n'est pas bon pour le moral.

— Je ne suis jamais irritable ! » hurla Felix.

Tony ignora sa réaction.

« Voici la lettre de licenciement, continua Tony en tirant une enveloppe de la poche intérieure de sa veste. Le conseil t'accorde une indemnité de retraite avec ses remerciements pour tes nombreuses années de service. Je me suis efforcé de t'obtenir davantage. »

Il avait un sourire indéniablement narquois.

Felix prit l'enveloppe. Sa première impulsion fut de la déchirer en lambeaux, mais il était comme paralysé. S'il avait essuyé des engueulades dans sa carrière, il n'avait encore jamais été licencié. Éjecté ! Balancé ! Jeté ! Il avait l'impression d'être totalement anesthésié.

« Mais ma *Tempête*, balbutia-t-il, on continue ? »

Déjà, il implorait.

« Au moins ça ? »

Sa meilleure création, son merveilleux trésor, anéantie. Piétinée. Gommée.

« Malheureusement, non, déclara Tony. Nous… Ils ont pensé qu'une rupture franche serait préférable. La production sera annulée. Tu trouveras les effets personnels qui étaient dans ton bureau dehors, à côté de ta voiture. À propos, il me faut ton badge d'accès. Quand tu seras prêt.

— Je vais aller porter cette affaire devant le ministre du Patrimoine », dit faiblement Felix.

C'était une initiative vouée à l'échec et il le savait. Il avait été en classe avec Sal O'Nally, et tous deux avaient été en rivalité. Ils avaient eu un conflit à propos d'un vol de crayon, Felix avait eu le dessus, et Sal n'avait pas oublié. Il avait déclaré – au cours de plusieurs interviews destinées à porter un coup bas à Felix – que, selon lui, le Festival de Makeshiweg aurait intérêt à présenter davantage de comédies de Noël Coward, ainsi que des œuvres d'Andrew Lloyd Webber et autres comédies musicales. Felix n'avait rien contre ce genre en particulier, il avait commencé sa carrière théâtrale dans une production estudiantine de *Blanches Colombes et Vilains Messieurs*, mais un régime de comédies musicales à haute dose…

La Mélodie du bonheur, avait suggéré Sal. *Cats. Crazy for You.* Des claquettes. Des choses à la portée du commun des mortels. Mais la démarche de Felix était totalement à leur portée ! Qu'y avait-il de si difficile dans un *Macbeth* avec tronçonneuse ? C'était actuel. Direct.

« En fait, le ministre du Patrimoine est tout à fait d'accord, dit Tony. Nous avons bien entendu soumis notre décision à Sal – au ministre O'Nally – avant le vote final, afin de nous assurer que nous suivions la bonne voie. Désolé, Felix, ajouta-t-il avec hypocrisie. C'est un choc pour toi, je le sais. Et c'est très difficile pour nous tous.

— Je présume que vous avez un remplaçant en tête », dit Felix en revenant à un niveau de décibels raisonnable.

Sal. Ils s'appelaient donc par leur prénom. On en était là. Il ne perdrait pas son calme. Il préserverait sa dignité en lambeaux.

« À dire vrai, oui, poursuivit Tony. Sal… Le conseil, euh, m'a demandé de prendre la relève. Dans l'intervalle, naturellement. Jusqu'à ce qu'on ait trouvé un candidat à la hauteur. »

Dans l'intervalle, mon cul, pensa Felix. Les choses étaient désormais claires. Ces petits secrets, ce sabotage. Ces subterfuges de vipère. Cette prodigieuse trahison. Tony en avait été l'instigateur, il avait tout mis en place du début à la fin. Il avait attendu le moment où Felix serait le plus vulnérable pour frapper.

« Espèce de salopard sournois, tordu, va ! » hurla-t-il, ce qui lui procura une certaine satisfaction.

Minime cependant, compte tenu de tout le reste.

4. La tenue magique

Deux agents de sécurité firent irruption dans la pièce. Ils avaient dû guetter derrière la porte le signal de leur entrée, lequel était vraisemblablement le hurlement de Felix. Il s'est montré tellement prévisible, aujourd'hui il s'en collerait des baffes.

Tony avait dû briefer les agents de sécurité : il était vraiment très efficace. L'un noir, l'autre basané, ils se postèrent de part et d'autre de Felix, les bras musclés, croisés sur le torse, la mine impénétrable. C'étaient des nouveaux : Felix ne les connaissait pas. Et surtout ils ne connaissaient pas Felix, ils n'auraient donc aucune loyauté. Encore la patte de Tony.

« Tout ça est inutile », maugréa Felix.

Tony, ne se sentant plus obligé de répondre, eut un petit haussement d'épaules, un signe de tête – le haussement d'épaules du puissant, le signe de tête du puissant –, et Felix fut escorté, poliment mais fermement, vers le parking, une main de fer prête à l'empoigner par le coude.

Il y avait une pile de cartons posée par terre à côté de sa voiture. Sa voiture rouge, une Mustang décapotable qu'il avait achetée d'occasion par bravade, à l'époque où il se sentait encore gaillard. À l'époque d'avant

Miranda, puis de sans Miranda. Dans le temps déjà, elle commençait à rouiller, et depuis elle avait rouillé encore plus. Il avait envisagé de changer, d'acheter une nouvelle voiture, plus sobre. Autant pour cette ambition : sans qu'il ait ouvert sa lettre de licenciement, il savait déjà qu'elle ne contiendrait que le minimum. Pas assez pour des folies, telle qu'une bagnole à moitié neuve.

Il pleuviotait. Les agents de sécurité l'aidèrent à charger ses cartons dans sa Mustang rouillée. Ils ne dirent pas un mot et Felix non plus. Dire quoi ?

Les cartons étaient trempés. Que renfermaient-ils ? Des papiers, des souvenirs, allez savoir ! À ce moment-là, Felix s'en fichait royalement. Il songea à s'offrir un geste de défi, à tout balancer sur le parking et à y foutre le feu, mais avec quoi ? Il lui aurait fallu de l'essence ou un combustible quelconque, mais il n'avait rien de tout ça, et de toute façon, pourquoi fournir plus de munitions à Tony ? (Il appellerait les pompiers, convoquerait la police, Felix serait embarqué, menotté, éructant et hurlant, puis accusé d'avoir provoqué un incendie criminel et semé la pagaille. Des psychiatres débouleraient, payés par Tony. Ils établiraient un diagnostic. *Vous voyez ?* dirait Tony au conseil. *Paranoïaque. Psychotique. Heureusement que nous avons réussi à nous débarrasser de lui à temps, avant qu'il pète un câble au théâtre.*)

Tous trois fourraient les derniers cartons trempés dans la guimbarde de Felix quand apparut une silhouette rondouillarde et esseulée. C'était Lonnie Gordon, le président du conseil du Festival. Il traversa lentement le parking en brandissant un parapluie au-dessus de sa tête caronculée et hérissée de pauvres touffes de cheveux. Il charriait un sac en plastique, une sorte de bâton et des trucs qui ressemblaient à une brassée de sconses avec, par-dessus, la dépouille d'un chat blanc.

Sale fourbe de vieux schnock. Felix ne daigna pas lui jeter un coup d'œil.

Pas à pas, cahin-caha, ploc ploc dans les flaques d'eau, le gros Lonnie s'approcha en soufflant comme un phoque.

« Je suis vraiment navré, Felix, balbutia-t-il lorsqu'il arriva à la hauteur du coffre de la Mustang.

— Mon cul.

— Ce n'est pas moi, insista Lonnie d'un ton affligé. J'ai été mis en minorité.

— Foutaises. »

Le bâton était sa canne au pommeau en forme de tête de renard ; la dépouille du chat, la fausse barbe de Prospéro ; les sconses, il le constatait à présent, sa cape magique. Ce qui aurait été sa cape magique. Elle était mouillée, sa fourrure dépenaillée. Ses yeux en plastique le regardaient fixement à travers la masse de ses toisons, ses multiples queues pendouillaient. Dans la grisaille, cette tenue paraissait ridicule. Mais, sur scène, finie, mêlée de feuillage vaporisé de peinture aux nuances d'or, rehaussée de sequins, elle aurait été splendide.

« Ça me fait de la peine que tu réagisses comme ça, marmonna Lonnie. Je me suis dit que tu aurais peut-être envie de les avoir. »

Il tendit la cape, la barbe et la canne à Felix, qui, les mains le long du corps, se contenta de le fusiller du regard. Ce fut un moment difficile. Lonnie était sincèrement bouleversé : c'était un vieux schnock sentimental qui pleurait à la fin des tragédies.

« Je t'en prie, dit-il. En souvenir. Après tout le travail que tu as accompli. »

De nouveau, il lui tendit les objets. L'agent de sécurité noir les lui prit des mains pour les poser par-dessus les cartons.

« Ce n'était pas la peine de t'embêter, dit Felix.

— Et ça, ajouta Lonnie en lui tendant le sac en plastique. C'est ton script. De *La Tempête*. Avec tes notes. J'ai pris la liberté d'y jeter un coup d'œil... Ç'aurait été merveilleux, poursuivit-il d'une voix chevrotante. Ça te sera peut-être utile un jour.

— Tu délires. Avec cette ordure de Tony, vous avez bousillé ma carrière, tu le sais. Vous auriez aussi bien fait de me flinguer. »

C'était une exagération, mais un soulagement pour Felix de pouvoir lui rappeler le malheur qui le frappait. Lonnie était un être au cœur tendre et à l'échine fragile et, contrairement à Tony, il réagissait facilement aux rappels désagréables.

« Oh, je suis sûr que tout s'arrangera pour toi, dit Lonnie. Après tout, une telle créativité, un tel talent... Il doit bien y avoir des tas, euh, d'autres endroits... Un nouveau départ...

— D'autres endroits ? s'écria Felix. Merde, j'ai cinquante ans. Tu ne crois pas que j'ai largement dépassé la date de péremption pour un nouveau départ ? »

Lonnie déglutit.

« Je vois bien ce que tu... Nous prononcerons un discours de remerciements en ton honneur lors de la prochaine réunion du conseil et on a proposé une statue, tu vois, un buste, par exemple, ou peut-être une fontaine à ton nom... »

Créativité, talent. Les deux termes les plus éculés dans le métier, songea Felix avec amertume. *Et les trois choses les plus inutiles sur terre : une bite de curé, des loches de bonne sœur et un discours de remerciements.*

« Tu peux te le coller où je pense, ton buste. »

Mais là-dessus il fléchit.

« Merci, Lonnie. Je sais que ça part d'une bonne intention. »

Il lui tendit la main. Lonnie la lui serra.

Était-ce vraiment une larme qui roulait sur la joue trop rouge ? Était-ce un tremblement de la bajoue ? Avec Tony aux commandes, Lonnie avait intérêt à faire gaffe à ses fesses, songea Felix. Surtout s'il affichait des remords aussi larmoyants. Tony n'aurait aucun scrupule ; il écraserait toute opposition, punirait toute hésitation, s'entourerait de voyous, taillerait le bois mort.

« Si jamais tu as besoin d'une recommandation, continua Lonnie. Je serais heureux de… ou… Je sais que tu as traver… peut-être après une période de repos… Tu as trop bossé, depuis ta, depuis ta terriblement triste, j'étais tellement désolé, ça fait beaucoup trop de choses, personne ne devrait avoir à… »

Lonnie était venu à l'enterrement ; aux deux enterrements, celui de Nadia d'abord. Pour Miranda, il s'était montré extrêmement bouleversé. Il avait jeté un petit bouquet de roses-thé au fond de la minuscule fosse, d'un geste très théâtral, s'était dit Felix à l'époque, même s'il avait été sensible à cette attention. Puis, Lonnie s'était totalement effondré, hoquetant dans un mouchoir blanc de la taille d'une nappe.

Tony avait assisté à l'enterrement lui aussi, ce perfide salaud, affublé d'une cravate noire et d'une tête de croque-mort, alors qu'il devait déjà être en train de peaufiner son coup.

« Merci, déclara Felix, en interrompant Lonnie. Ça va aller. Et merci, ajouta-t-il à l'adresse des deux agents de sécurité. Merci de m'avoir aidé. J'apprécie.

— Attention à la route, monsieur Phillips, lui lança l'un d'eux.

— Oui, fit l'autre. On fait notre boulot, c'est tout. »

C'étaient des excuses en quelque sorte. Ils devaient savoir ce que ça faisait d'être virés.

Là-dessus, Felix monta dans sa voiture minable et quitta le parking pour aborder le reste de sa vie.

5. Une pauvre cellule

Le reste de sa vie. Que ça lui a paru long à un moment donné. À quelle vitesse ce temps a défilé et qu'est-ce qu'il a pu le gâcher ! Et dire que ce sera bientôt fini.

En quittant le parking du Festival, Felix n'eut pas la sensation de conduire, mais plutôt d'être conduit, emporté par un vent violent. Il avait froid alors qu'il ne brouillassait plus, que le soleil brillait et qu'il avait mis le chauffage. Était-il sous le choc ? Non : il ne grelottait pas. Il était calme.

Le théâtre, avec ses fanions qui flottaient au vent, sa fontaine aux dauphins cracheurs d'eau, son patio, son environnement paysager fleuri et ses joyeux spectateurs amateurs de cornets de glace, eut tôt fait de disparaître. La grand-rue de Makeshiweg, avec ses restaurants luxueux, ses pubs rehaussés de poètes disparus, de cochons, de reines de la Renaissance, de grenouilles, de gnomes, de coqs, ses commerces proposant des lainages celtiques, ses magasins de sculptures inuites, ses boutiques de porcelaine anglaise et enfin ses belles demeures victoriennes en brique jaune avec, à l'occasion, un panneau signalant un bed and breakfast, firent place à un chapelet de drugstores, de cordonneries et de salons de manucure thaïs. Puis, après quelques feux supplémentaires, il laissa derrière lui les entrepôts de moquettes d'usine, les gargotes mexicaines et les paradis du hamburger qui parsemaient les interminables centres commerciaux de la périphérie, et se retrouva à la dérive.

Où était-il ? Il n'en avait pas idée. Tout autour de lui se déployaient des champs vallonnés, le vert tendre du blé de printemps, le vert plus sombre des plants de soja. Des îlots d'arbres projetaient leur feuillage duveteux ou brillant autour de fermes séculaires, dont les granges en bois gris servaient encore, dont les silos ponctuaient les lignes horizontales. La route asphaltée avait cédé la place à une voie gravillonnée mal entretenue.

Il ralentit et jeta un coup d'œil autour de lui. Il rêvait d'une tanière, d'une cachette, d'un endroit où il ne connaîtrait personne et où personne ne le connaîtrait. D'une retraite où il pourrait récupérer, car il commençait à admettre la gravité de la blessure subie.

D'ici un ou deux jours, trois peut-être, Tony balancerait une salade à la presse, disant que Felix avait démissionné de ses fonctions de directeur artistique pour se consacrer à d'autres projets, mais personne ne croirait à cette histoire. S'il restait à Makeshiweg, des reporters malveillants et émoustillés par la déchéance d'un puissant le traqueraient. Ils l'appelleraient, lui tendraient une embuscade, le coinceraient dans un des bars de la ville, en supposant qu'il soit suffisamment idiot pour s'y rendre. Animés par l'espoir de lui arracher quelques braillements, vu sa réputation de colérique, ils lui demanderaient s'il souhaitait faire des commentaires. À quoi bon brailler ? Qu'est-ce que ça lui rapporterait à part gâcher sa salive ?

Le soleil déclinait ; sa lumière, qui tombait à l'oblique, affichait une teinte plus jaune. Depuis combien de temps était-il là ? Où que soit le *là* en question. Il redémarra.

À quelque distance de la route, au bout d'un chemin désaffecté, se dressait un curieux bâtiment. Il paraissait construit à flanc de coteau et serti dans la terre, on ne voyait que sa façade. Il avait une fenêtre et une porte, ouverte. Coiffé d'un chapeau en fer-blanc, un tuyau de cheminée en métal sortait du mur, puis décrivait un coude vers le haut. Sur une corde à linge, une pince serrait encore un bout de torchon. C'était le dernier endroit où quiconque imaginerait que Felix puisse atterrir.

Il n'y avait pas de mal à aller voir de plus près, donc Felix s'approcha.

Il gara sa voiture sur le bas-côté, puis descendit le chemin dans le bruissement humide de l'herbe, du chiendent et autres herbacées contre les jambes de son pantalon. La porte grinça lorsqu'il la poussa, mais une goutte d'huile sur les charnières réglerait cet inconvénient. Le plafond, bas, avait en guise de poutres de grosses perches autrefois blanchies à la chaux mais aujourd'hui grises de toiles d'araignées. L'intérieur dégageait une odeur pas trop désagréable de terre et de bois, avec un soupçon de cendres : elle provenait de la cuisinière en fonte équipée de deux brûleurs et d'un petit four, rouillée mais encore intacte. Deux pièces, la pièce principale et une autre qui devait avoir servi de chambre. Il y avait une lucarne le verre paraissait relativement neuf – et une porte latérale fermée avec un crochet. Felix souleva le crochet, ouvrit. Devant lui, un sentier envahi de végétation, puis des toilettes. Dieu merci, il ne serait pas réduit à creuser des latrines : d'autres s'en étaient chargés pour lui.

Pas de meubles à part une lourde et vieille armoire en bois dans la chambre et une table de cuisine en Formica, rouge avec des torsades argent. Pas de chaises. Sur le sol, de larges planches : au moins, ce n'était pas de la terre battue. Il y avait même un évier avec une pompe à bras. Et une lampe électrique que, ô miracle, il put allumer. Quelqu'un avait dû occuper les lieux un peu après, disons, 1830.

L'endroit ne disposait pas du strict nécessaire, mais s'il parvenait à localiser le propriétaire, à passer un marché avec lui et à effectuer quelques aménagements, ça irait.

En optant pour cette baraque et les privations qui allaient avec, il en baverait, c'était sûr. Ce serait prendre le cilice, jouer les flagellants, les ermites. *Regardez-moi souffrir*. Ce numéro, sans public à part lui, il le reconnaissait. C'était puéril, ces pleurnicheries sur soi-même. Il ne se comportait pas en adulte.

Mais en réalité, quelles options avait-il ? Il était trop connu pour décrocher un autre job – du moins un emploi équivalent, et qui lui plaise. De plus, Sal O'Nally, qui avait la haute main sur le coffre à subventions, bloquerait subtilement tout poste majeur : Tony ne voudrait pas d'un rival, ne prendrait pas le risque que Felix dispose d'une position privilégiée lui permettant de faire mieux que le Festival de Makeshiweg. Tony et Sal, œuvrant de concert, ainsi qu'ils l'avaient manifestement déjà fait, veilleraient à ce qu'il ne sorte pas la tête de l'eau. Pourquoi donc leur donner la satisfaction d'essayer ?

Il repartit à Makeshiweg comme il était venu et se gara devant la maisonnette en briques qu'il avait sous-louée pour la saison. Depuis l'époque à laquelle il ne fallait pas penser... Depuis qu'il n'avait plus de famille, il avait choisi de ne plus posséder de maison. Il avait loué les logements des autres. Il possédait encore quelques meubles : un lit, un bureau, une lampe, deux vieilles chaises en bois qu'ils avaient dénichées, Nadia et lui, dans un vide-greniers. Un bric-à-brac personnel. Des vestiges de ce qui avait été une vie comblée.

Et la photo de Miranda, bien sûr. Il la gardait toujours près de lui, pour pouvoir la regarder quand il se sentait glisser dans la déprime. Il avait lui-même pris cette photo, alors qu'elle avait presque trois ans. C'était la première fois qu'elle montait sur une balançoire. La tête rejetée en arrière, elle riait avec joie ; elle volait à travers les airs, ses petits poings crispés sur les cordes ; la lumière du matin auréolait ses cheveux. Le cadre autour d'elle était peint en argent, cadre de fenêtre argent. De l'autre côté de cette fenêtre magique, elle était encore vivante.

Et à présent il lui faudrait rester enfermée derrière le verre, parce qu'avec la destruction de sa *Tempête*, la nouvelle Miranda – la Miranda qu'il avait eu l'intention de créer ou peut-être de ressusciter – était mort-née.

Tony n'avait même pas eu la courtoisie de lui autoriser une réunion avec son équipe, les techniciens, les comédiens. Pour leur dire au revoir. Pour exprimer son regret face à l'annulation de sa *Tempête*. Il avait été chassé comme un malpropre. Tony et ses grouillots avaient-ils peur de lui ? D'une rébellion générale, d'un contrecoup ? Imaginaient-ils sérieusement que Felix avait ce pouvoir ?

Il appela une entreprise de déménagement et leur demanda s'il leur était possible de venir rapidement.

C'était une urgence, leur expliqua-t-il ; il avait besoin que tout soit emballé et mis au garde-meubles le plus vite possible ; il paierait un supplément pour ce travail en urgence. Il fit un chèque au propriétaire de son logement, couvrant son loyer jusqu'à la fin de son terme. Il alla à la banque déposer le chèque pourri que Tony lui avait remis pour son licenciement, prévint le directeur qu'il allait bientôt changer d'adresse et la leur communiquerait par courrier.

Par chance, il avait quelques économies. Pour l'instant, ça lui permettrait de passer inaperçu.

Sa prochaine tâche fut de localiser le propriétaire de la bicoque sur la colline. Il regagna la route gravillonnée, puis essaya la ferme la plus proche. Une femme lui ouvrit la porte ; d'âge moyen et de taille moyenne, elle avait un physique moyen et des cheveux de teinte neutre coiffés en queue-de-cheval. Jean et sweat-shirt ; par terre, derrière elle, sur le lino, un jouet en plastique. Un infime tressaillement saisit le cœur de Felix.

La femme croisa les bras sur sa poitrine et lui bloqua l'entrée.

« J'ai déjà vu votre voiture, dit-elle. Là-bas, du côté de la baraque.

— Oui, répondit Felix avec une politesse qu'il jugeait des plus charmantes. Je me demandais, savez-vous à qui elle appartient ?

— Pourquoi ? répliqua la femme. Pas à nous. Nous, on paie pas d'impôts dessus. Ce vieux machin vaut pas un clou. C'est une relique des pionniers ou je ne sais quoi, à l'époque où qu'ils avaient pas de sous. J'ai dit à Bert qu'on aurait dû y foutre le feu depuis des années. »

Ah, se dit Felix. *On va pouvoir trouver un arrangement.*

« Je suis souffrant depuis un petit bout de temps, poursuivit-il, ce qui n'était pas totalement un mensonge. J'ai besoin de me reposer à la campagne. Je pense que le bon air me ferait du bien.

— Le bon air, répéta la femme avec un ricanement. Le bon air, c'est pas ça qui manque par ici, si c'est ce que vous voulez. C'est gratuit, pour ce que j'en sais. Servez-vous.

— J'aimerais habiter le petit cottage », continua Felix en souriant de manière inoffensive.

Il avait envie de se faire passer pour un zinzin, mais pas trop. Toqué, sans être fou à lier.

« Je paierai un loyer, bien entendu. En liquide », précisa-t-il.

La précision changea la donne du tout au tout. Felix fut invité à entrer et à s'asseoir à la table de la cuisine et ils parlèrent affaires. La femme voulait l'argent, elle n'en fit pas mystère. Bert – le mari – ne gagnait pas suffisamment avec la luzerne et faisait des livraisons de gaz pour joindre les deux bouts, et en plus il dégageait des allées l'hiver. Il était souvent parti et la laissait se dépêtrer de tout. Nouveau ricanement, mouvement de tête dédaigneux : « tout » incluait les toqués dans le style de Felix.

Elle ajouta que des gens avaient vécu de temps en temps dans la baraque, les derniers en date étant « deux hippies, lui peintre et elle, selon comment qu'on appelle une personne qui couche avec des peintres », il y a un an. Avant ça, un malheureux oncle à elle ; et encore avant, une tante de Bert, une neuneu qu'il avait fallu enfermer. Et au-delà, elle savait pas, parce que c'était avant qu'elle habite dans le coin. Certains racontaient que la maisonnette était hantée, mais il fallait pas que Felix prête attention à cette rumeur, déclara-t-elle avec dérision, parce c'étaient des ignorants et c'était pas vrai. (Elle était clairement persuadée que ça l'était.)

Il fut décidé que Felix aurait l'usage des lieux et qu'il pourrait y apporter toutes les améliorations qu'il désirait. Bert dégagerait le chemin en hiver, de sorte que Felix n'aurait pas à marcher dans la neige pour entrer ou sortir. Maude – la femme – encaisserait le liquide, dans une enveloppe tous les premiers du mois, et si quelqu'un posait des questions, elle nierait tout, parce que Felix était son oncle et habitait là gratuitement. Bert et elle lui fourniraient le bois pour le poêle : leur fils adolescent pourrait le lui livrer avec le tracteur. Elle avait déjà compté ce coût dans le prix. Si Felix le souhaitait, elle pouvait laver son linge pour lui, moyennant un supplément.

Felix la remercia et lui dit qu'il préférait voir venir. Pour sa part, il exigea qu'elle ne parle de lui à personne. Il faisait profil bas, expliqua-t-il. Il avait ses propres raisons, mais elles n'avaient rien de criminel.

Elle lui décocha un regard en coulisse ; pour ce qui était de la non-criminalité, elle ne le croyait pas, mais ça ne la tracassait pas non plus.

« Vous pouvez me faire confiance. »

Si curieux que ça puisse paraître, il avait confiance en elle. Réellement.

Ils échangèrent une poignée de mains à la porte. Elle avait une poigne brutale, assez proche de celle d'un homme.

« Comment vous vous appelez ? lui demanda-t-elle. Je veux dire, quel nom il faut que je donne, si des fois ? »

Felix hésita. *Ça ne vous regarde pas* lui vint sur le bout de la langue.

« M. Duc », dit-il.

6. L'abîme du temps

Felix découvrit vite qu'il était facile de disparaître et que, dans l'ensemble, les gens s'accommodaient assez bien de sa disparition. Le trou que sa soudaine absence avait créé dans le tissu du Festival de Makeshiweg ne tarda pas à être comblé – par Tony, bien sûr. Le spectacle continuait, comme c'est la règle.

Où Felix était-il passé ? C'était un mystère, mais un mystère que personne ne semblait soucieux de résoudre. Il imaginait facilement les bavardages. Peut-être avait-il fait une dépression ? Sauté d'un pont ? On pouvait s'interroger, vu la violence de son chagrin à la mort de sa petite fille – quel drame ! –, et puis, aussitôt après, son obsession pour sa *Tempête*, ce truc franchement débile. Mais ils ne s'étaient sans doute pas interrogés très longtemps, s'ils l'avaient fait, parce que d'autres préoccupations plus pressantes avaient sûrement meublé le vide laissé par le départ de Felix, et les vagues de commérage avaient dû rapidement se calmer. Il fallait booster sa carrière, apprendre son texte, parfaire ses compétences.

À la santé du vieux fou ! les imaginait-il dire au Toad and Whistle, au King's Head ou encore au Imp and Pig-Nut, ou dans tout autre endroit où comédiens et factotums du Festival avaient coutume de lever le coude à leurs moments libres. *Au maestro. À Felix Phillips, où qu'il se trouve.*

Felix transféra son compte en banque dans une succursale de Wilmot, deux villes plus loin, où il se loua également une boîte postale. Après tout, il était toujours vivant ; il aurait besoin, par exemple, de remplir sa déclaration d'impôts. Rien de tel qu'un manquement à ses obligations pour que les chiens se lancent *illico* à ses trousses. C'était le minimum à payer pour avoir le privilège de circuler de par le monde et continuer à respirer, manger et chier, se dit-il avec aigreur.

Il ouvrit un second compte en banque au nom de F. Duc, en affirmant que c'était un nom de plume. Je suis écrivain, expliqua-t-il à la banque, heureux d'avoir un alter ego sur lequel ne pesait pas son histoire triste. Felix Phillips était fini, mais F. Duc avait peut-être encore une chance ; de quel ordre ? il n'aurait encore pu le dire.

Pour les impôts, il conserva son propre nom. Plus simple ainsi. Mais il était M. Duc pour Maude et Bert, pour Crystal, leur gamine revêche, qui le prenait clairement pour un dévoreur d'enfants, ainsi que pour Walter, leur adolescent maussade qui, durant les premières années – avant qu'il n'aille s'installer plus à l'ouest dans l'Alberta – apporta effectivement plusieurs cargaisons de bois tous les automnes au modeste domicile de Felix.

Pendant un moment, Felix chercha à se distraire en attribuant à Maude le rôle de Sycorax, la sorcière, la magicienne aux yeux bleus, et à Walter, le semi-humain laveur de vaisselle et charrier de bûches, celui de Caliban, dans sa version personnelle de *La Tempête* – *La Tempête* qu'il avait en tête –, mais ça ne tint pas longtemps. Rien de tout ça ne collait : Bert, le mari, n'était pas le diable et il était impossible d'imaginer la petite Crystal, trapue et rondouillette, sous les traits de Miranda la sylphide.

Et, dans ce foyer, il n'y avait pas de place pour un Ariel, même si Felix avait payé Bert – ce dernier était bricoleur – pour qu'il tire un câble électrique de la ferme jusqu'à la bicoque, en plus de celui, sûrement illégal, qui était déjà en place. Il put ainsi utiliser un petit chauffage les jours de grand froid, ainsi qu'un minifrigo et une plaque de cuisson à deux foyers, bien qu'il ne puisse les allumer en même temps sans faire sauter les plombs. Il acheta aussi une bouilloire électrique. Maude fit une estimation de sa consommation et le surtaxa en conséquence. Si la famille de Maude incarnait quoi que ce soit dans *La Tempête*, c'étaient des éléments inférieurs : une source d'énergie, encore que limitée, se dit-il, histoire de blaguer.

En dehors de l'enveloppe que Felix remettait le premier de chaque mois dans le poing rugueux de Maude, il avait peu de contacts avec ses propriétaires, si tant est qu'ils l'aient été. La famille de Maude s'occupait de ses affaires. Et Felix des siennes.

Mais ses affaires, c'était quoi ?

Il tenta d'éviter les nouvelles concernant le théâtre, s'efforça de ne pas lire d'articles sur le théâtre, de ne pas penser au théâtre. C'était trop douloureux. Mais il était rare que ses efforts soient couronnés de succès. Il se surprit à acheter les journaux locaux et même ceux des villes voisines, à éplucher les critiques, puis à les déchirer pour démarrer le feu.

Durant cette première période de deuil et de déprime, il se consacra à l'amélioration de son logement rustique. Ce fut une activité thérapeutique. Il rangea son intérieur, élimina les toiles d'araignées, récupéra ses maigres possessions au garde-meubles et les installa chez lui. Avec un peu d'huile, d'amorçage et un nouveau joint en caoutchouc, la pompe à bras reprit du service. Les latrines dehors n'avaient rien de mystérieux : elles étaient fonctionnelles et ne sentaient pas encore. Il acheta un paquet d'une substance granuleuse brunâtre dont la publicité affirmait qu'elle était indispensable pour les toilettes extérieures et en mit périodiquement. Il ajouta un tapis sur le sol de la chambre à coucher. Il ajouta une table de chevet. La photo de Miranda, riant aux éclats, trônait fièrement dessus.

En dépit des pathétiques efforts qu'il déployait pour se recréer une vie normale, il dormait d'un sommeil agité et se réveillait fréquemment.

Il acheta des outils à la quincaillerie de Wilmot : un marteau, une faux. Il faucha les mauvaises herbes devant la bicoque, nettoya la fenêtre et, initiative plus dangereuse, la lucarne. Il songea à faire un potager, à planter des tomates ou d'autres légumes. Mais non : ç'aurait été pousser les choses un peu trop loin. Néanmoins, il s'occupait. Il y travaillait, à ses occupations.

Ce ne fut pas suffisant.

Il se rendit à la bibliothèque et y emprunta des bouquins. Il devait sûrement pouvoir profiter de ces circonstances pour lire tous les fameux classiques dont il n'était jamais venu à bout dans sa jeunesse : *Les Frères Karamazov*, *Anna Karénine*, *Crime et Châti-*

ment... Mais il en fut incapable : ils regorgeaient trop de vie réelle, de tragédie. À la place, il se surprit à tourner autour des histoires pour enfants où tout finissait par s'arranger. *Anne... la maison aux pignons verts*, *Peter Pan*. Autour des contes de fées : *Blanche-Neige*, *La Belle au bois dormant*. Des jeunes filles laissées pour mortes dans un cercueil de verre ou un lit à baldaquin, puis ramenées miraculeusement à la vie grâce à l'amour : voilà ce dont il se languissait. Un renversement du destin.

« Vous devez avoir des petits-enfants, lui dit la gentille bibliothécaire. Vous leur faites la lecture ? »

Felix hocha la tête avec un sourire. À quoi bon lui confier la vérité ?

Malheureusement, même cette ressource s'épuisa au bout d'un moment. Il se mit alors à passer un laps de temps critiquable assis dans une chaise longue à rayures dénichée dans un vide-greniers, à l'ombre, le regard perdu dans le vide. Quand on faisait ça longtemps, on commençait à voir des choses qui n'étaient pas vraiment là à proprement parler, mais ça ne l'inquiétait pas. Des formes dans les nuages, des visages dans les feuilles. Du coup, il se sentait moins seul.

Le silence en vint à le déstabiliser. Ce n'était pas vraiment du silence. Les chants des oiseaux, les stridulations des criquets, le vent dans les arbres. Les mouches bourdonnant en contrepoint dans les latrines. Mélodieux. Apaisant. Parfois, afin d'échapper à cette semi-musique incessante, il montait dans sa voiture de moins en moins sûre et allait acheter une bricole à la quincaillerie de Wilmot, rien que pour entendre une voix humaine ordinaire. Au bout de quelques années, il se retrouva avec tout un stock de Krazy Glue, une petite pile de vis, de crochets à œil et d'éléments de suspension, tous parfaitement inutiles. Commençait-il à traîner la patte ? Le considérait-on comme un doux dingue local ? Alimentait-il les cancans ou passait-il totalement inaperçu ? Mais s'en souciait-il seulement ?

Et sinon, de quoi se souciait-il ? Que voulait-il, comme avant il voulait, si passionnément, se poser en élément moteur dans le monde du théâtre ? Quel était son but à présent ? Qu'avait-il qui justifie son existence ? Il avait perdu son travail et l'amour de sa vie. Ses deux amours. Il risquait de stagner. De perdre toute son énergie. De succomber à l'inertie. Il fuyait les marchands de spiritueux et les bars, c'était déjà ça.

Il pouvait devenir un de ces hommes vieillissants dénués de tout objectif – au-delà des pièges du romantisme, au-delà de l'ambition – qui vont de-ci de-là à travers le monde. Il pouvait partir en voyage : il en avait plus ou moins les moyens. Mais ils ne seraient pas légion, ces voyages, et sans intérêt pour lui : où aurait-il eu envie d'aller ? Il pouvait approcher une femme esseulée, avoir une aventure et les rendre tous les deux malheureux. Fonder une nouvelle famille était inenvisageable, rien ne remplacerait jamais celle qu'il avait perdue, qui avait disparu. Il pouvait s'inscrire dans un club de bridge, un club de photo, un club d'aquarelle. Mais il détestait le bridge, ne voulait plus faire de photos et il était nul en peinture, ce n'était pas ça qui lui sauverait la vie.

Mais avait-il envie de sauver sa vie ? Et sinon, quoi ?

Il pouvait se pendre. Il pouvait se tirer une balle dans la tête. Il pouvait se noyer dans le lac Huron, lequel n'était pas très éloigné.

Vaines conjectures. Il n'était pas sérieux.

Donc ?

Il avait besoin de se concentrer sur quelque chose, de se trouver un but. Il y réfléchit beaucoup du fond de sa chaise longue. Il finit par arriver à la conclusion qu'il lui restait deux choses – deux projets encore susceptibles de lui apporter une certaine satisfaction. Au bout d'un moment, il commença à les voir plus clairement.

Premièrement, il avait besoin de récupérer sa *Tempête*. Il fallait qu'il la monte, d'une façon ou d'une autre, dans un endroit ou un autre. Ses motifs dépassaient le cadre du théâtre ; ils n'avaient aucun lien avec sa réputation, sa carrière – rien de tel. Tout simplement, Miranda devait être libérée de son cercueil de verre ; il fallait lui donner vie. Mais comment s'y prendre, où dénicher les comédiens ? Ça ne se trouvait pas sous le sabot d'un cheval, et en plus il n'y avait pas tellement de chevaux autour de sa bicoque.

Deuxièmement, il voulait se venger. Il en crevait d'envie. Il en rêvait du matin au soir. Il était impératif que Tony et Sal souffrent. S'il était dans cette situation dramatique, c'était leur faute, ou pour beaucoup. Ils l'avaient traité de manière sordide. Mais quelle forme cette vengeance pouvait-elle prendre ?

C'étaient les deux choses qu'il voulait. Et ce désir s'aiguisait de jour en jour. Seulement, il ne savait pas comment parvenir à ses fins.

7. Enfiévré par des études secrètes

Faute de mieux, sa *Tempête* attendrait : il n'avait pas les ressources nécessaires. Il allait donc commencer par se concentrer sur la vengeance.

Comment la mettre en œuvre ? Attirerait-il Tony dans une cave humide contre la promesse d'une barrique d'amontillado pour l'y emmurer vivant ? Mais Tony n'était pas un bec fin. Il ne s'intéressait guère aux mets et boissons de gourmet pour eux-mêmes : s'ils lui plaisaient, c'était parce qu'ils attestaient un certain statut social. Et il n'aurait jamais la stupidité de descendre dans un endroit sombre avec Felix sans la présence de gardes armés : il n'était pas sans avoir conscience du ressentiment justifié de Felix.

Felix séduirait-il la femme de Tony ou, mieux, ferait-il courir la rumeur qu'un jeune beau mec l'avait séduite ? Mais la femme de Tony était un joyau en albâtre glacé : sans doute était-elle un robot réfractaire à toute séduction. Et, à supposer qu'on puisse briser son invisible ceinture de chasteté, pourquoi une telle injustice envers un jeune beau mec innocent, quel qu'il soit ? Pourquoi faire retomber sur lui la colère de Tony, qui disposait d'un arsenal considérable pour défaire une carrière ? N'ayant qu'une demi-vie, les jeunes beaux mecs méritaient de profiter de leur prime jeunesse dans les piscines et les draps parfumés de semi-mémères tant qu'ils en avaient le loisir. Avant que le flétrissement ne s'installe, avant l'avachissement et l'impossibilité de se concentrer.

Se faufilerait-il dans la maison/le bureau/le restaurant préféré de Tony pour glisser dans son repas une substance toxique qui lui vaudrait une maladie incurable ou une mort lente et douloureuse ? Felix pourrait alors se déguiser en médecin, faire irruption dans la chambre d'hôpital de Tony et se réjouir de son succès. Il avait lu un roman policier dans lequel la victime était morte après avoir ingéré des bulbes de jonquilles. Dans son souvenir, ils avaient été mélangés à une soupe à l'oignon. Non, non. Purs fantasmes. Pareilles vengeances étaient beaucoup trop mélodramatiques et de toute façon bien au-delà de ses possibilités. Il lui faudrait se montrer plus subtil.

Connais ton ennemi, conseillent les grands stratèges. Il se mit à suivre les faits et gestes de Tony : les endroits où il se rendait, ce qu'il faisait, ses déclarations, ses apparitions à la télévision. La liste de ses réussites ; Tony aimait les collectionner et veillait à ce qu'elles soient reconnues.

Au début, cette traque indirecte fut facile : Felix n'avait qu'à se procurer les journaux de Makeshiweg – il n'y en avait alors que deux – et consulter les articles sur le théâtre et la chronique mondaine. À l'époque, Tony était extrêmement sollicité pour assister à des soirées ou à des galas de bienfaisance et il accordait volontiers des interviews. Felix grinça des dents devant le Prix de l'entrepreneur culturel de l'année, puis devant celui de la sensibilisation scolaire, attribué à Tony pour le programme du Festival qui allait chercher les gamins des environs et les amenait en bus au théâtre, où ils chuchotaient et gloussaient sur leur siège tout au long de *Hamlet*, tandis que les cadavres s'amoncelaient sur scène. C'était Felix qui avait eu l'idée de ce programme. En fait, la plupart des choses pour lesquelles Tony était récompensé avaient germé dans le cerveau de Felix.

En l'an V de l'exil de Felix, il eut un autre prix : l'ordre de l'Ontario. « Oh, mon cher, grommela Felix dans sa barbe. Un zigouigoui de plus à coller à ton revers. Imposteur ! »

En l'an VI, Tony prit une nouvelle orientation. Il démissionna du Festival et brigua une fonction politique, dans la ville même de Makeshiweg, où il était déjà connu de la population. Il remporta un siège à la législature provinciale et devint un honorable député. Le ministre du Patrimoine était toujours Sal O'Nally, de sorte que les deux hommes étaient maintenant dans le même nichoir, d'où ils se constituaient, on pouvait en être certain, un confortable matelas. Voilà qui était rudement douillet pour les deux compères.

À force de tortillage, Tony ne tarderait pas à devenir ministre, se dit Felix. Déjà, on parlait de lui comme d'un homme d'avenir. Sur ses photographies, il avait une allure de ministrable.

La technologie apporta ensuite un nouveau télescope au maigre arsenal d'espion dont disposait Felix : Google, le gremlin fureteur. Dans le temps, Felix avait un ordinateur, mais il appartenait au Festival, qui l'avait donc gardé quand Felix avait été déposé. Pendant un moment, il avait bricolé, caché dans le cybercafé de Wilmot, pour suivre les activités de Tony du mieux possible. Il avait fermé son compte de messagerie professionnel en quittant le Festival – ç'aurait été exaspérant de recevoir tous ces messages hypocrites, ruisselants de commisération –, mais il ouvrit deux nouveaux comptes, un pour lui-même et un pour M. Duc, lequel avait désormais deux cartes de crédit. Il envisagea de faire établir un permis de conduire à M. Duc, mais ç'aurait été pousser le bouchon un peu loin.

Estimant qu'il devenait un peu trop visible dans le café de Wilmot – on risquait de le soupçonner de regarder du porno –, il s'acheta un ordinateur d'occasion, pas cher. Il fit tirer une ligne de téléphone de chez Maude jusqu'à la bicoque et se servit d'un modem. Mais au bout d'un moment le câble fut installé sur la route derrière chez lui, il put donc passer à une connexion Ethernet et à un routeur, ce qui augmenta et sa vitesse et la protection de son accès à Internet.

Incroyable, ce qu'on peut apprendre sur quelqu'un grâce au Net. Seul dans son coin isolé, Felix lisait les alertes Google tandis que, là-bas, Tony et Sal s'affairaient dans le monde, sans soupçonner une seconde que quelqu'un, un mouchard, un fouinard, les traquait sur Internet.

Qu'est-ce que Felix attendait ? Il n'en savait trop rien. Une occasion inespérée, un coup de chance ? Un moyen de parvenir à une confrontation ? Le moment où le rapport de forces pencherait en sa faveur ? C'était un souhait impossible, mais sa rage refoulée le portait. Ça, et sa soif de justice.

Il se rendit compte que cette traque était un peu dingue, enfin juste un peu. Car, au fil du temps, il avait ouvert dans sa vie un nouvel espace qui frisait la vraie folie.

Ça avait commencé quand il s'était mis à réfléchir à l'âge qu'aurait eu Miranda si elle avait vécu. Elle aurait eu cinq ans, puis six ; elle serait en train de perdre ses dents de lait ; d'apprendre à écrire. Ce genre de choses. Rêveries mélancoliques au départ.

Mais de la rêverie mélancolique à la semi-conviction qu'elle était encore près de lui, même s'il ne la voyait pas, il n'y avait qu'un pas. Appelez ça un trope, une fantaisie, du théâtre : il n'y croyait pas vraiment, et pourtant il s'impliqua dans cette non-réalité comme si elle était réelle. Il reprit l'habitude de se pencher sur les livres pour enfants à la bibliothèque de Wilmot, sauf qu'à présent il les lisait à haute voix le soir. D'un côté, il y prenait plaisir – sa voix était toujours aussi bonne qu'avant, ça l'aidait à l'entretenir – et d'un autre côté, il savourait cette illusion qu'il avait lui-même créée. Y avait-il là une petite fille qui l'écoutait ? Non, pas vraiment. N'empêche, le penser l'apaisait.

Lorsque Miranda eut cinq, six, sept ans, il l'aida à faire ses devoirs ; elle était scolarisée à domicile, naturellement. Ils s'installaient à la table en Formica, lui sur une de ses vieilles chaises en bois, elle sur l'autre.

« Six fois neuf ? » lui demandait-il.

Qu'elle était vive ! Elle ne se trompait pratiquement jamais.

Ils commencèrent à prendre leurs repas ensemble, ce qui était bien, car sinon il les aurait peut-être sautés. Elle le grondait gentiment quand il ne mangeait pas assez. Finis ton assiette, lui disait-elle. Elle, ce qu'elle préférait, c'étaient les macaronis au fromage.

Lorsqu'elle eut huit ans, il lui apprit à jouer aux échecs. Elle apprenait vite et ne tarda pas à le battre deux fois sur trois. Avec quel sérieux elle étudiait l'échiquier tout en mâchonnant le bout de sa longue tresse qu'elle savait désormais faire toute seule ! Quelle joie il éprouvait, secrètement, quand elle gagnait, même s'il feignait d'être dépité ! Elle éclatait de rire, elle savait qu'il faisait semblant. S'il l'avait vraiment été, elle aurait manifesté une compassion débordante. Elle avait tant d'empathie. Il s'efforçait de ne jamais afficher sa colère devant elle, la colère qu'il éprouvait toujours contre Tony, contre Sal : ça l'aurait plongée dans la confusion. Lorsqu'il suivait leurs inepties sur Internet en marmonnant bruyamment, elle n'était jamais dans la pièce.

Dans la journée, elle était souvent dehors, à jouer dans le pré à côté de la maison ou dans le bosquet derrière. Il voyait s'envoler une nuée de papillons dans la prairie : elle avait dû les surprendre. Quand des geais bleus ou des corbeaux faisaient tout un pataquès dans le bois, il en concluait qu'elle était allée se balader de ce côté-là. Des écureuils lui racontaient des histoires, les grouses se sauvaient en gloussant à son approche. Au crépuscule, les lucioles balisaient son parcours et les chouettes la saluaient avec des cris étouffés.

L'hiver, quand les congères s'accumulaient sur le chemin, que le vent rugissait, elle se faufilait dehors sans y réfléchir à deux fois. Elle ne s'habillait pas aussi chaudement qu'elle aurait dû, alors qu'il la tarabustait pour qu'elle porte des mitaines, mais ce n'eut jamais d'incidence : ni rhume ni grippe. En fait, elle n'était jamais malade, contrairement à lui. Lorsqu'il était souffrant, elle s'inquiétait et veillait à ne pas le déranger ; mais lui n'eut jamais à se tracasser pour elle : quel mal pouvait-il lui arriver ? Elle était au-delà du mal.

Jamais elle ne lui demanda pourquoi ils avaient atterri là, dans cette bicoque, coupés de tous. Jamais il ne le lui dit. Ça lui aurait fait un choc d'apprendre qu'elle n'existait pas. Ou, disons, pas comme on le penserait.

Un jour, il l'entendit chanter, juste derrière la fenêtre. Il n'avait pas rêvé, comme il l'avait fait jusque-là. Ça n'avait rien à voir avec ses élucubrations fantaisistes et néanmoins désespérées. Il avait bel et bien entendu une voix. Ça ne le consola pas, au contraire, ça lui fit peur.

Ça va trop loin, se dit-il sévèrement. *Secoue-toi, Felix. Reprends tes esprits. Évade-toi de ta cellule. Il faut que tu renoues avec la réalité.*

8. Amène la troupe

Donc, en l'an IX de son exil – Miranda avait douze ans –, M. Duc prit un emploi. Ce n'était pas un poste prestigieux, mais ça convenait à Felix : il tenait à faire profil bas. Ce retour dans le monde, la reprise de relations avec les autres, il espérait que ça lui remettrait les pieds sur terre. Il avait sombré dans la folie, il s'en rendait compte. Trop de temps seul avec ce chagrin qui le rongeait, trop de temps à remâcher ses griefs. Il eut l'impression d'émerger d'un long rêve triste.

Il avait déniché ce job dans un des journaux locaux en ligne. Un professeur du centre pénitentiaire Fletcher, responsable d'un programme de niveau lycée intitulé *Alphabétisation par la littérature*, avait été victime d'une maladie soudaine – d'une maladie fatale, pour être plus précis. Il fallait pourvoir le poste dans les plus brefs délais. Ce serait une affectation temporaire. Une certaine expérience était requise, mais – présuma Felix – pas trop. Les personnes intéressées...

Felix était intéressé. Recourant à la messagerie de M. Duc, il envoya un premier courrier pour se porter candidat. Puis il se bricola un curriculum vitæ frauduleux, bidouilla des lettres de recommandation vieilles de plusieurs décennies et émanant d'obscures écoles du Saskatchewan, signées par des directeurs d'établissement dont on pouvait penser qu'ils étaient morts ou partis s'installer en Floride. Il était sûr à quatre-vingt-dix pour cent que personne n'irait jamais vérifier : après tout, il ne serait qu'un bouche-trou. Dans sa lettre de motivation, il déclara être à la retraite depuis plusieurs années, mais éprouver le besoin de donner quelque chose en retour à la communauté, vu que la vie lui avait tant apporté.

Il reçut presque aussitôt un e-mail lui proposant un entretien, ce qui lui fit deviner qu'il n'y avait pas d'autre postulant. Tant mieux : sans doute étaient-ils pressés, et il décrocherait le poste par défaut. À présent, il le voulait vraiment, il s'en était persuadé. Peut-être ce job avait-il un certain potentiel.

Il se fit présentable – il s'était pas mal laissé aller depuis un bon moment – et s'acheta une chemise vert foncé d'allure plébéienne au Mark's Work Wearhouse de Wilmot. Il alla même jusqu'à tailler sa barbe. Elle avait poussé au fil des années ; elle était grise désormais, presque blanche, et il avait de longs sourcils assortis. Il espérait offrir l'image d'un homme sage.

L'entretien eut lieu, non pas au pénitencier Fletcher, mais dans un McDonald's proche. La femme menant l'entretien avait la quarantaine et ne ménageait pas ses efforts pour paraître à son avantage : elle arborait une mèche rose dans ses cheveux blond-gris, des boucles d'oreilles scintillantes, des ongles manucurés argent tendance. Je m'appelle Estelle, lui dit-elle en se présentant. Qu'elle l'invite à utiliser son prénom était un signal positif, elle voulait qu'ils soient amis. Elle ne travaillait pas personnellement à Fletcher, lui expliqua-t-elle : elle enseignait à l'université Guelph et supervisait le cours de Fletcher à distance. Elle participait également à divers comités consultatifs pour le gouvernement. Le ministère de la Justice. « Mon grand-père était sénateur, ajouta-t-elle. Ça m'ouvre certaines portes. Je connais les ficelles, pourrait-on dire, et je dois vous avouer que le programme d'alphabétisation par la littérature est plus ou moins... bref, mon bébé. J'ai fait énormément de lobbying pour lui ! »

Felix déclara que c'était admirable. Estelle répondit qu'on faisait tous ce qu'on pouvait.

Le professeur décédé était quelqu'un de tellement bien, reprit-elle ; de nombreuses personnes le regretteraient, ça avait été si soudain, quel choc ! Il avait vraiment essayé, à Fletcher ; il avait accompli... Enfin, il avait fait de son mieux, dans des conditions qui... Il ne fallait pas avoir trop d'espoir quand on se lançait là-dedans.

Felix hochait la tête, émettait des petits hum hum aux bons moments, affichait un air compréhensif et soutenait le regard de son interlocutrice. En retour, les sourires d'Estelle se multiplièrent. Tout se passait comme il fallait.

Les préliminaires terminés, Estelle entama l'entretien proprement dit. Elle prit une inspiration.

« Je crois vous reconnaître, monsieur Duc, déclara-t-elle. Malgré la barbe, qui, je l'avoue, fait très distingué. Vous êtes Felix Phillips, n'est-ce pas ? Le célèbre metteur en scène ? Je suis une fidèle du Festival depuis toute petite, mon grand-père nous y emmenait régulièrement ; j'ai une énorme collection de programmes ! »

Autant pour son alter ego.

« En effet, dit Felix, mais pour ce poste je serai M. Duc. J'ai pensé que ce serait moins intimidant.

— Je vois. »

Un sourire, plus hésitant. Intimidant, un vieux metteur en scène réduit à l'impuissance ? Aux yeux des criminels endurcis de Fletcher ? Vraiment ?

« Si un employeur potentiel avait su qui j'étais, il ou elle aurait décrété que j'étais surqualifié. Trop professionnel. »

Un sourire plus franc ; pour Estelle, cette explication était plus convaincante.

« Donc, ça pourrait rester notre secret. » Felix avait baissé la voix et s'était penché par-dessus la table. « Vous pourriez être ma confidente.

— Oh, ce serait amusant, ça ! »

Voilà qui lui plaisait.

« Une confidente ! On se croirait dans une pièce de la Restauration anglaise ! *The City Heiress* ou bien...

— D'Aphra Behn. Sauf que les confidentes sont des voleuses. »

Il était impressionné : c'était une pièce très peu connue, pas une de celles qu'il avait montées.

« Peut-être que j'ai toujours eu envie d'être une voleuse, dit-elle en riant. Mais sérieusement, c'est un très grand honneur ! J'ai dû voir pratiquement toutes vos représentations à Makeshiweg, quand vous y étiez. J'ai adoré votre *Lear* ! C'était tellement, tellement...

— Ça vous prenait aux tripes, lui souffla Felix en citant une des critiques les plus enthousiastes.

— Oui. Ça vous prenait aux tripes. »

Elle s'interrompit une seconde.

« Mais ce poste... C'est vrai, bien entendu, que vous êtes surqualifié. Vous savez que ce n'est que temporaire – trois mois par an. Vous n'espérez pas quelque chose d'équivalent...

— Non, non ! s'écria Felix. Un salaire normal. Ça fait un moment que je suis à la retraite, je suis forcément rouillé.

— À la retraite ? Oh, vous êtes trop jeune pour ça, lui lança-t-elle par réflexe. Ce serait du gâchis.

— C'est trop gentil. »

Il y eut un silence.

« Vous comprenez bien qu'il s'agit d'une prison, ajouta-t-elle au bout d'un moment. Vous aurez pour élèves, eh bien, des criminels reconnus. Le but de ce programme est d'améliorer leur aptitude à lire et à écrire afin qu'ils puissent trouver une vraie place dans la société à leur sortie. Seraient-ils à même de vous apprécier à votre juste valeur ?

— Ce serait un défi. J'ai toujours aimé les défis.

— Soyons francs, répliqua Estelle. Certains d'entre eux s'échauffent vite. Ils passent facilement à l'acte. Je ne voudrais pas que vous... »

Il était clair qu'elle voyait Felix à terre, un surin de fortune dans le cou, au milieu d'une flaque de sang.

« Chère madame, dit Felix en adoptant un de ses accents de scène aristo-snob, de toute façon, aux premiers temps du théâtre, les comédiens étaient considérés comme de quasi-criminels. Et j'en ai connu un paquet – c'est ce qu'ils font, ils passent à l'acte ! Fureur scénique. Il y a des moyens de réguler ça. Et, en travaillant avec moi, ils seront sûrs d'apprendre à mieux se contrôler. »

Estelle hésitait encore, mais elle dit :

« Bon, si vous êtes prêt à tenter le coup...

— J'aurais besoin de faire les choses à ma manière, dit Felix, en poussant sa chance. Je désirerais avoir énormément de latitude. »

67

C'était le début du semestre et l'enseignant décédé avait à peine commencé, de sorte que Felix avait les moyens de créer son propre programme.

« Que lisent-ils généralement pour cette classe ?

— Eh bien, on s'est appuyés sur *L'Attrape-cœurs*, dit Estelle. Beaucoup. Et sur certains romans de Stephen King, ça leur plaît, ça. *Le Curieux Incident du chien pendant la nuit.* Un grand nombre d'entre eux s'y identifient, et c'est facile à lire. Des phrases courtes.

— Je vois. »

L'Attrape-cœurs, mon cul, songea-t-il. De la bouillie pour bébés. Ils étaient dans un établissement de sécurité moyenne à maximale ; c'étaient des adultes, et la vie les avait conduits bien au-delà de ces paramètres.

« Je prendrai une approche assez différente.

— J'hésite à demander laquelle », fit Estelle en penchant la tête d'un air espiègle.

Maintenant qu'elle avait accepté qu'il prenne le poste, elle était suffisamment détendue pour flirter. *Surveille ton futal, Felix,* se dit-il. *Elle n'a pas d'alliance, tu représentes donc une cible légitime. Ne lui donne pas matière à rêver.*

« Shakespeare, la voilà, mon approche.

— Shakespeare ? »

Estelle, qui s'était penchée en avant, se rejeta en arrière. Était-elle en train de regretter son choix ?

« Mais c'est sûrement beaucoup trop... Il y a des tas de termes... Ça les découragera ; peut-être devriez-vous opter pour des choses plus proches du niveau... Franchement, certains d'entre eux savent à peine lire.

— Vous pensez que les comédiens de Shakespeare lisaient beaucoup ? C'étaient des compagnons (il attrapa le premier exemple qui lui vint à l'esprit, mauvais peut-être), des maçons, par exemple ! Ils ne lisaient jamais la pièce en entier ; ils se contentaient de mémoriser leur texte et leurs entrées en scène. Et ils improvisaient énormément. Le texte n'était pas une vache sacrée.

— Euh, oui, je sais, mais... Mais Shakespeare est un tel classique. »

Trop bon pour eux, voilà ce qu'elle voulait dire.

« Il n'avait absolument pas l'intention d'être un classique ! dit Felix, une pointe d'indignation dans la voix. Pour lui, les classiques, c'étaient, eh bien, Virgile, Hérodote et... Ce n'était qu'un comédien et un metteur en scène qui s'efforçait de se maintenir à flot. Et si nous avons Shakespeare, ce n'est que pure chance ! Rien n'a même été publié avant sa mort ! Ses vieux amis ont remonté ses œuvres à partir de bribes – une bande de comédiens rincés qui se sont appliqués à retrouver ce qu'ils avaient dit alors que le bonhomme avait calenché. »

Quand tu n'es pas trop sûr de ton coup, se dit-il, *continue à parler, c'est tout.* C'était une vieille astuce lorsqu'on avait un trou de mémoire sur scène : on balance une phrase, n'importe quoi qui fasse bon effet, de façon à donner au souffleur le temps de vous remettre en selle.

Estelle afficha un air perplexe.

« Eh bien, oui, mais quel est le rapport avec...

— Je crois au concret, déclara Felix avec le plus d'autorité possible.

— Concret dans quel sens ? s'écria Estelle, franchement inquiète à présent. Il faut respecter leur espace personnel, vous n'avez pas le droit de...

— Nous ferons du spectacle, poursuivit Felix. Voilà ce que je veux dire. On va jouer ces pièces. C'est le seul moyen d'entrer véritablement dans les rôles. Oh, ne vous tracassez pas, je suivrai les recommandations officielles, quelles qu'elles soient. Ils feront des devoirs, des rédactions et tout le tintouin. Je leur attribuerai des notes. Je suppose que c'est ce qu'on attend de moi. »

Estelle sourit.

« Vous êtes très idéaliste, dit-elle. Des rédactions ? Sincèrement, je…

— Des textes simples. Sur la pièce qu'on sera en train d'étudier.

— Vous le pensez vraiment ? Vous pourriez obtenir qu'ils fassent ça ?

— Donnez-moi trois semaines. Si ça ne marche pas d'ici là, je me tournerai vers *L'Attrape-cœurs*. Promis.

— D'accord, c'est entendu, répondit Estelle. Bonne chance. »

Les premières semaines furent un peu rudes, c'est vrai. Felix et Shakespeare durent drôlement batailler pour avancer sur un terrain sacrément épineux, et Felix s'aperçut qu'il était moins préparé qu'il ne l'aurait cru aux conditions de la prison. Il lui fallut affirmer son autorité, poser des limites. À un moment donné, il menaça de se retirer. Certains décrochèrent, mais ceux qui restèrent se montrèrent sérieux et, finalement, le cours sur Shakespeare du centre Fletcher se révéla un succès. Dans son style modeste, il était à la pointe de ce qui se faisait ; il était aussi, pouvait-on dire – et Felix le dit à ses étudiants, en leur expliquant soigneusement le terme –, à l'avant-garde. Il était cool. Une fois la première saison passée, les gars firent la queue pour s'inscrire. Si surprenant que cela pût paraître, leurs notes en lecture et en rédaction grimpèrent en moyenne de quinze pour cent. Comment l'énigmatique M. Duc parvenait-il à de tels résultats ? Faute de comprendre, il y eut des hochements de tête, on soupçonna des fraudes. Mais non, des tests objectifs confirmèrent les choses. L'impact était réel.

Dehors, dans le vaste monde, où les universitaires se réunissaient, où des conférences se tenaient, où on avançait des théories et où les ministères approuvaient des budgets, le mérite en revint pour beaucoup à Estelle, mais Felix ne lui en voulut pas. Il était trop occupé. Il était revenu au théâtre, mais d'une façon nouvelle, d'une façon qu'il n'avait pas imaginée dans sa vie antérieure. Si quelqu'un lui avait dit alors qu'il travaillerait Shakespeare en prison avec une bande de détenus, il lui aurait répondu qu'il hallucinait.

Ça faisait maintenant trois ans qu'il était là-dessus. Il avait choisi les pièces avec soin. Il avait commencé par *Jules César*, continué avec *Richard III*, puis il était passé à *Macbeth*. Les luttes de pouvoir, les trahisons, les crimes : étant donné que ses étudiants étaient à leur façon des spécialistes de ces domaines, ils appréhendaient immédiatement ces sujets.

Ils avaient un avis éclairé sur la manière dont les personnages auraient pu mieux mener leurs affaires. Quelle idiotie que de laisser Marc-Antoine prendre la parole aux funérailles de César : ça lui avait fourni une occasion en béton et après, regardez la suite ! Richard était allé trop loin, il n'aurait pas dû assassiner tout le monde ou presque, vu que, le moment venu, il n'avait plus eu personne pour l'aider dans sa bataille. Tu veux être le caïd ? T'as besoin d'alliés – simple comme bonjour ! Quant à Macbeth, il n'aurait pas dû faire confiance à ces sorcières, du coup il était devenu trop sûr de lui et ça, c'était le bide assuré. Un mec devait faire gaffe à ses points faibles, c'était la règle numéro un, parce que quand un truc peut foirer, il foire. On le sait tous ici, pas vrai ? Hochements de tête approbateurs à la ronde.

Sagement, Felix reprit ces commentaires pour sujets de devoir.

Il évita les comédies romantiques : trop frivoles pour ce groupe, et ce n'était pas une bonne idée d'aborder des questions de sexe, ça risquait de mettre le chambard. *Hamlet* et *Lear* étaient exclus aussi, pour une autre raison : c'étaient des pièces trop déprimantes. Il y avait déjà bien assez de tentatives de suicide à Fletcher, et certaines avaient été couronnées de succès. Les trois pièces qu'il avait faites jusqu'à présent étaient acceptables, parce que même si chacune d'entre elles s'achevait avec une flopée de morts, chacune offrait aussi un nouveau commencement sous les traits de celui ou celle qui avait gagné. Les comportements mal venus, stupides même, étaient punis et la vertu récompensée, plus ou moins. Avec Shakespeare, c'était toujours plus ou moins, ainsi qu'il s'escrimait à leur dire.

La méthode de Felix était la même pour chaque pièce. Premièrement, chacun lisait le texte à l'avance, texte qu'il avait lui-même abrégé. Il fournissait également un résumé de l'intrigue et un ensemble de notes, plus un aide-mémoire pour les termes archaïques. Normalement, ceux qui ne suivaient pas à ce stade laissaient tomber.

Puis, une fois qu'il rencontrait la classe, il exposait les grands thèmes : de quoi parlait la pièce ? Il y avait toujours au moins trois grands thèmes, parfois plus, parce que, comme il le leur expliqua, Shakespeare était difficile. Il comportait de nombreux niveaux de lecture. Il aimait cacher des choses derrière les rideaux jusqu'au moment – *presto !* – où il vous surprenait.

La mesure qu'il adoptait ensuite avait une grande importance dans sa méthode : il limitait les jurons autorisés dans le cours. Les élèves avaient la possibilité de choisir une liste d'injures, mais uniquement parmi celles qui apparaissaient dans la pièce. C'était une particularité qu'ils appréciaient ; ça les obligeait aussi à lire le texte très attentivement. Puis il les mettait en compétition en leur retirant des points quand ils employaient les mauvais jurons. S'ils travaillaient sur *Macbeth,* ils ne pouvaient que dire : « Va noircir en enfer, drôle à face de crème ! » Ceux qui enfreignaient cette règle étaient pénalisés. À la fin, il y avait une récompense appréciable, les cigarettes que Felix introduisait en douce dans la prison. Cette initiative était très populaire.

Venait ensuite l'étude poussée des principaux personnages, analysés un à un. Qu'est-ce qui les faisait vibrer ? Que voulaient-ils ? Pourquoi avaient-ils agi comme ils l'avaient fait ? Des débats animés avaient lieu, différentes options étaient proposées. Macbeth était-il un psychopathe, ou quoi ? Lady Macbeth était-elle givrée depuis toujours ou était-ce la culpabilité qui l'avait rendue folle ? Richard III était-il, de nature, un tueur implacable, ou bien un produit de son époque et de sa famille élargie totalement dépravée, où il fallait tuer pour ne pas être tué ?

« Très intéressant, disait Felix. Bravo. » Et il ajoutait : « Le truc à propos de Shakespeare, c'est qu'il n'y a jamais une seule réponse. »

Ensuite, il attribuait les rôles, avec, en renfort, toute une équipe pour chaque personnage important :

souffleur, doublure, costumier. Les équipes pouvaient réécrire les rôles des personnages avec leurs propres mots, pour les rendre plus contemporains, mais elles n'avaient pas le droit de modifier l'intrigue. C'était la règle.

Leur dernier devoir, celui qu'ils rédigeaient après avoir joué la pièce, consistait à imaginer une suite à la vie de leur personnage, dans le cas où ledit personnage était encore vivant. Sinon, quelque chose sur la manière dont les autres protagonistes voyaient le défunt ou la défunte une fois qu'il ou elle était enterré(e), et la représentation terminée.

Après avoir fignolé le texte à leur façon, ils répétaient, travaillaient la bande-son et mettaient au point les accessoires et les costumes, que Felix se procurait dehors et rapportait tant bien que mal à Fletcher. Il y avait des limites, bien entendu : pas d'objets pointus, pas d'explosifs, rien qu'on puisse fumer ou s'injecter. Les patators étaient interdits. De même, il le découvrit, que le faux sang : d'après le raisonnement officiel, certains risquaient de le confondre avec du vrai, et d'y voir une incitation.

Puis ils jouaient la pièce, scène par scène. Ils ne pouvaient la présenter devant un public : l'administration répugnait à réunir toute la population carcérale en un seul lieu par crainte d'émeutes, et de toute façon il n'y avait pas d'auditorium suffisamment spacieux. Ils filmaient donc toutes les scènes en vidéo, puis les éditaient numériquement, ce qui permettait à Felix de cocher « a acquis les compétences recherchées » sur les nombreux formulaires à remplir. En plus, avec la vidéo, les comédiens n'avaient pas à être gênés s'ils cafouillaient sur une réplique : ils pouvaient toujours refaire une prise.

Une fois la vidéo terminée, effets spéciaux et musique compris, elle était diffusée à tout Fletcher via les télévisions en circuit fermé des cellules. Assis dans le bureau du directeur, où il suivait la diffusion en compagnie dudit directeur et de plusieurs supérieurs, Felix entendait les cris, les applaudissements et les commentaires par l'interphone de surveillance, et ça lui faisait chaud au cœur. Les prisonniers adoraient les scènes de bagarre. Pourquoi pas ? Tout le monde adorait les scènes de bagarre : c'était pour ça que Shakespeare les avait incluses.

Les représentations étaient peut-être un peu rustiques, mais elles étaient authentiques. Felix se prenait à regretter de ne pas avoir réussi autrefois à tirer de ses professionnels la moitié de cette émotion. Les feux de la rampe brillaient brièvement, et ce, dans un lieu obscur, n'empêche qu'ils brillaient.

Après la diffusion, il y avait un pot de dernière, comme pour de vrais comédiens – Felix y tenait beaucoup –, avec des chips et du ginger ale, puis Felix distribuait des cigarettes, il y avait des *high-five* et des checks, éventuellement ils se repassaient la dernière partie de la vidéo pour revoir le générique de fin. Tout le monde dans la classe – même les petits rôles, même les doublures – voyait défiler son nom de scène. Et, sans même qu'on les y pousse, ils réagissaient en vrais comédiens et flattaient leur ego respectif. « Hé, Brutus – brutal ! » « T'as cartonné, mon Ritchie ! » « File-nous un œil de triton ! » Grands sourires, saluts de la tête en guise de remerciements, sourires timides.

En regardant tous ces visages qui regardaient leur visage incarnant une tierce personne, Felix ressentait une émotion étrange. Pour une fois dans leur vie, ils s'aimaient.

Ce cours durait de janvier à mars et, durant ces trois mois, Felix débordait d'énergie. Mais, l'été et l'automne, quand il réintégrait sa bicoque à plein temps, le découragement le reprenait. Après une carrière aussi extraordinaire que celle qu'il avait connue, quelle déchéance – monter Shakespeare dans une prison avec une bande de voleurs, de dealers, d'escrocs, de meurtriers, d'aigrefins et d'arnaqueurs ! Était-ce ainsi qu'il finirait ses jours, à partir en sucette dans un trou perdu ?

« Felix, Felix, se disait-il. Qui trompes-tu ?

— C'est un moyen de parvenir à mes fins, répondait-il. J'ai un objectif en vue. Et au moins, c'est du théâtre.

— Quel objectif ? » répliquait-il.

Il y en avait sûrement un. Une boîte fermée, cachée quelque part sous un rocher, avec dessus un V pour « vengeance ». Il ne voyait pas trop où il allait, mais il fallait absolument qu'il croie qu'il allait quelque part.

9. Ses yeux, des perles

Lundi 7 janvier 2013

C'est maintenant l'an IV de la Troupe du pénitencier Fletcher. Et aujourd'hui, le premier cours de la saison. Comme toujours, les premiers jours, Felix est un peu nerveux. Jusqu'à présent il s'est bien débrouillé avec le programme, mais il peut toujours y avoir un accident, une bourde, une révolte. Un imprévu. « Combien ces saucissons-ci ? C'est six sous, ces six saucissons-ci. Tes laitues naissent-elles ? Et on ne cafouille pas, dit-il à son reflet. Tiens-toi prêt. »

Après s'être brossé les dents et les avoir remises en place, Felix coiffe ses cheveux, par chance encore épais. Puis il se coupe quelques poils de barbe rebelles. Ça fait douze ans qu'il la laisse pousser et elle a une forme idéale à présent : fournie mais pas broussailleuse, expressive mais pas pointue. Pointue serait démoniaque. Il vise l'autorité.

Il revêt sa tenue de travail : jean, chaussures de randonnée, la chemise vert foncé de Mark's Work Wearhouse, une vieille veste en tweed. Pas de cravate. Il faut qu'il se conforme à l'image désormais familière qu'il a donnée à Fletcher, celle du professeur à la retraite, sympathique mais autoritaire, du mordu de théâtre, un peu excentrique et naïf, un type bien qui donne généreusement de son temps parce qu'il croit à la possibilité de s'améliorer.

Enfin, il ne le donne pas vraiment ; il est bel et bien payé. Mais des cacahuètes, de sorte qu'il ne fait pas ça juste pour l'argent. Ses élèves se méfient des arrière-pensées, ils en ont tellement eux-mêmes. Ils voient d'un mauvais œil la cupidité chez autrui. En ce qui les concerne, ils ne veulent rien de plus que leur dû. Ce n'est que justice, et ça permet d'éviter pas mal de bagarres, Felix le sait déjà.

Il s'efforce de rester en dehors de leurs disputes personnelles. « Ne ramenez pas ces conneries en classe, leur répète-t-il. Je n'ai pas à intervenir pour savoir qui a piqué vos clopes. Moi, je suis le type du théâtre. En entrant ici, vous laissez votre moi habituel. Vous devenez une page vierge. Puis vous vous prenez une nouvelle tête. Si vous n'êtes rien, la seule façon de devenir quelqu'un, c'est d'être quelqu'un d'autre, leur explique-t-il, citant Marilyn Monroe, un nom qu'ils ont dû entendre. Et, ici, on commence tous par n'être rien. Oui, moi aussi. »

Là, ils se la ferment : ils n'ont aucune envie d'être éjectés du cours. Dans un univers qui ne leur offre pas beaucoup de choix, ils sont dans la classe Shakespeare parce qu'ils l'ont choisie. C'est un privilège, ainsi qu'on le leur serine un peu trop souvent, peut-être. Pour sa part, Felix ne le leur a jamais dit, mais c'est sous-entendu dans tout ce qu'il dit.

« Je ne fais pas ça pour l'argent », dit Felix à voix haute. Il se tourne : Miranda est assise à la table, l'air un peu pensive parce que, maintenant qu'on est en janvier et que le semestre du printemps va commencer, elle ne le verra plus beaucoup.

« Ça n'a jamais été mon truc », ajoute-t-il.

Miranda acquiesce, elle sait que c'est vrai : les grandes âmes ne sont pas motivées par l'argent, de l'argent, elles en ont, ce qui leur permet d'avoir une grande âme. Elles n'ont pas vraiment à y réfléchir beaucoup : la bienveillance leur vient aussi naturellement que les feuilles viennent aux arbres. Et, aux yeux de Miranda, Felix est une grande âme. Ça aide ce dernier de le savoir.

Miranda a quinze ans à présent, c'est une fille adorable. Une femme, même, comparée au petit ange sur la balançoire, toujours enfermée dans son cadre en argent sur la table de chevet de Felix. La version des quinze ans est mince et gentille, mais un peu pâlotte. Il faudrait qu'elle sorte davantage, qu'elle coure à travers bois et champs comme elle le faisait naguère. Qu'elle prenne un peu de couleurs. Bien sûr, c'est l'hiver, il y a de la neige, mais ça ne la dérangeait pas, avant ; elle était capable de survoler les congères avec une légèreté d'oiseau.

Miranda n'aime pas qu'il s'absente tant, les mois où il donne son cours. Et puis elle s'inquiète : elle ne veut pas qu'il s'épuise. Lorsqu'il revient après une journée chargée, ils boivent une tasse de thé ensemble, mangent des macaronis au fromage et éventuellement une salade. Miranda devient plus sensible à la diététique, insiste pour qu'ils consomment de la verdure, l'oblige à manger du kale. Dans son enfance à lui, personne n'avait entendu parler de kale.

Si elle avait vécu, elle en serait à cette phase ingrate de l'adolescence à lâcher des commentaires dédaigneux, à le regarder en roulant des yeux, à se teindre les cheveux, à se tatouer les bras. À traîner dans les bars, ou pire. Ça circule, ces histoires.

Mais rien de tout cela ne s'est produit. Elle reste simple, elle reste innocente. Quel réconfort elle lui apporte !

Ces derniers temps, néanmoins, elle rumine quelque chose. Est-elle tombée amoureuse ? Il espère bien que non ! De toute façon, de qui pourrait-elle tomber amoureuse ? Il y a longtemps que Walter, le charrieur de bûches, est parti, et il n'y a personne d'autre alentour.

« Sois sage d'ici mon retour », lui lance-t-il.

Elle sourit tristement : que pourrait-elle faire d'autre ?

« Un peu de broderie. »

À cette suggestion, elle se renfrogne : il fait dans les stéréotypes.

« Pardon, dit-il. D'accord. Des maths avancées. »

En tout cas, voilà qui arrache un rire à Miranda.

Elle ne s'éloignera guère de la maison, il le sait. Elle ne peut guère s'éloigner. Quelque chose la retient.

À présent, il va devoir braver la neige dehors, s'enfoncer dans le froid, affronter l'épreuve quotidienne : sa voiture démarrera-t-elle ? En hiver, il se gare au bout du chemin. Il n'a plus la vieille Mustang, ça fait plusieurs années qu'elle a rendu l'âme. Il a désormais une Peugeot bleue achetée d'occasion sur Craigslist, lorsque Fletcher a commencé à verser son salaire à M. Duc. Même après le passage du chasse-neige, le chemin peut être traître, et au printemps il est boueux ; il ne l'utilise donc que pendant les saisons sèches, l'été ou l'automne. Si le chasse-neige a emprunté la petite route, il lui faudra creuser les congères et les amas de gadoue gelée que projettent en passant les jupes du véhicule. La voie a été asphaltée depuis l'époque où il s'est installé dans la bicoque, de sorte qu'elle a davantage l'air d'une route à présent. Les camions de propane la pratiquent, par exemple. Le van Fedex. Le car de ramassage scolaire.

Le car de ramassage scolaire rempli de petits enfants qui rient aux éclats. Lorsqu'il l'aperçoit, Felix détourne les yeux. Si elle avait atteint cet âge-là, elle aurait peut-être circulé à bord d'un tel car.

Felix attrape son manteau d'hiver pendu au crochet derrière la porte, avec les mitaines et le bonnet enfoncés dans les manches. Il lui faut une écharpe, et il en a une – à carreaux. Il l'a mise quelque part, mais où ? Dans la grande et vieille armoire de la chambre, lui rappelle gentiment Miranda. Bizarre : en général, ce n'est pas là qu'il la range.

Il ouvre la porte. Il y a là son bâton de magicien, la canne à tête de renard. Ainsi que sa tenue magique, accrochée au fond. La cape de sa défaite, l'enveloppe morte de son défunt moi.

Non, pas morte, mais changée. Au milieu de la tristesse, du crépuscule, elle s'est transformée, et reprend lentement vie. Il s'arrête pour l'examiner. Il y a là les peaux des animaux en peluche, un peu poussiéreuses à présent, rayées et fauves, grisâtres et noires, bleues, roses et vertes. Somptueuses et curieuses. Les nombreux yeux, pareils à des perles, le contemplent en scintillant dans l'obscurité subaquatique.

Il n'a pas revêtu cette cape depuis la fameuse époque de la trahison et de la rupture, il y a douze ans. Mais il ne l'a pas jetée non plus. Il l'a gardée en attendant.

Il ne va pas la mettre tout de suite : ce n'est pas le bon moment. Mais il est presque certain que le bon moment ne va pas tarder.

II. UN BEAU ROYAUME

10. Une étoile très favorable

Lundi 7 janvier 2013

Armé d'une pelle, Felix déblaie autour de sa voiture, coincée par les dépôts de neige que le chasse-neige a projetés en haut de son chemin. *Continue et tu vas claquer*, se dit-il. *Tu n'as plus vingt-cinq ans. Ni même quarante-cinq. Peut-être que tu devrais cesser de jouer les ermites, sous-louer un appartement délabré et arpenter la ville avec un clébard en laisse, comme tous les vieux schnocks qui se respectent.*

Après plusieurs moments à lui déclencher un ulcère, vu que la voiture refuse de démarrer – il devrait se procurer un bloc de chauffage –, Felix prend la direction du pénitencier Fletcher. *Esprits et lutins, me voici*, annonce-t-il en silence à l'habitacle de sa Peugeot. *Prêt ou pas !*

Mais il est prêt.

Un mois plus tôt, à la mi-décembre, Felix avait reçu un e-mail d'Estelle. Elle avait des nouvelles formidables à lui communiquer, lui disait-elle ; elle souhaitait les lui transmettre de vive voix. Que pensait-il d'un déjeuner, ou peut-être même d'un dîner ?

Felix avait opté pour le déjeuner. Pour ce qui était d'Estelle, il s'était cantonné, durant les trois dernières années, à des déjeuners. Il craint qu'un dîner ne se prolonge, agrémenté de boissons alcoolisées, et ne se charge beaucoup trop d'émotions, soit de la part d'Estelle, soit de la sienne. D'accord, il est veuf, mais ça ne veut pas dire qu'il est libre. Ce n'est pas qu'elle n'est pas attirante – elle a de superbes arguments –, mais il a une enfant à charge, et ces responsabilités priment tout. Même s'il ne peut naturellement pas parler de Miranda à Estelle. Il ne veut pas qu'elle pense qu'il a des hallucinations.

Ils ne déjeunent jamais au McDonald's proche de Fletcher – trop d'employés du centre le fréquentent quand ils ne sont pas de service, affirme Estelle, et les murs ont des oreilles ; elle n'aimerait pas que les gens commencent à cancaner et s'imaginent qu'ils sont ensemble. À la place, ils se sont tournés vers un établissement haut de gamme à Wilmot, sur la suggestion d'Estelle : le Zenith. Il décline la mignonnitude saisonnière. Le jour de leur déjeuner, on était proche de la période de Noël, de sorte qu'il y avait en vitrine de nombreux farfadets s'activant à leurs décorations, à leur production de jouets et à leurs peintures de fleurs de givre sur les devantures glacées. Par bonheur, l'établissement avait une licence de débit de boissons.

« Eh bien ! s'écria Estelle en s'asseyant en face de lui, dans un box d'angle. Tu as causé de sacrés remous ! »

Elle arborait un collier étincelant que Felix ne lui avait encore jamais vu : du strass, s'il ne se trompait pas.

« Je fais de mon mieux, rétorqua-t-il avec un soupçon d'autodérision approprié. Cela dit, ça ne tient pas tant à moi. Comme tu le sais, les gars se donnent à fond.

— Je ne comprends pas comment j'ai pu avoir des doutes. Tu fais des merveilles avec eux !

— Oh, n'exagérons pas, protesta Felix en contemplant le fond de sa tasse de café. Mais des progrès, oui ; ça, je pense que je pourrais l'admettre. Ton soutien m'a été d'une grande aide, ajouta-t-il judicieusement. Je n'aurais pas pu y parvenir sans toi. »

Estelle rougit sous le compliment. Il fallait qu'il se montre prudent, il ne voulait pas lui donner de faux espoirs : ils risquaient d'en souffrir l'un comme l'autre.

« Eh bien, tes remous ont produit des résultats ! J'étais à Ottawa il y a deux semaines pour une des commissions auxquelles je participe, j'y ai discuté avec plusieurs personnes et tu n'imagineras pas ce que j'ai réussi à obtenir pour toi, lui confia-t-elle, un peu haletante. À mon avis, tu vas être ravi ! »

Au fil des années, elle lui avait rendu pas mal de services en tirant des ficelles en douce. C'était grâce à son entregent qu'il avait pu financer l'équipement technique dont il avait eu besoin, ainsi que les fournitures nécessaires à la réalisation des costumes et des accessoires. Elle était parvenue à dégager un peu plus d'argent pour le cours ; en outre, elle lui avait facilité l'accès au directeur, ce qui lui avait simplifié les questions de sécurité. Elle cherchait à lui faire plaisir, c'était évident. Et il lui avait montré, sans trop d'ardeur, espère-t-il, qu'elle y parvenait.

« De quoi s'agit-il ? demanda Felix en caressant ses moustaches et en jouant de ses sourcils. Qu'as-tu bidouillé de malin ? »

De malin et de coquin ? sous-entendait son ton appuyé.

« Tu vas recevoir... »

Elle s'interrompit et baissa la voix, jusqu'à quasiment murmurer.

« Tu vas recevoir la visite d'un ministre ! Mieux encore : de deux ministres ! Ça ne se produit pour ainsi dire jamais, deux en même temps ! Peut-être même trois !

— Vraiment ? De quels ministres s'agirait-il ?

— De celui de la Justice, pour commencer. C'est sa juridiction et j'ai bien souligné au ministre délégué les progrès que tu as pu faire avec les – avec tes étudiants ! Les services pénitentiaires pourraient s'en inspirer pour redéfinir leur approche.

— Fantastique ! s'exclama Felix. Bravo ! Le ministre de la Justice ! Ce doit être Sal O'Nally. »

Lorsque le parti de Sal avait perdu l'élection provinciale, ce dernier s'était lancé dans la politique fédérale et, bingo, il avait été élu. Avec son expérience, ses relations et, il faut le dire, son aptitude à lever des fonds, il s'était vite retrouvé dans le cabinet, seulement à un niveau plus élevé cette fois-ci. Il disposait désormais d'un miniroyaume.

« Exact, répondit Estelle. Il a été au Patrimoine quand ils sont arrivés au pouvoir, puis il a passé un moment aux Affaires internationales, mais ils l'ont mis à la Justice ; ils aiment changer leurs affectations. Il a prononcé des discours très durs sur la nécessité de lutter contre la criminalité, mais le fait qu'il vienne ici pour voir personnellement ton, ton… ce que tu as fait, prouve qu'il a l'esprit plus ouvert que certains le pensent.

— Dans ce cas, j'espère qu'il appréciera notre humble prestation théâtrale. Et qui est le deuxième ministre ? »

Comme s'il ne le savait pas ! Il avait suivi le parcours de Tony, qui avait emboîté le pas à Sal et s'était insinué dans la politique fédérale : ça rapportait plus et les fêtes et réceptions étaient encore plus prestigieuses.

« Il est nouveau, il vient d'être nommé. Il est passé par le théâtre lui aussi ! Tu dois le connaître. Anthony Price. Il ne travaillait pas avec toi, dans le temps, au Festival de Makeshiweg ? »

Elle avait dû éplucher les entrées de Wikipédia sur Tony.

« Oh, cet Anthony Price, fit Felix. Oui, il a bien travaillé avec moi autrefois. Il était très efficace. C'était mon bras droit. »

N'entendait-elle pas les bruyants battements de son cœur, le sifflement dans ses oreilles ? Il avait du mal à croire en sa chance. Ses ennemis, les deux à la fois ! Ici même, à Fletcher ! Le seul endroit au monde où, avec un minutage judicieux, il parviendrait peut-être à avoir plus de pouvoir qu'eux.

« Ce sera comme une réunion de famille, dit-il.

— Oh, oui, n'est-ce pas ? Pour te dire la vérité, certains remettent en cause la nécessité de poursuivre ton programme, compte tenu des coupes budgétaires, et... plusieurs de mes collègues et certains conseillers – bon, ils ne voient pas vraiment l'enjeu, en dépit du merveilleux... Ils pensent que les prisons ne devraient servir qu'à... Mais, ce programme, c'est mon bébé, j'y ai, tu le sais, un intérêt personnel. J'ai donc beaucoup insisté, et les ministres ont accepté de venir voir, c'est déjà ça ; après tout, ce que tu as fait a provoqué un buzz très positif !

— Un buzz très positif. "Là où l'abeille butine, je butine aussi." Je présume que c'est mieux que de fourrer le pied dans un nid de guêpes. »

Sa petite blague personnelle. À présent qu'Estelle lui a ménagé cette occasion, il a bien l'intention de coller le pied dans ce nid de guêpes, et aussi profondément que possible. Là, ça ferait un buzz, un sacré buzz.

Estelle éclata de rire, avec un tout petit hoquet.

« Oh oui ! Quelle chance on a qu'ils viennent voir le stupéfiant... J'ai dit aux adjoints que ça illustrait vraiment à merveille la fertilisation croisée des disciplines, que ça montrait la manière très créative et surprenante dont on pouvait utiliser les arts comme un outil thérapeutique et éducatif ! À mon avis, tous les deux accepteront au moins de réfléchir à la façon de s'appuyer là-dessus pour édifier autre chose. Les deux ministres, s'entend. Ils voudront une séance de photos. Avec tout le groupe de... Même les... Je veux dire...

— ... comédiens. »

Tant qu'ils faisaient partie de sa troupe de théâtre, Felix refusait de dire « détenus », il refusait de dire « prisonniers ». *Bien sûr*, songea-t-il : *une séance de photos, c'est toujours le premier objectif de toute visite ministérielle.*

« Oui, bien entendu. Avec les comédiens, fit Estelle en souriant. Ça, ils le voudront.

— Et ils savent que c'est moi, le metteur en scène ? »

C'était important.

« Je veux dire, moi ? Ils connaissent mon vrai nom ?

— Eh bien, ils savent ce qui apparaît dans la description du cours. Or, c'est M. Duc. Comme promis, j'ai toujours gardé notre petit secret. »

Ses yeux pétillaient.

« Merci, répondit Felix. Je sais que je peux compter sur toi. Mieux vaut braquer les projecteurs sur les comédiens. Quand viennent-ils ? Les ministres ?

— À la fin du cours, le jour où tu présenteras la vidéo de la pièce en circuit fermé. Le 13 mars, cette année, hein ? Je me suis dit que ce serait le meilleur moment pour qu'ils jugent du résultat. Ils feront la connaissance des déten... des comédiens, ce serait presque une vraie première avec, tu vois, des dignitaires... »

Deux taches de couleur fleurirent sur ses joues. Elle était fière de son succès et elle avait, c'était évident, besoin d'une parole louangeuse. Felix la lui offrit.

« Quelle étoile tu fais, déclara-t-il. Je ne sais comment te remercier. »

Estelle sourit.

« Je t'en prie. Je suis heureuse de pouvoir aider. C'est une initiative qui vaut tellement la peine... Tout ce que je pourrais faire pour faciliter... Tu sais bien que je ferais l'impossible pour que ce projet continue. »

Elle se pencha en avant, faillit lui effleurer le poignet, se ravisa.

« Et quelle pièce de Shakespeare choisis-tu cette année ? lui demanda-t-elle. Je crois me souvenir que tu prévoyais *Henri V*, non ? Avec les grands arcs droits et... le merveilleux discours juste avant le, quelle émotion...

— J'y pensais, c'est vrai, dit Felix, mais j'ai changé d'avis. »

En fait, il venait de se raviser. Il remâche sa vengeance depuis douze ans – elle a toujours été à l'arrière-plan, profond courant pareil à une douleur. Il a eu beau traquer Tony et Sal sur le Net, jamais ils n'ont été à sa portée. Et voilà qu'ils s'apprêtent à entrer dans son espace, sa sphère. Comment les saisir, comment les encercler, comment les piéger ? La revanche est soudain si proche qu'il peut la goûter. Elle a un goût de steak, saignant. Oh, observer leur tête ! Oh, enrouler le fil de métal et serrer ! Il veut les voir souffrir.

« On va faire *La Tempête*.

— Oh », dit Estelle, consternée.

Il sait ce qu'elle pense : beaucoup trop gai.

« Ils se sont tellement bien débrouillés des thèmes plus guerriers ! Tu penses que les, les comédiens vont s'identifier... ? Toute cette magie, ces esprits, ces déesses et... Ton *Jules César* était si naturel !

— Oh, les comédiens vont très bien s'y identifier. Ça porte sur les prisons.

— Vraiment ? Je n'ai jamais pensé... Tu as peut-être raison.

— Et puis, ajouta Felix, ça traite d'un thème universel. »

Ce à quoi il pensait, c'était à la vengeance – quelque chose d'assurément universel. Il espérait qu'elle ne l'interrogerait pas sur le thème : la vengeance était tellement négative, dirait-elle. Un mauvais exemple. Surtout, compte tenu de ce public de prisonniers.

Elle avait d'autres préoccupations.

« Mais tu penses que nos deux ministres seront... On ne voudrait pas susciter davantage de doutes à propos du... Peut-être que si tu pouvais choisir quelque chose de moins... »

Elle se tordit les mains nerveusement.

« Ils vont s'y identifier aussi, dit Felix. Les ministres. Tous les deux. Garanti. »

11. Acolytes

Le même jour

Dans sa Peugeot bleue ahanante, Felix gravit la route qui serpente à flanc de colline jusqu'aux deux hautes enceintes grillagées surmontées de barbelés tranchants. La neige a recommencé à tomber, plus drue à présent. C'est une bonne idée de garder une pelle dans la voiture, ainsi qu'un sac de sable. Si ça se trouve, ce soir, il sera obligé de déblayer pour accéder au haut du chemin, alors qu'il vient de déblayer pour sortir. Crise cardiaque, crise cardiaque : un de ces jours, il forcera un peu trop sur la pelle, flanchera et on le retrouvera raide congelé. C'est le risque quand on est isolé.

Il arrête sa voiture à la première porte, attend qu'elle s'ouvre, continue jusqu'à la seconde, baisse sa vitre et présente sa carte magnétique.

« Vous pouvez y aller, monsieur Duc », dit le surveillant.

Felix est désormais un personnage connu.

« Merci, Herb », répond Felix.

Il s'engage dans la cour intérieure glacée et se gare à l'emplacement qui lui est réservé. Inutile de verrouiller son véhicule, pas ici : c'est une zone exempte de vols. Il avance dans des crissements sur la chaussée déjà recouverte de sel, appuie sur le bouton désormais familier de l'interphone, donne son nom.

Cliquetis. La porte s'ouvre et il s'enfonce dans l'atmosphère chaude où flotte une odeur bien particulière. Vieille peinture, relents de moisi, de nourriture peu appétissante mangée dans l'ennui, plus les remugles de tristesse, les épaules tombantes, la tête basse, le corps tassé sur lui-même. Une odeur de peu. De pets d'oignons. De pieds nus et glacés, de serviettes de toilette humides, d'années sans mère. L'odeur du malheur pesant sur tous les détenus à la façon d'un sortilège. Mais, ce mauvais sort, il sait qu'il peut le défaire, l'espace de brefs moments.

Felix passe un scanner corporel, comme toute personne entrant dans le bâtiment, pour éviter la contrebande. La machine est capable de déceler un trombone, une épingle à nourrice, une lame de rasoir, même si vous les avez avalés.

« Je vide mes poches ? » lance-t-il aux deux surveillants.

Ils s'appellent Dylan et Madison ; ils sont à Fletcher depuis aussi longtemps que lui. L'un a la peau basanée, l'autre légèrement jaune. Dylan est sikh et porte un turban. Son vrai nom est Dhian, mais il l'a modifié, parce que – à ce qu'il a confié à Felix –, c'est moins embêtant.

« Vous pouvez y aller, monsieur Duc. »

Grands sourires des deux surveillants. Qu'est-ce que Felix pourrait bien introduire en fraude ? Comment soupçonner un vieil acteur inoffensif dans son genre ?

Ce sont les mots qui devraient vous inquiéter, leur lance-t-il en son for intérieur. *C'est ça, le vrai danger. Les mots ne se voient pas au scanner.*

« Merci, Dylan. »

Felix leur adresse un sourire affligé, histoire de souligner le fait que cette routine ne sert à rien dans son cas, tous trois le savent bien. Un vieux gâteux, aux idées un peu brouillonnes. Rien à voir ici, les gars, circulez.

« Qu'est-ce que ce sera cette année ? s'enquiert Madison. La pièce ? »

Comme tout le monde, les surveillants ont pris l'habitude de regarder les vidéos des représentations du pénitencier Fletcher. Tous les ans, il prononce un discours à leur intention, afin qu'ils ne se sentent pas exclus. C'est toujours risqué, la possibilité que les prisonniers s'amusent plus que les surveillants. Ça pourrait susciter des rancœurs et créer des problèmes à Felix. Il pourrait y avoir des sabotages, d'indispensables accessoires et éléments techniques seraient susceptibles de disparaître. Estelle l'a alerté sur cette éventualité, de sorte qu'il bichonne les sensibilités concernées. Jusqu'à présent il n'y a eu aucun incident fâcheux à déplorer.

« Ce *Macbeth* était génial, dit Madison. Comment qu'ils ont imité la bagarre aux épées ! »

Il va sans dire qu'ils n'avaient pas eu droit à de vraies épées, mais on fait pas mal de choses avec du carton.

« Oui ! *Voici la tête maudite de l'usurpateur*, bravo, Macduff, dit Dylan. Bien fait pour ce connard.

— C'était méchamment génial ! dit Madison. Comme, *Je sens arriver un méchant quelque chose* – c'était méchamment génial aussi ! »

Il recourbe les doigts en griffes de sorcière et lâche un ricanement. Felix est toujours étonné de constater que tout le monde a envie de participer à l'action, dès qu'il y en a.

« Œil de triton, continue Dylan en affectant lui aussi un ton satanique. Et la scène avec les flèches ? J'ai vu un film là-dessus à la télé. *Les Chiens de guerre*, je me rappelle cette partie-là.

— Ce serait bien, des flèches, ajouta Madison. Et des chiens.

— Oui, reprend Dylan, mais ça peut pas être de vraies flèches. Ni de vrais chiens non plus.

— Cette année, ce sera un peu différent, dit Felix. On fera *La Tempête*.

— C'est quoi, ça ? demande Madison. J'en ai jamais entendu parler. »

Ils répètent ça tous les ans pour taquiner Felix ; il n'est jamais trop sûr de ce dont ils ont vraiment entendu parler ou pas.

« C'est celle avec les fées ? demande Dylan ? C'est ça ? Elles volent et tout ça. »

Il n'a pas l'air trop content.

« Vous pensez au *Songe*, répond Felix. *Le Songe d'une nuit d'été*. Il n'y a pas de fées dans *La Tempête*. Il y a des gobelins. Ils sont super. »

Il s'interrompt une seconde.

« Ça vous plaira.

— Il y a de la bagarre ? demande Madison.

— En un sens, répond Felix. Il y a un énorme orage. Et de la vengeance. De la vengeance, c'est sûr.

— Génial », dit Madison.

Tous deux se déridant.

La vengeance, ils connaissent : ils l'ont pas mal vu pratiquer dans leur vie. Coup de botte dans les reins, lame de fortune plantée dans le cou, sang dans la douche.

« Vous faites toujours de bonnes choses. On a confiance, monsieur Duc », déclare Dylan.

Idiots, se dit Felix : *il ne faut jamais se fier à un vieux cabot.*

Les plaisanteries terminées, on passe aux formalités.

« Voici votre alarme », dit Dylan.

Felix accroche l'alarme individuelle à sa ceinture : elle ressemble à un *pager*. En cas de crise, il est censé appuyer sur le bouton pour alerter les surveillants. C'est obligatoire de le porter, bien que Felix trouve ça vaguement insultant. Il est maître de la situation, non ? Les mots qu'il faut dans l'ordre qu'il faut, là est sa vraie sécurité.

« Merci, fait-il. J'y vais. Premier jour ! C'est toujours difficile. Dites-moi *merde*[1] !

— *Merde*, monsieur Duc. »

Deux pouces levés de la part de Madison.

C'est Felix qui leur a appris à dire *merde*. Une vieille superstition du monde du théâtre, leur a-t-il expliqué, c'est l'équivalent de bonne chance, qui ne se dit pas. Plus il partage les vieilles superstitions du monde du théâtre, mieux c'est : il élargit le cercle des *Illuminati*.

« Bipez-nous s'il y a du grabuge, monsieur Duc, lui rappelle Dylan. Les gars vous couvrent. »

Il y aura du grabuge, pense Felix, *mais pas ce à quoi tu penses.*

« Merci, dit-il. Je sais que je peux compter sur vous. »

Et il s'éloigne dans le couloir.

---

1. En français dans le texte.

12. Presque inaccessible

Le même jour

Le couloir ne ressemble en rien à un cachot : pas de chaînes, pas de fers, pas de taches de sang, même si, à ce qu'il a compris, il y en a quelques-unes en coulisses. Les murs sont revêtus d'une peinture vert clair à moyen, conformément à la théorie selon laquelle cette couleur calme les humeurs – contrairement, par exemple, au rouge qui enflamme les passions. On pourrait se croire dans un bâtiment universitaire très moderne, sinon qu'il n'y a ni tableaux d'affichage ni affiches. Le sol est gris, de ce matériau composite qui cherche – vainement – à se faire passer pour du granit. C'est propre, avec un certain brillant. L'air du couloir, pas renouvelé, sent la Javel.

Il y a une succession de portes fermées. Elles sont en métal, mais peintes du même vert que les murs, et cadenassées. Ce n'est pourtant pas une aile de dortoirs. Les secteurs cellulaires, celui de sécurité maximale dont Felix ne voit jamais les détenus, comme celui de sécurité moyenne, d'où viennent ses comédiens, sont situés au nord.

C'est dans la section de Fletcher où il se trouve à présent qu'a lieu la réinsertion, pour ce qu'elle vaut, des détenus relevant d'une sécurité moyenne. Les cours en vue d'obtenir des unités d'enseignement, ainsi que les séances de soutien psychologique. Il y a deux psychiatres. Un aumônier ou deux. Un défenseur des droits de l'homme, qui mène régulièrement ses entretiens quelque part dans les parages. Ils vont et viennent.

Felix garde ses distances avec ces individus – les profs, le défenseur des droits de l'homme, les psychologues et les aumôniers. Il n'a aucune envie d'entendre leurs théories. Il n'a aucune envie de se retrouver empêtré dans le jugement qu'ils portent sur lui et ce qu'il fait. Il est brièvement tombé sur eux au cours des trois dernières années, et ça ne s'est pas bien passé. Ils le regardent de travers, avec une approche moralisatrice et désapprobatrice qui lui tape sur les nerfs.

Représente-t-il une mauvaise influence ? Ils sous-entendent que oui. Il faut sans cesse qu'il se rappelle que tout ce qu'il pourrait répondre, ou plutôt hurler, sera consigné dans un calepin ou autre et utilisé contre lui si d'aventure ces professionnels étaient appelés pour, comme ils disent, évaluer son efficacité thérapeutique et/ou pédagogique. Si bien qu'il se la boucle lorsque ces derniers lui assènent leurs fadaises ruisselantes de bons sentiments.

Est-ce vraiment bien utile, monsieur Duc, d'exposer ainsi ces hommes abîmés – et permettez-nous d'insister sur le fait qu'ils sont très abîmés, d'une manière ou d'une autre, pour beaucoup depuis l'enfance, où ils ont été abusés et délaissés, et certains d'entre eux seraient mieux dans une institution psychiatrique ou un centre de désintoxication, qui leur serait plus profitable que l'étude de mots d'il y a quatre cents ans –, est-il utile d'exposer ces hommes vulnérables à des situations traumatisantes, susceptibles de déclencher angoisses, paniques et reviviscences ou, pire, comportements dangereusement agressifs ? Des situations comme les assassinats politiques, les guerres civiles, la sorcellerie, les têtes coupées et les petits garçons étouffés dans leur cachot sur ordre d'un oncle cruel ? Une grande part de tout cela se rapproche beaucoup trop de la vie qu'ils ont menée. Franchement, monsieur Duc, voulez-vous courir ces risques et endosser ces responsabilités ?

C'est du théâtre, proteste mentalement Felix. L'art de l'illusion vraie ! Bien entendu qu'il traite de situations traumatiques ! Il convoque les démons pour mieux les exorciser ! N'avez-vous pas lu les Grecs ? Le terme « catharsis » a-t-il un sens pour vous ?

Monsieur Duc, monsieur Duc, vous êtes bien trop dans l'abstrait. Ces hommes sont des personnes réelles. Ils ne sont pas là pour justifier votre esthétique théâtrale, ce ne sont pas vos souris de laboratoire, ce ne sont pas vos joujoux. Un peu de respect, s'il vous plaît.

Du respect, j'en ai vraiment, répond Felix en silence. J'ai du respect pour le talent : le talent qui sinon resterait caché et qui a le pouvoir de faire surgir et la lumière et l'être des ténèbres et du chaos. Pour ce talent, je dégage un espace et un temps ; je lui ménage une habitation et un nom, si éphémères soient-ils ; mais tout théâtre est éphémère. C'est la seule sorte de respect que je reconnaisse.

Nobles sentiments, se dit-il. Mais prétentieux, monsieur Duc, non ?

Il s'arrête devant une porte qui lui barre la route, attend qu'elle s'ouvre, la franchit. Elle se referme en coulissant derrière lui. Il y a une porte identique à l'autre bout de cette section du bâtiment. Ces deux portes demeurent fermées à clé durant ses cours. C'est plus sûr comme ça, monsieur Duc.

Il n'y a pas de liaison audio avec la Sécurité externe, ni de vidéo. Il a insisté là-dessus : les comédiens n'ont pas à être espionnés pendant qu'ils répètent, c'est trop inhibant. L'alarme accrochée à sa ceinture devrait suffire, soutient-il, et jusqu'à présent les circonstances lui ont donné raison. En trois ans, il n'a jamais eu l'occasion de s'en servir.

Il y a des toilettes, première porte à gauche. Il y a trois pièces plus petites qu'il peut utiliser comme espaces de répétition, dressings ou foyers, selon les besoins. Deux cellules témoins, l'une copie conforme d'une cellule des années cinquante, l'autre d'une cellule des années quatre-vingt-dix, autrefois utilisées dans le cadre d'un cours d'administration judiciaire de la University of Western Ontario, mais restées vacantes depuis. Chacune d'elles comporte quatre couchettes, deux en haut, deux en bas, et une lucarne dans la porte.

Les comédiens du pénitencier Fletcher s'en servent pour les décors de leurs tournages vidéo. Ils y ont planté des tentes militaires pour Brutus et Richard et leurs cauchemars. Couvertures rouges et bannières en papier les ont transformées en salles du trône. Elles ont accueilli la grotte des sorcières écossaises, le Sénat romain, le cachot de la tour de Londres où le premier et le second meurtriers se sont cachés pour se préparer à noyer Clarence dans l'alcool. Lady Macduff et ses enfants y ont été massacrés. Ça a été presque traumatisant : certains comédiens ont eu des réminiscences de leur enfance cauchemardesque. Brutes violentes, menaces, coups, hurlements, couteaux.

En passant, Felix jette un coup d'œil vers les lucarnes de ces cellules. Bien que ce soit propre, que les couchettes soient impeccablement recouvertes de couvertures grises, tout est miteux à l'intérieur. Qui soupçonnerait jamais la sorcellerie, le cérémonial, la pagaille qu'elles ont abrités ? Et que s'y passera-t-il encore ?

Finalement, voici, plus spacieuse, la salle de cours que Felix utilise pour les phases les plus analytiques, avant les répétitions. Elle est équipée de vingt bureaux, d'un tableau blanc et aussi, grâce à Estelle, d'un ordinateur – non connecté avec l'extérieur, de sorte qu'il est impossible de surfer sur les sites pornos ; l'appareil ne doit être consulté que pour le travail théâtral. Plus important, la salle dispose d'un large écran plat. C'est sur cet écran que les comédiens peuvent apprécier les fruits de leurs efforts.

Cette pièce-ci a deux portes, une à chaque extrémité. Elle n'a pas de fenêtres. Elle exhale une vague odeur de sel et de pieds sales.

C'est à cela que ça se réduit, songe Felix. *Mon royaume insulaire. Mon lieu d'exil. Ma pénitence.*

Mon théâtre.

13. Felix s'adresse à la troupe

Le même jour

Debout à côté du tableau blanc, Felix fait face à la classe de cette année. Bien qu'il ait parcouru la liste des participants auxquels il a envoyé le matériel du cours – la pièce, les notes –, il ne sait jamais à l'avance qui sera effectivement présent. Il y en a toujours qui décrochent et qui sont remplacés par d'autres amateurs en liste d'attente. Précisons, c'est tout à son honneur, qu'il y en a toujours une. Il arrive aussi que les absences soient motivées par d'autres raisons : transfert vers d'autres établissements, libération conditionnelle anticipée, blessure nécessitant un séjour à l'infirmerie.

Il scrute la salle. Visages familiers d'anciens ayant participé aux pièces précédentes ; ils le saluent d'un petit signe de tête, lui offrent un demi-sourire. Nouvelles têtes, vides d'expression ou emplies d'appréhension, faute de savoir ce qui les attend. Ce sont des gamins paumés, tous autant qu'ils sont, encore que ce ne soient pas vraiment des gamins : ils ont entre dix-neuf et quarante-cinq ans. Ils affichent de multiples teintes de peau, du blanc au noir en passant par le jaune, le rouge et le brun ; les ethnies sont nombreuses. Pareil pour les délits pour lesquels ils ont été condamnés. La seule chose qu'ils ont en commun, en dehors de leur condition de prisonniers, c'est le désir d'intégrer la troupe de Felix. Leurs motifs, présume-t-il, sont divers et variés.

Bien qu'il prétende le contraire, il a lu leurs dossiers – Estelle les lui a obtenus par des voies mystérieuses ; il sait donc pourquoi ils sont là. Certains appartiennent à un gang et trinquent pour un plus gros poisson, d'autres se sont fait prendre pour trafic de drogue semi-professionnel. Pour vol, du braquage de banque aux effractions, casses de bagnoles et agressions de petits commerçants. Un jeune génie puni pour avoir piraté les informations d'une grande entreprise. Un escroc spécialisé dans l'usurpation d'identité. Un médecin renégat. Le comptable d'une entreprise respectable, purgeant une peine pour détournement de fonds. Un avocat impliqué dans une pyramide de Ponzi.

Certains ont une expérience de comédiens, car ils ont participé à plusieurs de ses pièces. Techniquement, ils ne devraient pas avoir la possibilité de suivre le cours plus d'une fois, mais Felix a contourné cette restriction en ajoutant quelques options à son cours initial, dont des trucs et conseils ainsi que des modules complémentaires téléchargés sur le Net. Dans « Technologie appliquée au théâtre », ils étudient l'éclairage, les accessoires, les effets spéciaux et le paysage numérique. Dans « Design et Théâtre », ils étudient l'art du costume, le maquillage, les perruques et les masques. Dans « Édition de vidéo pour le théâtre », ils apprennent à faire des miracles à partir de rien. Il octroie ses évaluations scolaires en conséquence. Sur le papier, tout ça paraît très bien pour les autorités. Quelle aubaine, ce M. Duc : quatre cours pour le prix d'un.

Entre-temps, il a cultivé plusieurs ensembles de compétence auxquels il peut faire appel quand c'est nécessaire. Il a des costumiers, il a des éditeurs de vidéos, il a des éclairagistes et des pointures en effets spéciaux, il a d'excellents spécialistes du déguisement. Il se demande parfois si les techniques qu'il enseigne ne se révéleront peut-être pas utiles pour un braquage de banque par exemple, ou un kidnapping, mais quand ce genre de pensées peu reluisantes se présentent, il les relègue à l'arrière-plan.

Il observe l'assistance et attribue déjà certains rôles dans sa tête. Il repère le parfait Ferdinand, prince de Naples, qui le fixe avec des yeux ronds et candides, comme s'il était prêt à tomber amoureux : Wonder-Boy, l'escroc. Son Ariel, à moins qu'il ne se trompe complètement, esprit de l'air, mince et vif, pétillant d'une intelligence juvénile et désinvolte : 8Pinces, le *black hat* de génie. Un Gonzalo replet, le valeureux et ennuyeux conseiller : Bic Tordu, le comptable retors. Et Antonio, le traître, l'usurpateur, frère du magicien Prospéro : Œil-de-serpent, le magouilleur de la pyramide de Ponzi et fraudeur immobilier, avec son œil gauche bridé et sa bouche de travers, qui lui donne un air méprisant et ricaneur.

Trinculo, l'avorton, l'idiot, le bouffon. Pas de Stéphano, le sommelier soiffard, qui s'impose. Plusieurs Calibans, renfrognés et tout en muscles : robustes, potentiellement violents. Il aura le choix. Mais avant de se déterminer, il faudra qu'il les entende dire quelques vers.

Il sourit avec assurance, du sourire de celui qui sait ce qu'il fait. Puis il se lance dans une variante du discours par lequel il entame chaque nouvelle saison.

« Bonjour. Bienvenue dans la Troupe du pénitencier Fletcher. Peu m'importent les raisons pour lesquelles vous êtes ici et ce que vous êtes censés avoir fait : pour ce cours, le passé est un prologue, ce qui signifie que nous commencerons à compter le temps et les réussites ici et maintenant.

« À partir d'aujourd'hui, vous êtes des comédiens. Vous allez tous participer à une pièce ; chacun aura sa fonction, les anciens vous le diront. La Troupe du pénitencier Fletcher ne donne que des pièces de Shakespeare, parce que c'est le moyen le meilleur et le plus complet d'apprendre le théâtre. Shakespeare a quelque chose pour tout le monde, parce que son public regroupait tout le monde, des plus haut placés jusqu'aux plus modestes et vice versa.

« Je m'appelle M. Duc et je suis le metteur en scène. C'est-à-dire que je suis responsable de la production dans son ensemble et que j'ai le dernier mot.

« Mais nous travaillons en équipe. Chacun aura un rôle essentiel à jouer, et si quelqu'un a des problèmes, tous ses partenaires devront l'aider, parce que notre représentation n'aura jamais que la force du chaînon le plus faible : si l'un d'entre nous échoue, nous échouons tous. Donc, si un gars de votre équipe a du mal à déchiffrer certains termes, ce sera à vous de lui donner un coup de pouce ; et il faudra que vous vous aidiez mutuellement à mémoriser votre texte, à comprendre le sens des mots et à les dire avec force. C'est votre tâche. Nous devons tous nous élever au niveau le plus haut. La Troupe du pénitencier Fletcher a une réputation à tenir, et ce que nous créerons ensemble fera honneur à cette réputation.

« Vous m'avez entendu parler d'équipes, et ceux d'entre vous qui ont déjà participé à l'une de mes pièces savent ce que ça signifie. Chaque personnage principal sera entouré d'une équipe, et tout le monde devra apprendre les répliques du personnage. Il faut en effet que chaque acteur ait plusieurs doublures en cas de maladie ou d'un autre... en cas d'imprévus, une libération conditionnelle anticipée par exemple. Ou une chute dans la salle de douche. Quoi qu'il arrive, le spectacle doit continuer : c'est la règle au théâtre. Dans cette compagnie, on se soutient les uns les autres.

« Vous ferez quelques devoirs par écrit. Vous commenterez certains aspects de la pièce, et vous réécrirez aussi les passages dont vous estimerez – dont nous estimerons – qu'on pourrait les rendre plus accessibles à un public moderne. Nous ferons une vidéo de notre production que tout le monde dans le... tout le monde à Fletcher pourra voir. Cette vidéo sera quelque chose dont nous pourrons être fiers, comme nous l'avons été de nos précédentes productions. »

Il affiche un sourire rassurant et consulte un dossier.

« Ensuite, vous devrez vous choisir un nom de scène. De nombreux comédiens ont fait ça par le passé, des chanteurs lyriques, des magiciens aussi. Harry Houdini s'appelait en réalité Erik Weisz, Bob Dylan, Robert Zimmerman, et Stevie Wonder, Steveland Judkins. »

Il a relevé tous ces noms sur Internet en recherchant « alter ego du monde de la scène ». Il n'en connaît que quelques-uns : il en ajoute de plus jeunes à chaque nouveau discours.

« Les acteurs le font, sans parler des rockers et des rappeurs. Snoop Dogg est né Calvin Broadus. Vous voyez ce que je veux dire ? Réfléchissez donc à votre nom de scène. C'est une sorte de pseudonyme. »

S'ensuivent des hochements de tête et des murmures. Les comédiens ayant joué dans de précédentes productions ont déjà leur nom de scène. Ils sourient à présent : ils accueillent avec plaisir le retour de cet autre moi, pareil à un costume prêt à être enfilé.

Felix s'interrompt, s'arme de courage pour la suite – il sait qu'il aura du mal à la leur vendre.

« Et, à présent, la pièce de cette année. »

Armé d'un feutre rouge, il écrit sur le tableau blanc : LA TEMPÊTE.

« Bon, poursuit-il, vous avez reçu le dossier, vous avez eu mes notes, vous avez eu le temps de faire vos recherches. »

Pour certains, c'est une figure de rhétorique, dans la mesure où ils sont au mieux d'un niveau CE2. Cependant, ils s'amélioreront : l'équipe les améliorera. Ils seront hissés pas à pas sur l'escalier de l'alphabétisation.

« Je vais commencer par les grands thèmes. Ce sont les choses importantes à cerner quand on réfléchit à la façon de présenter cette pièce. »

Avec le feutre bleu, il écrit :

C'EST UNE COMÉDIE MUSICALE : compte le plus de musique + chansons dans Shkspr. Le but de la musique ?

MAGIE : Son but ?

PRISONS : Combien ?

MONSTRES : Qui ?

VENGEANCE : Qui veut se venger ? Pourquoi ?

Devant leurs visages – froids, renfrognés ou carrément perplexes –, il se dit qu'ils ne pigent pas. Ce n'est pas comme *Jules César*, pas comme *Macbeth* ;

là, ils ont tout de suite vu ce dont il s'agissait. Ni même comme *Richard III*, lequel avait représenté une gageure, dans la mesure où ils avaient été bien trop nombreux à prendre fait et cause pour Richard.

Il inspire profondément.

« Au débotté, des questions ?

— Oui », dit Guibolss.

Effraction et voie de fait. C'est un ancien de la scène du pénitencier Fletcher, il a joué Marc-Antoine dans *Jules César*, une des sorcières dans *Macbeth* et Clarence dans *Richard III*.

« On l'a lue. Mais pourquoi on fait celle-là ? Y a pas de bagarres, par contre, on se coltine un genre de tapette...

— Moi, je fais pas la tapette ! » s'écrie Popol.

Il a été Lady Macbeth dans *Macbeth* et Richmond dans *Richard III*. C'est un baratineur et – à l'en croire – un chapelet de fidèles beautés l'attendront à sa sortie.

« Moi non plus, je veux pas être une gonzesse. »

Cette fois, ça vient de Surin ; il est lié à un gang de dealers somaliens et s'est fait toper il y a quelques années lors d'un grand coup de filet. En quête de soutien, il jette un regard alentour : signes de tête féroces, murmures d'assentiment. Personne ne veut de ces rôles : ni celui d'Ariel ni celui de Miranda.

Felix a une révolte potentielle sur les bras, mais il l'a anticipée. Il a déjà été confronté à la question du genre dans les autres pièces, sauf que ces protagonistes féminins étaient des femmes adultes, soit des fantoches, soit de véritables harpies, ce qui était donc bien plus facile à accepter. Pour les sorcières de *Macbeth*, ça avait été facile – les gars n'avaient eu aucune objection à jouer les vieilles mégères, parce que c'étaient des monstres et pas de vraies femmes –, et Calpurnia n'intervenait pas longtemps. Quant à Lady Macbeth, elle était encore plus monstrueuse que les sorcières : Popol avait décrété qu'elle ressemblait carrément à sa mère et en avait donné une interprétation d'un réalisme criant. Lady Anne dans *Richard III* était une femme en colère, soupe au lait ; elle crachait carrément du venin. Surin en avait fait son beurre et plus.

Or, Miranda n'est ni un monstre ni une adulte. C'est une jeune fille, une jeune fille vulnérable. L'homme qui l'interpréterait y perdrait son statut de manière catastrophique. Il deviendrait la cible de toutes les plaisanteries. En jouant une jeune fille, il risquerait d'être traité comme telle. Ce serait un désastre pour Ferdinand aussi, que d'avoir à débiter des discours à se pâmer devant un codétenu ronchon.

« On va mettre de côté la question de la jeune fille pour le moment, dit Felix. En premier lieu, personne dans cette salle n'aura à incarner Miranda. Miranda est une adorable et innocente gamine de quinze ans. Je n'arrive pas à voir ici qui que ce soit de très convaincant dans ce rôle. »

On entend des grognements soulagés.

« D'accord, c'est bon, dit Surin. Mais alors, qui ?
— J'envisage de recruter... »

Felix s'interrompt, reprend sa formulation :

« Je vais engager une comédienne professionnelle. Une femme, tout simplement, précise-t-il pour être bien compris.
— Elle viendrait ici ? dit Popol. Pour participer à notre représentation ? »

Tous les gars se regardent, incrédules. Pour certains, *La Tempête* présente déjà plus d'attraits.

« Vous pourriez trouver une nana pour faire ça ? »

WonderBoy, l'escroc au regard profondément expressif, prend la parole :

« Je pense pas que ce soit bien d'introduire une jeune fille ici. Ce serait la mettre dans une drôle de situation. Bon, c'est pas que je la toucherais... Mais. Moi, je dis ça comme ça.

— Ouais, tu parles », lance une voix du fond de la salle.

Rires.

« Elle *interprétera* le rôle d'une jeune fille, reprend Felix. Je n'ai pas dit que ce *serait* une jeune fille. Mais elle ne sera pas vieille non plus, ajoute-t-il pour contrer les mines déconfites. Dites-vous que sa participation sera un privilège. Le moindre problème – harcèlement, tripotage, frotti-frotta, grossièretés, etc. – et elle part, et soyez sûrs qu'elle sera suivie de près par le coupable. Je compte sur vous pour vous comporter comme les comédiens professionnels que vous êtes à mes yeux. »

Encore que les comédiens professionnels ne se dispensent pas de frotti-frotta et de tripotage, se rappelle-t-il. Inutile de partager cette réflexion.

« Et un veinard de dur va jouer Ferdie Machin-Chose, dit Guibolss. Et se taper les gros plans serrés.

— Dur et serré, on y est, dit Popol.

— Le mec sera tellement dur qu'il en sera raide. »

Murmures, ricanements.

« On s'occupera de ça le moment venu, dit Felix.

— C'est très bien, tout ça... » intervient Bic Tordu, le comptable détourneur de fonds.

Son nom de scène, Bic Tordu, lui a été attribué à l'unanimité. Au début, ça ne lui plaisait pas trop, il a tenté de proposer quelque chose de plus digne, dans le style de « M. Chiffre ». Il voulait préserver son sentiment de supériorité. Mais il a fini par accepter « Bic Tordu ». Il n'avait pas trop le choix, pas vrai ?

Bic Tordu a joué Cassius dans *Jules César* et c'est un maniaque du détail, à un point souvent pénible. Felix le juge éprouvant. Il veut toujours montrer à quel point il est bien préparé. Gonzalo, se dit-il. Bic Tordu serait excellent dans ce rôle.

« C'est très bien, tout ça, répète Bic Tordu, mais vous n'avez pas parlé de la question de… euh… d'Ariel.

— Oui, la tapette, dit Guibolss.

— Nous en discuterons vendredi, répond Felix. Maintenant, votre premier devoir : je veux que vous étudiiez le texte très attentivement et que vous dressiez une liste de toutes les injures que vous repérerez. Ce sont les seuls jurons que nous utiliserons dans cette salle. Ceux qui seront pris à utiliser d'autres mots, comme p…, se verront retirer des points. Ce comptage repose sur un système de confiance, mais on est tous témoins de ce que disent les uns les autres. Compris ? »

Sourires parmi les anciens : Felix a toujours un défi de ce genre pour la classe.

« On joue pour des clopes ? demande Popol. Comme d'hab' ?

— Bien sûr, répond Felix. Lorsque vous aurez établi vos listes, choisissez dix jurons, mémorisez-les, puis apprenez à les écrire. Ce seront vos jurons à vous. Vous pourrez les dire en classe à n'importe qui et à propos de n'importe quoi. Si leur sens vous échappe, je serai ravi de vous les expliquer. À vos marques, prêts, partez ! »

Les têtes se penchent sur les livres ouverts, les textes sont passés au crible, les crayons s'affairent.

Vos grossièretés, songe Felix, *ont souvent été les putains de filles de sorcière à l'origine de la lecture et de l'écriture. Et que, de concert avec vos putains de cigarettes, la peste rouge les emporte !*

14. Premier devoir : les jurons

Mercredi 9 janvier 2013

Le mercredi, Felix se sent plus détendu. Il a passé le premier obstacle. Il affiche son visage le plus avunculaire : indulgent, mais soucieux d'excellence.

« Voyons comment vous vous êtes débrouillés de vos jurons, dit-il. Qui a la liste définitive ?
— Bic Tordu, répond Surin.
— Et qui va la lire pour qu'on l'entende tous ?
— Lui ! s'écrie Guibolss.
— Parce que lui, il peut les prononcer », précise Popol.

Bic Tordu prend la parole et lit tout haut, gravement, dignement, de sa plus belle voix de conseil d'administration :

« Né pour être pendu. Que la vérole t'étouffe. Gueulard, blasphémateur, chien sans pitié. Fils de pute. Foutu gueulard insolent. Canaille de grande gueule. Créature maligne. Goule aux yeux cernés. Chiot tavelé, rejeton du diable. Terre. Tortue. Poison d'esclave engendré par le diable lui-même. Que la rosée pernicieuse que ma mère recueillait à la plume de corbeau dans les marais fétides pleuve sur vous deux. Puisse le suroît vous souffler dessus et vous couvrir de pustules. Crapauds, cafards, chauves-souris puissent-ils déferler sur vous. Espèce d'ordure. Esclave abhorré. Que la peste rouge vous emporte. Graine de sorcière. Que tous les miasmes qu'aspire le soleil des marais, fondrières et bourbiers fondent sur – mettre un nom ici – et transforment en plaie chaque pouce de son corps. Monstre sacrément ignoble. Monstre sacrément fourbe et ivrogne. Avorton. Crétin bigarré. Ignoble bouffon. Que la fièvre aphteuse te saisisse. Que le diable te mange les doigts. Que l'hydropisie noie cet idiot. Demi-diable. Chose des ténèbres.

— Bon travail, déclare Felix. Ça me paraît très complet. Je crois que vous avez tout relevé. Des questions ou des commentaires ?

— J'ai entendu pire, commente Popol.

— Pourquoi "terre", c'est une insulte ? demande Guibolss.

— Oui, on vit sur terre, dit Coyote-Rouge. Elle nous donne à manger, pas vrai ? Et "tortue"... C'est un animal sacré pour certaines nations. Pourquoi c'est mauvais, une tortue ?

— Colonialisme, affirme 8Pinces, qui a passé beaucoup de temps sur Internet dans son ancienne vie de hacker. Prospéro se croit tellement génial et supérieur qu'il débine le raisonnement des autres. »

Multiculturalisme dans toute sa splendeur, songe Felix. Il a anticipé l'objection devant « terre », mais pas devant « tortue ». Il saute d'abord sur ce dernier exemple.

« "Tortue" signifie seulement que le gars tourne au ralenti, explique-t-il. Dans cette pièce.

— Genre, il se traîne, suggère Starter pour se rendre utile.

— Donc, moi, je vote pour pas qu'on retienne celui-là, déclare Coyote-Rouge.

— C'est vous qui choisissez, dit Felix. Quant à "terre", c'est l'opposé de "air" ici. C'est censé signifier bas, mesquin.

— Je propose qu'on le retienne pas non plus, dit Coyote-Rouge.

— Encore une fois, c'est vous qui choisissez, déclare Felix. Autre chose ?

— Je le note quand même, grommelle Coyote-Rouge. Des fois qu'on me traite de tortue ou de terre, moi, je dis ça…

— D'accord, on a pigé, dit Guibolss.

— Hé, j'en ai une ! s'écrie Surin. De question. "Merde", c'est un juron ? On peut l'utiliser ou quoi ? »

Voilà un point intéressant, pense Felix. Techniquement, « merde » peut ne pas être considéré comme un authentique juron, il relève plus de la formulation scatologique, mais il n'a aucune envie de l'entendre à tout bout de champ. *Merde par-ci, merde par-là, espèce de merde.* Il pourrait les laisser voter, mais à quoi bon être responsable de cette assemblée bigarrée s'il se dérobe devant ses responsabilités ?

« "Merde" est interdit, déclare-t-il. Ajustez vos jurons en conséquence.

— "Merde" était accepté l'an dernier, dit Guibolss. Alors, pourquoi ?

— J'ai changé d'avis, réplique Felix. Je m'en suis lassé. Trop de merde, c'est monotone, et la monotonie est anti-shakespearienne. Maintenant, si vous n'avez plus de questions, passons à un test d'écriture. Et on ne louche pas sur ses voisins. D'où je suis, je vous vois tous. Prêts ? »

15. Ô merveille que vous êtes

Jeudi 10 janvier 2013

Felix a déjà engagé la Miranda qu'il veut. C'est la fille qu'il avait choisie pour le rôle douze ans plus tôt pour sa *Tempête* annulée : Anne-Marie Greenland, l'exceptionnelle enfant gymnaste.

Bien sûr, elle serait plus vieille à présent, s'était-il dit, mais, d'après des critères absolus, pas tant que ça, étant donné qu'elle était très jeune à l'époque. Vu sa morphologie – mince, nerveuse –, elle pourrait sûrement se permettre d'être Miranda. En supposant qu'elle ne soit pas devenue bouffie.

Il lui a fallu pas mal de débrouillardise pour retrouver sa trace. Il n'avait pas voulu passer par une agence de casting, puisque aucune agence ne souhaitait placer un client dans une institution pénale : il pouvait y avoir des problèmes. Il fallait qu'il la contacte personnellement pour la convaincre. Il lui offrirait même de la payer ; il pouvait puiser dans son maigre budget.

Internet se révéla utile : quand il se mit à chercher, il dénicha très rapidement son portfolio. Elle apparaissait sur ActorHub, elle était sur CastingGame. Après la déprogrammation de sa *Tempête*, elle avait eu quelques rôles mineurs à Makeshiweg : prostituée de maison close dans *Périclès*, esclave dans *Antoine et Cléopâtre*, danseuse dans *West Side Story*. Rien d'important. Interpréter Miranda aurait été extrêmement bénéfique pour elle : Felix aurait pu mettre son talent en valeur, il aurait pu lui apprendre énormément de choses. Ç'aurait lancé sa carrière. S'il avait sérieusement souffert des agissements de Tony et de Sal, il n'était pas le seul.

Après *West Side Story*, Anne-Marie s'était entièrement consacrée à la danse. Elle avait travaillé plusieurs saisons comme quadrille stagiaire chez Kidd Pivot, avant de passer invitée spéciale ; Felix avait déniché sur YouTube une exceptionnelle vidéo d'elle dans un numéro dynamique exécuté avec deux autres partenaires. Cependant, en raison d'une blessure, elle avait dû quitter la compagnie avant la spectaculaire *Tempest Replica* et avait disparu pendant huit mois de son propre portfolio. Elle avait ensuite réapparu en tant que chorégraphe d'une production semi-amateur de *Crazy for You* à Toronto. C'était l'an passé.

Des temps difficiles pour Anne-Marie, à ce qu'il devinait. Avait-elle un mari, un partenaire ? Il n'en était pas fait mention.

Elle avait un compte Facebook, même si elle n'avait pas posté grand-chose récemment. Quelques photos d'elle : une blonde fine et musclée. De grands yeux. Oui, elle pouvait encore incarner Miranda. Mais le voudrait-elle ?

Felix la demanda en ami sur Facebook en utilisant son vrai nom ; miracle, elle accepta.

Ensuite, le baratin. Se souvenait-elle de lui ? s'enquit-il en ligne. Oui, fut la réponse laconique. Pas d'exclamations joyeuses. Était-elle libre pour un travail théâtral ? Ça dépendait, répondit-elle. Il l'avait plantée une fois, songea-t-il en imaginant la réflexion de la jeune femme, alors pourquoi s'imaginait-il pouvoir, sur une pirouette, revenir dans sa vie comme s'il ne s'était rien passé ?

Il s'avéra qu'elle bossait à mi-temps comme serveuse dans un coffee emporium – Horatio's –, à Makeshiweg précisément. Il présuma qu'elle espérait glaner quelque chose au Festival. Il lui fixa une heure de rendez-vous, puis passa la prendre chez Horatio. Il ne craignait guère que quelqu'un de son ancienne vie le reconnaisse : avec sa barbe blanche et ses sourcils assortis, il avait l'air très changé, et de toute façon la plupart des membres de la vieille clique n'étaient plus là : il avait vérifié sur le site web de la compagnie.

Anne-Marie paraissait toujours jeune, nota-t-il avec soulagement. Elle semblait même plus mince. Ses cheveux étaient relevés en un chignon de danseuse et elle arborait un petit anneau d'or à chaque oreille. Elle portait un jean slim et une chemise blanche, l'uniforme des serveuses chez Horatio, apparemment.

Il l'entraîna au coin de la rue dans un des bars les plus bruyants, le Imp and Pig-Nut : l'enseigne représentait une sorte de troll aux yeux rouges et au sourire fendu digne d'un film d'horreur. Une fois qu'ils furent installés dans un box lambrissé de bois sombre, Felix commanda une bière artisanale locale pour Anne-Marie et une autre pour lui.

« Quelque chose à manger ? ».

On approchait de l'heure du déjeuner.

« Un burger et des frites, répondit-elle en l'observant de ses grands yeux de jolie gamine. Saignant. »

Lui revint en mémoire LA règle de base du comédien fauché : ne jamais refuser un repas gratuit. Combien d'assiettes de fromages et raisins n'avait-il pas lui-même englouties dans divers foyers d'artistes ?

« Alors, dit-elle, ça fait un bout de temps. Tu as disparu, ou tout comme. Personne n'a su où tu étais parti.

— Tony a eu ma peau.

— Oui, c'est la rumeur qui a circulé. Certains d'entre nous ont pensé qu'il t'avait vraiment liquidé. Fendu le crâne. Enterré dans un trou.

— Presque. C'est l'effet que ça m'a fait.

— Tu n'as pas dit au revoir, lui reprocha-t-elle ensuite. À personne.

— Je sais. Je te présente mes excuses. Je n'ai pas pu. Il y avait des raisons. »

Elle se radoucit un peu, lui adressa un minuscule sourire.

« Ça a dû être dur pour toi.

— J'ai surtout regretté de ne pas pouvoir te diriger. Dans *La Tempête*. Tu aurais été sensationnelle.

— Oui, bon, moi aussi, je l'ai regretté. »

Elle roula les manches de son chemisier – il faisait chaud là-dedans, au milieu des bières artisanales – et il remarqua une abeille tatouée sur son bras.

« Quoi de neuf ?

— Mieux vaut tard que jamais, lui répondit-il. Je veux que tu interprètes Miranda. Dans *La Tempête*.

— Sans dec'. C'est pas une blague ?

— Pas du tout. C'est une situation un peu particulière.

— Elles le sont toutes. Mais je me souviens encore des tirades. J'avais bossé tellement dur, je pouvais les dire dans mon sommeil. Tu la montes où ? »

Il prit le temps d'inspirer.

« Au centre pénitentiaire Fletcher. Je donne un cours là-bas. Pour les, euh, les détenus. Certains d'entre eux sont de très bons comédiens, ça te surprendrait. »

Anne-Marie avala une solide rasade de bière.

« Voyons si j'ai bien compris, enchaîna-t-elle : tu veux que j'aille dans une prison sans rien dedans sinon un paquet de criminels, des mecs, pour y jouer Miranda ?

— Aucun d'entre eux n'a envie d'interpréter une fille, explique-t-il. Tu peux deviner pourquoi.

— Je suis au courant, d'accord ? dit-elle avec une intonation dure dans la voix. Être une nana, c'est l'enfer, crois-moi.

— Tu y serais très bien accueillie. Dans la compagnie. Cette perspective les emballe.

— Tu m'étonnes.

— Non, sincèrement. Ils te respecteraient.

— Ce sont donc des Ferdinands blancs comme neige qui ne me toucheraient même pas avec des gants, c'est ça ?

— Il y a des mesures de sécurité. Des tasers, des surveillants et tout le tremblement. »

Il s'interrompit une seconde.

« Mais ce ne serait pas nécessaire. Je t'assure. »

Il s'interrompit de nouveau.

« Tu serais payée. »

Nouveau silence, puis une ultime incitation :

« Tu n'auras jamais une autre expérience théâtrale de ce genre. Garanti.

— Tu n'as trouvé personne d'autre pour le faire, c'est ça ? »

Il comprit qu'il était proche du but.

« Tu es la première à qui je demande ! s'écria-t-il avec sincérité.

— Mais je suis trop vieille. On n'est plus il y a douze ans.

— Tu es parfaite. Tu as une grande fraîcheur.

— Comme un étron fraîchement posé. »

Il cilla. Sa grossièreté l'avait toujours déconcerté. Il était toujours surpris d'entendre une obscénité sortir de sa bouche quasi enfantine.

« C'est parce que tu trouves que je ressemble à une gamine. Pas de nénés. »

Inutile de nier.

« C'est surfait, les nénés. »

Pour une femme qui n'a pas de seins, c'est toujours doux à entendre, et en effet elle sourit un peu.

« Et toi, tu feras Prospéro ? Ce ne sera pas un braqueur de banques qui interprétera le vieux schnock enchanteur ? Parce que je les adorais, ses discours. Je ne supporterais pas qu'on les salope.

— Exact. De la magie en taule : pour moi, c'est un défi. Jouer sur une scène normale, c'est du gâteau à côté. Ou bien dis-toi que c'est peut-être ma dernière chance de monter cette pièce. »

Elle lui décocha subitement un large sourire.

« Tu es toujours aussi frappé. Bordel, tu as le feu sacré ! Merde, qui d'autre se risquerait à un truc pareil ? Entendu, j'en suis ! »

Elle lui tendit la main pour qu'ils scellent leur accord, mais Felix n'en avait pas terminé.

« Deux choses encore. D'abord, là-bas, je m'appelle M. Duc. Personne n'est au courant pour le Festival – qu'avant je... C'est une longue histoire, je t'en parlerai un jour. Mais "Felix Phillips" est interdit. Ça pourrait susciter des questions et causer des problèmes.

— Voilà que les problèmes te font peur ? À toi ?

— Ça ferait un sacré chambard. Ensuite, pas de jurons conventionnels. C'est interdit – ma règle. Ils ne peuvent employer que ceux qui apparaissent dans la pièce sur laquelle on travaille. »

Elle réfléchit un moment.

« D'accord, je peux m'en accommoder. Eh bien, avorton ? Baise le Saint Livre ! Marché conclu ! »

Cette fois-ci, ils se serrèrent la main. Elle avait la poigne d'un ouvre-bocal. Ce n'est pas au nom de la seule chasteté que son Prospéro conseillera au jeune Ferdinand de garder ses distances avec cette fille : Ferdinand n'a sûrement aucune envie de se retrouver dans la peau d'un marié mutilé avant l'heure.

« J'aime bien ton abeille. Le tatouage. Elle a une signification particulière ? »

Elle baissa les yeux vers la table.

« J'ai eu une histoire avec Ariel, dit-elle. Le comédien de ta pièce. Ça a été sympa le temps que ça a duré, bien qu'il m'ait brisé le cœur. L'abeille était une sorte de blague entre nous.

— Une blague ? De quel genre ? »

À peine avait-il formulé cette question qu'il se rendit compte qu'il n'avait pas envie d'entendre la réponse. Par chance, le hamburger arriva et Anne-Marie planta ses petites dents blanches dedans avec un soupir de plaisir. Felix la regarda le dévorer en essayant de se rappeler ce que c'était que d'avoir faim.

16. Invisible à toute autre prunelle

Vendredi 11 janvier 2013

Felix démarre la classe du vendredi sur une accroche.

« J'ai des nouvelles au sujet de la comédienne, déclare-t-il. Celle dont je vous ai dit qu'elle jouerait Miranda. »

Il garde une voix égale, laisse passer quelques secondes. C'est bon signe ou non ? doivent-ils se demander.

Ils sont attentifs : pas un murmure, pas un grognement.

« Ça a été difficile, poursuit-il. Seule une femme exceptionnelle relèverait ce défi. »

Imperceptibles signes de tête.

« Elle s'est montrée très réticente. J'ai dû déployer des trésors de persuasion, ajoute-t-il, histoire de faire durer. J'ai cru avoir échoué. Mais finalement…

— Ouais ! s'exclame 8Pinces. Vous avez réussi ! P…, euh, ignoblement génial !

— Oui. En fin de compte, j'ai réussi !

— C'est peste rouge top ! braille Popol.

— Merci », dit Felix.

Il s'autorise un sourire, esquisse une modeste révérence. Ils attendent de lui qu'il se montre un peu solennel. Courtois, ainsi qu'il sied à un monsieur de la vieille école, dans le style de celui qu'il illustre.

« Elle s'appelle Anne-Marie Greenland, continue-t-il, et c'est non seulement une comédienne, mais également une danseuse. Une danseuse très athlétique. Je vous ai apporté un clip pour vous montrer. »

Il a chargé la vidéo YouTube sur une clé USB, qu'il branche sur l'ordinateur de la classe.

« Éteignez les lumières, s'il vous plaît. »

Apparaît Anne-Marie à sa période dansante, vêtue d'un débardeur dos nu noir et d'un short en satin vert. Elle jette son partenaire au sol, puis, tel un poulpe, enroule bras et jambes autour de lui et profite d'une prise d'étranglement pour lui tirer la tête en arrière. L'homme, très souple, la repousse, la projette en l'air, puis lui fait décrire des cercles au ras du sol. Ensuite elle se faufile en serpentant entre ses jambes, se remet sur pied, et se retrouve de nouveau en l'air, pieds écartés. Elle serre son partenaire comme dans un étau et lui tord douloureusement le coude à angle droit. On voit clairement les muscles de ses bras nerveux.

« Oh là là ! s'écrie une voix. C'est... Par le crétin bigarré, c'est quoi, ça ?

— Elle serait capable de vous démonter votre kit de fils de pute !

— Elle a un tatouage de peste !

— Poison de vérole !

— Par la fièvre aphteuse, de quoi il s'agit ?

— D'amour romantique, lâche Felix. Je suppose. »

Aussitôt, il a honte de lui : dans le monde enchanté auquel il va bientôt leur demander de croire, il n'y a pas de place pour un cynisme aussi désabusé.

Anne-Marie pirouette, tourne autour de son partenaire qui roule au sol. Elle effectue une culbute en arrière, atterrit sur ses pieds. Un second danseur surgit en bondissant, la soulève de terre et la balance par-dessus son épaule alors qu'elle bat des pieds. Elle est de nouveau à terre ; un bref instant, elle adopte une posture de boxeur, mais là-dessus elle prend la fuite et il y a une poursuite, ses deux partenaires s'étant lancés à ses trousses. Elle s'arrête, lève un pied, le détend et envoie un coup de talon. Les deux danseurs s'affalent dans un ensemble gracieux. Anne-Marie bondit en l'air, plus haut qu'on ne le croirait possible.

Fin de la vidéo.

Une pleine salle d'hommes pousse un soupir.

« Lumières, s'il vous plaît », demande Felix.

Illumination : il découvre une foule de visages aux yeux écarquillés.

« C'était un petit échantillon des multiples talents de notre nouvelle Miranda. Dans deux semaines, Anne-Marie se joindra à nous pour une première lecture intégrale, une fois que nous aurons réglé la distribution des rôles.

— Elle est, euh, ceinture noire ? demande Guibolss, curieux.

— Mon vieux, elle est... Elle est maligne, mon vieux ! »

Dixit Popol.

« Si elle te colle un coup de pompe dans les échalotes, tu les recraches direct par le bec, affirme Œil-de-serpent. Je vous parie que c'est une peste rouge de gouine – il y a un moyen de vérifier ! »

Personne ne rit.

« Par la vérole, elle a que la peau sur les os, dit Phil le Toubib. Troubles du comportement alimentaire.

— Moi, je préfère les véroles de donzelles avec plus de courbes, lance Popol.

— Faut faire avec ce qu'on a, déclare Krampus, le mennonite lugubre.

— Bien sûr, face de crapaud, dit Guibolss. Moi, je la trouve sexy !

— C'est une artiste très talentueuse », intervient Felix.

Il est heureux d'entendre qu'ils utilisent déjà les jurons choisis.

« Nous avons de la chance qu'elle ait accepté de travailler avec nous. Mais si j'étais vous, je ne la provoquerais pas. Vous avez vu pourquoi.

— Je parie qu'elle est capable de tuer rien qu'avec ses doigts ignobles », conclut tristement WonderBoy.

« Maintenant, enchaîne Felix, parlons d'Ariel. Qui pense vouloir jouer le rôle ?

— Pas question, mec, dit une voix du fond de la classe. Moi, je joue pas les tapettes, c'est définitif. Je l'ai déjà dit. »

Œil-de-serpent est un homme aux avis tranchés.

C'est un sentiment universel : aucune main ne se lève, tous les visages sont fermés. Il les entend réfléchir : il en va pour Ariel comme il en allait pour Miranda. Trop faible. Trop gay. Hors de question.

« Vous avez fait venir une comédienne pour Miranda, d'accord ? Alors, faites venir une tapette pour la tapette », dit Surin.

Murmures de « Oui », rires étouffés.

Felix pourrait leur demander pourquoi ils pensent qu'Ariel est homo, mais il le sait. Il vole dans les airs, dort au milieu des fleurs, il est délicat. Il a le physique d'un homo, se comporte comme un homo, c'est un homo. Quant au chant d'Ariel où il clame qu'il butine à la façon d'une abeille, qu'il « suce le nectar », pour reprendre la formule de Shakespeare, laisse tomber : quel individu, ayant un tant soit peu d'instinct de conservation, irait chanter ça ? Non seulement Ariel est une tapette, mais c'est une tapette super suceuse. Ce serait trop la honte. Le gars serait réduit à rien. Ça craindrait grave, de toutes les manières possibles.

Ce serait inutile que Felix leur dise qu'Ariel n'est pas une tapette, mais un esprit de l'air. Inutile aussi de leur expliquer que « sucer » à l'époque n'avait pas les nombreux sens péjoratifs qu'il a acquis depuis, parce qu'aujourd'hui il porte ces sens-là et que c'est aujourd'hui qu'ils montent la pièce.

« Parlons une minute d'Ariel, déclare Felix, ce qui signifie qu'il va parler d'Ariel, puisque personne d'autre dans la salle ne va s'y risquer. Peut-être voyons-nous une tapette dans ce personnage parce que nous ne réfléchissons pas de façon suffisamment large. »

Il s'interrompt de manière à leur laisser le temps d'absorber. Une réflexion large ? C'est quoi, ça ?

« Donc, avant de lui coller une étiquette, faisons la liste de ses qualités. Quelle sorte de créature est-il ? Premièrement, il peut se rendre invisible. Deuxièmement, il vole. Troisièmement, il a de super pouvoirs, surtout en ce qui concerne le tonnerre, le vent et le feu. Quatrièmement, c'est un mélomane. Mais, cinquièmement, et c'est le plus important... »

Il s'interrompt de nouveau.

« Cinquièmement, *ce n'est pas un humain.* »

Il jette un regard circulaire sur l'assistance.

« Et s'il n'était même pas réel ? avance Coyote-Rouge. Par exemple, si c'est Prospéro qui parle tout seul ? Peut-être qu'il a été serrer la pince à M. Peyotl. Qu'il est drogué jusqu'à la moelle, ou qu'il est timbré ?

— Peut-être que c'est, genre, un rêve qu'il fait, suggère Surin.

— Peut-être que le fameux bateau coule, celui sur lequel on l'a envoyé. Et toute la pièce se déroule au moment où il est en train de se noyer. »

Un des petits nouveaux : Fissa Fissa.

TimIIz : « J'ai vu un film comme ça une fois.

— Ou bien il a un ami imaginaire, propose Popol. Mon gamin en a un.

— Personne d'autre le voit, déclare Guibolss.

— Ils le voient quand il apparaît en harpie, précise Bic Tordu.

— Ils l'entendent, dit Starter.

— Bon, oui, d'accord, grommelle Coyote-Rouge. Mais ça se pourrait que Prospéro soit une sorte de ventriloque.

— Supposons qu'Ariel soit d'une certaine façon réel », intervient Felix.

Il est content : au moins, ils débattent.

« Supposons que vous n'ayez jamais entendu parler de cette pièce de théâtre et que tout ce que vous sachiez sur cet être appelé Ariel soit ce que je viens de vous dire sur lui. Quel type de créature est-ce que je vous ai décrit ? »

Murmures.

« Euh, un super-héros, dit Guibolss. Les Quatre Fantastiques. Une sorte de Superman. Sauf que c'est Prospéro qui a la kryptonite ou va savoir, et que c'est donc lui qui contrôle.

— Un truc à la Star Trek, poursuit Popol. C'est un extraterrestre, vous voyez, il a eu une sorte d'accident avec son vaisseau spatial, il s'est retrouvé sur Terre. Il est piégé ici. Il veut s'envoler, regagner sa planète natale ou je ne sais quoi, comme dans *E.T.*, vous vous rappelez celui-là ? Ça pourrait être ça, pas vrai ?

— Et il fait ce que lui dit Prospéro, comme ça Prospéro l'aidera à repartir. »

8Pinces cette fois.

— À regagner sa liberté.

— Et après, il pourra être avec les siens », ajoute Coyote-Rouge.

Murmures d'assentiment. Tout ça est logique ! Un extraterrestre ! Rudement mieux qu'une tapette.

« Comment voyez-vous son costume de scène ? demande Felix. À quoi ressemble-t-il ? »

Il ne mentionnera pas une seule des façons traditionnelles dont Ariel a été dépeint : les plumes d'oiseau, la tenue de libellule, l'ange, les ailes de papillon. Il ne mentionnera pas davantage le fait que, pendant deux siècles, Ariel a toujours été joué par une femme.

« Il serait, euh, vert, dit Popol. Avec de gros yeux d'insecte, comme les extraterrestres ont de grands yeux sans pupilles.

— Le vert, c'est pour les arbres. Le bleu, c'est mieux, décrète Guibolss. À cause de l'air. Ariel pour l'air. L'air est bleu.

— Il ne mange pas la nourriture des humains. Juste des fleurs et des trucs... » C'est Coyote-Rouge qui parle. « ... naturels. Genre, il est vegan. »

Hochement de tête général : avec cette théorie, le suçage façon abeille peut s'envisager sans perdre la face, parce que ce sont des activités qui ne surprennent pas venant d'un extraterrestre, juste des habitudes alimentaires bizarres.

« Bien, reprend Felix. Maintenant : quelle fonction exerce-t-il dans la pièce ? »

Marmonnements.

« Qu'est-ce que vous entendez par "fonction" ? Comme vous l'avez suggéré dans vos notes, c'est un bon serviteur. Il fait ce qu'on lui dit. Caliban est le mauvais serviteur.

— Oui, oui, concède Felix. Mais que deviendrait la pièce si Ariel ne remplissait pas les tâches que lui assigne Prospéro ? Sans le tonnerre et les éclairs ? Sans, en fait, la tempête ? Ariel accomplit l'acte le plus important de toute l'intrigue, parce que sans cette tempête il n'y a pas de pièce. Il est donc indispensable. Mais il agit en coulisses – personne, à part Prospéro, ne sait que c'est Ariel qui déclenche le tonnerre, qui chante les chansons et crée les illusions. S'il était parmi nous aujourd'hui, ce serait le responsable des effets spéciaux. »

Une fois de plus, Felix parcourt la salle des yeux, en cherchant le regard de chacun.

« Il s'apparente donc à un spécialiste du numérique. Il se charge de la réalité virtuelle en 3D. »

Sourires hésitants.

« Cool, fait 8Pinces. Ignoblement cool.

— Dans notre texte, Ariel est donc le personnage d'Ariel, mais il est aussi les effets spéciaux, continue Felix. Éclairage, son, simulation informatique. Tout à la fois. Et Ariel a besoin d'une équipe, à l'image de l'équipe d'esprits dont il a la responsabilité. »

Ils commencent à y voir clair : ils adorent bidouiller sur l'ordinateur lors des rares occasions où ils en ont la possibilité.

« Cool monstre ! beugle Surin.

— Alors, qui veut faire partie de l'équipe Ariel ? demande Felix. Il y a des volontaires ? »

Toutes les mains se lèvent dans la salle. À présent qu'ils ont saisi les possibilités, ils veulent tous faire partie de l'équipe Ariel.

17. L'île est pleine de bruits

Le même jour

Le soleil décline ; il diffuse une froide lumière jaune pâle. Sur le haut de l'enceinte intérieure, deux corbeaux montent la garde. *Pas de faux espoirs, les amis*, songe Felix. *Personne à part moi ne sortira aujourd'hui, et je ne suis pas encore mort.* Il grimpe dans sa voiture glaciale. Après deux essais, le moteur démarre.

La porte extérieure s'ouvre, activée par d'invisibles mains. *Merci, ô petites marionnettes*, leur lance Felix en son for intérieur, *vous, elfes des barbelés, tasers et murs épais, si faibles maîtres que vous soyez.* Il entame la descente de la colline et la porte se referme derrière lui dans un sourd cliquetis métallique. Déjà, le jour s'assombrit ; derrière lui, la lumière des projecteurs se déploie avec brutalité.

Sa voiture suit l'autoroute, puis bifurque et, groin pointé en avant, s'engage sur l'étroite route enneigée menant à sa grotte, presque comme s'il ne la conduisait pas, mais la dirigeait par la force de sa seule pensée. Il s'autorise un sentiment de soulagement : il a surmonté les premiers obstacles les plus sérieux et atteint ses premiers objectifs. Il a capturé sa Miranda, et Ariel, une fois transformé, a été accepté. Il perçoit le reste de sa troupe émergeant comme d'un brouillard, des visages flous mais présents. Jusqu'à maintenant, ses charmes n'ont rien perdu de leur efficacité.

Sa voiture s'arrête, comme clouée au sol. Par chance, il n'y a ni nouvelles congères ni boue gelée à déblayer. Il se gare, ferme sa portière, puis remonte lourdement l'allée menant à sa bicoque. La neige crisse sous ses pas. Du champ à sa gauche s'élève un murmure cristallin : ce sont les tiges des mauvaises herbes mortes et luisantes de glace perçant les congères qui vibrent sous le vent. Elles tintinnabulent, telles des clochettes.

C'est le noir complet à l'intérieur, pas de lumière à la fenêtre. Il manque frapper à la porte, mais qui lui répondrait ? Une brusque sensation de froid le saisit, comme s'il venait de recevoir l'annonce d'un deuil incommensurable. Il ouvre.

Vide total. Aucune présence. À l'intérieur, il fait frisquet ; ce matin, avant de se rendre à Fletcher, il a couvert le feu dans le poêle, mais il n'aime pas laisser le chauffage électrique en marche quand il s'absente. Trop risqué, pourtant Miranda le surveillerait sûrement. Pas vrai ?

Idiot, se dit-il. *Elle n'est pas là. Elle n'a jamais été là. C'est ton imagination, ton envie de prendre tes désirs pour la réalité, rien d'autre. Résigne-toi.*

Il ne peut pas.

Il recharge le feu, allume le chauffage électrique. Il ne faudra guère de temps pour que la pièce se réchauffe. Pour son dîner, il s'offrira un œuf et deux crackers. Une tasse de thé. Il n'a pas très faim. Après la poussée d'adrénaline de cette première semaine, il se sent découragé ; ce n'est sans doute rien de plus.

Mais il perçoit chez lui une faiblesse, un abattement, une fissure dans sa volonté, une hésitation.

Ces derniers temps, la vengeance lui a paru si proche. Il n'avait qu'à attendre que Tony et Sal débarquent au pénitencier Fletcher pour leur visite VIP, puis s'assurer qu'ils ne regardent pas la vidéo de *La Tempête* à l'étage avec le directeur, mais dans l'aile sécurisée – où il les attendrait en veillant à ce qu'ils ne le voient pas de prime abord. Une fois la projection lancée, la pièce se scinderait en deux versions. La première serait la version présentée sur les écrans de la prison, tandis que la seconde mettrait en scène des personnages en chair et en os, dirigés et contrôlés par ses soins. Créer une illusion en recourant à des doubles – c'est un très vieux classique au théâtre.

Mais soudain sa vision se brouille. Comment peut-il être si sûr de réussir son coup ? Pas la pièce elle-même ; elle existera déjà sous forme de vidéo achevée. Mais l'autre mouture, le drame improvisé dans lequel il envisage d'impliquer ses éminents amis – comment monter ça ? Il lui faudrait un niveau de qualification technique qu'il ne possède pas. Et même s'il vient à bout de ce problème, quelle témérité que de tenter pareil gambit ! Quel risque ! Tant de choses pourraient capoter. Et si ses comédiens s'emballaient, surtout en présence d'un ministre de la Justice soucieux de sévir fermement contre la criminalité ? Cette situation a de quoi les appâter. Il pourrait y avoir des blessés.

Aucun mal, aucun mal, se dit-il.

Mais c'était tout à fait possible. Il n'a pas d'esprits dociles pour le soutenir, pas d'alchimie réelle. Il n'a pas d'armes.

Mieux vaut capituler. Renoncer à ses projets de châtiments, à son désir d'être rétabli dans ses droits.

Dire adieu à son ancien moi. Retourner discrètement dans l'anonymat. De toute façon, qu'a-t-il accompli dans sa vie en dehors de quelques heures clinquantes, de quelques triomphes éphémères et négligeables dans le monde où évoluent la plupart des gens ? Pourquoi a-t-il jamais imaginé avoir droit à la considération spéciale de l'univers ?

Miranda n'aime pas le voir déprimé. Ça l'angoisse. Peut-être est-ce pour ça qu'elle s'est rendue invisible, même si de toute façon elle l'est presque toujours. Est-elle dans l'autre pièce ? Entend-il un chantonnement ? Ou est-ce seulement le petit frigidaire ?

La chambre dégage une odeur de médicaments, comme si elle avait longtemps abrité un malade. Un invalide. Non, Miranda n'est pas là. Il n'y a que la photo dans son cadre en argent : la petite fille sur la balançoire, figée dans la gelée du Temps. Visible, mais pas vivante.

Il allume la lampe de chevet, ouvre la porte de la grande armoire. Sa tenue de magicien est là ; ça fait maintenant douze ans qu'elle l'attend. Faut-il qu'elle parte à la poubelle finalement ? Ses multiples yeux scintillent, vivants, attentifs.

« Pas encore, dit-il à ses animaux magiques. Pas encore. Ce n'est pas l'heure. »

Leur heure sera la sienne. L'heure de sa vengeance. Il doit bien y avoir un moyen pour qu'il parvienne à ses fins. Il lui reste encore sûrement plus d'un tour dans son sac.

Il retourne au salon.
« Chérinette », dit-il à voix haute.

Et voilà qu'elle lui apparaît, dans le coin. Par chance, elle porte du blanc : elle émet une faible lueur. Quelle est cette énergie agitée qu'il devine ? Elle a perçu son inquiétude et maintenant elle se tracasse.

« Nul n'a souffert, déclare-t-il. Et nul ne souffrira, je te le promets. Je ne ferai rien que par amour pour toi. »

Mais à quoi son amour se résume-t-il ? Il la protège, c'est vrai, mais n'en fait-il pas trop ? Il y a tant de choses qu'il devrait pouvoir lui offrir. Elle devrait avoir ce que les autres filles de son âge considèrent comme normal, même s'il ne sait pas ce que c'est. Des vêtements, bien sûr. De jolis vêtements, plus qu'elle n'en a. Ses tenues paraissent avoir été confectionnées de bric et de broc dans de l'étamine ou de vieux draps. Elle devrait avoir des soies et des velours, ou des minijupes et ces grandes bottes dont les jeunes filles semblent raffoler. Elle devrait avoir un iPhone de couleur pastel. Elle devrait avoir du vernis à ongles bleu, argenté ou vert, bavarder avec ses amies, écouter de la musique avec ses écouteurs roses. Aller en soirée.

Il s'est montré tellement nul en tant que parent. Comment se faire pardonner ? C'est un miracle qu'elle ne boude pas davantage, cloîtrée là, sans personne d'autre que son vieux papa minable ; mais, bon, elle ne sait pas ce qu'elle rate. N'empêche, il lui a transmis une foule de choses que la plupart des filles de son âge n'auraient jamais eu l'occasion d'apprendre.

« Qu'as-tu fabriqué aujourd'hui ? lui demande-t-il. Aimerais-tu faire une partie d'échecs ? »

À contrecœur – est-ce bien à contrecœur ? –, elle s'approche de l'échiquier, posé comme d'habitude sur la table en Formica rouge. Les noirs ou les blancs ? lui propose-t-elle.

18. Cette île est à moi

Lundi 14 janvier 2013

Le lundi matin, Felix a repris confiance. Il doit se comporter comme si tout se déroulait le plus normalement du monde dans le cadre d'une production de la Troupe du pénitencier Fletcher. Cette semaine, il aidera la classe à réfléchir aux protagonistes, en prélude à la distribution des rôles. À présent qu'a été réglée la délicate question d'Ariel et de Miranda, il ne devrait pas y avoir trop de difficultés pour les autres, à l'exception de Caliban. Caliban va forcément soulever d'épineux problèmes.

Quant à son autre entreprise, celle qu'il tient secrète, il ne faut pas qu'il lâche le fil. Il doit le suivre s'il veut pouvoir avancer dans le noir. Quelle que soit la forme que la chose prendra, tout reposera sur une synchronisation précise. C'est sa dernière chance. Son unique chance. De se venger, de retrouver son nom, de leur mettre le nez dans leurs malversations – le nez de ses ennemis. S'il rate son coup, son destin capotera à jamais. Or, il a déjà bien assez capoté comme ça.

Il ne peut reculer, il ne peut hésiter. Il faut qu'il préserve la dynamique actuelle. Tout dépend de sa volonté.

« Comment ça va, monsieur Duc ? demande Dylan quand Felix passe les contrôles de sécurité.

— Jusqu'à présent, tout va bien, répond allégrement Felix.

— Qui c'est qui va jouer la tapette ? s'enquiert Madison.

— Ce n'est pas une tapette.

— Vraiment ?

— Faites-moi confiance. À propos, la semaine prochaine, j'amène une comédienne invitée – une comédienne remarquable, d'ailleurs. Elle s'appelle Anne-Marie Greenland. Elle tiendra le rôle féminin de la pièce. Miranda.

— Oui, on l'a entendu dire », dit Madison.

Le bouche-à-oreille est extrêmement actif dans le pénitencier Fletcher, du moins pour certains sujets ; à moins que ce soit le système de surveillance. Les ragots se propagent comme la grippe.

« On est impatients, hein ? »

Il affiche un large sourire.

« Elle a une autorisation ? demande Dylan.

— Bien sûr », affirme Felix avec plus d'assurance qu'il n'en éprouve.

Estelle lui a arrangé le coup. Ça n'a pas été une mince affaire – il y a eu des objections –, mais Estelle sait quelles ficelles tirer et quels ego brosser dans le sens du poil.

« J'espère que tout le monde ici – le personnel –, lui fera bon accueil.

— Il faudra qu'elle porte une alarme, le prévient Dylan. La comédienne ou je ne sais quoi. On lui apprendra à s'en servir. En cas de difficultés. »

Leur curiosité est tangible : ils aimeraient le questionner et obtenir plus de détails sur cette fille, mais ils ne sont pas prêts à se trahir en manifestant un enthousiasme excessif. Faudrait-il que Felix leur lance une miette et leur dise qu'ils peuvent consulter gratuitement la vidéo YouTube où Anne-Marie aplatit ses deux partenaires ? Mieux vaut ne pas, conclut-il.

« Il n'y en aura pas, dit-il, mais c'est très gentil à vous.

— Pas de problème, monsieur Duc, marmonne Dylan.

— Nous, on essaie de faire plaisir, ajoute Madison.

— Vous pouvez compter sur nous. Bonne journée, monsieur Duc, enchaîne Dylan. *Merde !*

— *Merde*, hein ? » renchérit Madison.

Il brandit ses deux pouces sous le nez de Felix.

« Toute la pièce se déroule sur une île, dit Felix, debout à côté de son tableau blanc. Mais de quel genre d'île s'agit-il ? Est-elle magique en elle-même ? On ne le sait jamais vraiment. Elle est différente pour chaque personne qui y débarque. Certains la craignent, d'autres veulent s'en rendre maîtres. Certains veulent simplement la fuir.

« La première personne à y avoir posé le pied est la mère de Caliban, Sycorax, laquelle est censée être une abominable sorcière. Elle meurt avant le début de la pièce, peu après la naissance de Caliban sur l'île. Lui y grandit et il est le seul qui l'aime vraiment. À l'époque où Caliban est un jeune garçon, Prospéro se montre gentil avec lui, mais le sexe vient tout gâcher,

Caliban pète les plombs et se retrouve bouclé. Après quoi, il a peur de Prospéro, ainsi que de ses lutins et de ses gobelins qui, tous, le harcèlent. En revanche, il n'a jamais peur de l'île. Il arrive parfois que celle-ci joue de la musique douce à ses oreilles. »

Il écrit CALIBAN sur le tableau blanc.

« Il y a un autre personnage qui est là depuis aussi longtemps que Sycorax, mais ce n'est pas un humain. Je parle d'Ariel. Que pense-t-il de l'île ? On n'en sait rien. Il est chargé d'y créer des illusions, mais se borne à exécuter les ordres qu'on lui donne. »

Au-dessous de CALIBAN, il écrit ARIEL.

« Ceux qui débarquent ensuite sur l'île sont Prospéro, duc légitime de Milan, et le bébé, Miranda, qu'Antonio, le méchant frère de Prospéro, a abandonnés à leur sort dans un rafiot pourri. Ils ont eu de la chance d'arriver là, sinon ils seraient morts de faim ou auraient fini noyés. Mais ils sont obligés de vivre dans une grotte et il n'y a personne d'autre à part Caliban, si bien que Prospéro n'a qu'une idée, c'est de quitter l'île avec Miranda afin de regagner Milan au plus vite. Il veut retrouver son ancien statut et il veut que sa fille fasse un beau mariage, deux objectifs impossibles à réaliser s'il reste là. Miranda, quant à elle, ne se prononce pas sur le sujet. Elle ne connaît rien d'autre et, tant qu'elle n'a pas d'autre option, l'île lui convient. »

Il écrit PROS ET MIR.

« Puis, au bout de douze ans, une tempête orchestrée par Prospéro et Ariel pousse un certain nombre d'autres personnages sur ses côtes. La tempête n'est qu'une illusion, mais ils sont convaincus de sa réalité et se croient victimes d'un naufrage. Pour Alonso, le roi de Naples, l'île est un lieu de chagrin et de deuil, parce qu'il est persuadé que son fils, Ferdinand, a péri en mer.

« Pour Sébastien, le frère du roi Alonso, et Antonio le méchant, celui de Prospéro, elle représente le lieu du possible, et semble leur fournir l'occasion d'assassiner Alonso et son conseiller, Gonzalo, après quoi Sébastien hériterait du royaume de Naples – même s'il n'a pas la moindre idée de la manière dont il pourra regagner sa ville. Ces deux-là la considèrent comme une terre stérile, dénuée de charme.

« Aux yeux de Gonzalo, le conseiller âgé et plein de bonnes intentions, l'île est riche et fertile. Il se distrait en imaginant le royaume idéal qu'il y établirait, où tous les citoyens seraient égaux et vertueux et où personne n'aurait à travailler. Sa vision suscite les moqueries des autres.

« Tous ces hommes sont principalement focalisés sur le pouvoir et les puissants. Qui devrait régner et comment. Qui devrait avoir l'autorité suprême, comment l'obtenir et comment l'exercer. »

Felix écrit ALON, GON, ANT, SEB, et tire un trait sous leurs noms.

« Le personnage suivant est très différent. Il s'agit de Ferdinand, le fils d'Alonso. Depuis qu'il a gagné l'île à la nage, et qu'il s'y est retrouvé seul dans un endroit différent, il est convaincu que son père s'est noyé. Il pleure sa mort quand la chanson d'Ariel le détourne de ses pensées. Il croit d'abord que l'île est magique, puis il aperçoit Miranda et la prend pour une déesse. Lorsqu'il découvre que c'est une jeune fille humaine, célibataire de surcroît, il a le coup de foudre et lui propose de l'épouser. Ainsi son île est une terre de miracle, puis d'amour romantique. »

Felix écrit FERD, tire un autre trait.

« En bas de la liste viennent Stéphano et Trinculo, poursuit-il. Ce sont des bouffons. Des bouffons soûls en plus. Comme Antonio et Sébastien, ils voient dans l'île le lieu du possible. Ils veulent faire du crédule Caliban leur serviteur pour mieux l'exploiter ; ils envisagent aussi d'en faire un monstre de foire, et même de le vendre dès qu'ils auront retrouvé la civilisation. Mais ils sont tout à fait prêts à ajouter le vol, le meurtre et le viol à leur répertoire. Débarrassez-vous de Prospéro, leur conseille Caliban, et l'île sera votre royaume, avec Miranda pour bonus.

« Eux aussi s'inquiètent de savoir qui devrait régner et comment ; ce sont les versions comiques d'Antonio et de Sébastien. Vous pourriez aussi considérer Antonio et Sébastien comme des bouffons plus présentables. »

Il écrit STEPH ET TRINC.

Il s'interrompt, jette un coup d'œil circulaire sur la classe : pas d'hostilité, mais pas vraiment d'enthousiasme non plus. Ils l'observent.

« Peut-être l'île est-elle réellement magique, continue-t-il. Peut-être est-ce une sorte de miroir : chacun y décèle un reflet de son moi profond. Peut-être fait-elle ressortir ce qu'on est véritablement. Peut-être est-ce un lieu où on est censé apprendre quelque chose. Mais que sont-ils censés apprendre, tous ces gens ? Et l'apprennent-ils ? »

Il tire deux traits sous sa liste.

« Donc, nous avons là les personnages principaux. Notez-les dans cet ordre, tous à l'exception de Prospéro et de Miranda – je jouerai Prospéro et vous savez qui interprétera Miranda. Puis inscrivez un chiffre de zéro à dix à côté de chacun de ces noms. Dix quand c'est un rôle que vous aimeriez vraiment jouer, zéro quand votre intérêt est nul. Posez-vous la question de savoir si vous y seriez bon. Par exemple, il serait utile que Ferdinand soit relativement jeune, de même que Gonzalo devrait être relativement âgé.

« D'ici au moment où je distribuerai les rôles, nous lirons certaines tirades. Vous aurez alors la possibilité de réévaluer vos préférences. Si c'est le cas, n'hésitez pas à biffer votre chiffre et à le remplacer. »

Tous se mettent au travail ; on entend le crissement laborieux des crayons.

L'île est-elle magique ? se demande Felix. L'île représente bien des choses, mais il y a un point qu'il n'a pas mentionné : l'île est un théâtre. Prospéro, un metteur en scène. Il monte une pièce, laquelle renferme une autre pièce. Si sa magie tient et si sa représentation réussit, il sera comblé. Mais s'il échoue...

« Il n'échouera pas », dit Felix.

Ils sont quelques-uns à relever la tête, à porter leurs regards dans sa direction. A-t-il parlé tout haut ? Parle-t-il tout seul ?

Surveille cette manie, se dit-il. *Tu ne veux tout de même pas qu'ils te croient drogué.*

19. Un monstre sacrément ignoble

Mardi 15 janvier 2013

Le mardi matin, Felix compte les votes. Sur les vingt membres de sa troupe, un seul veut jouer le noble Gonzalo. Par chance, c'est Bic Tordu, le comptable retors. Felix note son nom.

Le roi Alonso et son frère, Sébastien, n'ont pas trouvé preneurs ; ils sont dans le bas de toutes les listes, sans avoir obtenu de zéro pour autant.

Antonio, le méchant frère de Prospéro, est plus populaire : cinq personnes lui ont attribué un neuf.

Stéphano et Trinculo, deux chacun. Ça en fait quatre qui se voient bien en bouffons.

Huit d'entre eux s'imaginent en Ferdinand, mais ils sont six à prendre leurs désirs pour la réalité : impensable qu'ils incarnent un jeune premier romantique. Deux sont possibles.

Ariel, douze. Apparemment, les extraterrestres et les effets spéciaux en intéressent plus d'un.

Et Caliban, ô surprise, quinze.

Il y aura des choix difficiles mercredi, songe Felix. Il commencera par Caliban. Caliban est secrètement poétique. Une fois qu'ils auront discuté de cet aspect-là, certains candidats laisseront sûrement tomber. Il leur expliquera qu'il y a plus chez Caliban qu'un être affreux à regarder.

En vue de la tâche ingrate qui l'attend, Felix prend son bain hebdomadaire dans la lessiveuse en fer-blanc. C'est toute une mise en scène. Pour commencer, il doit faire chauffer de l'eau, et sur la plaque électrique et dans la bouilloire. Puis il doit mélanger l'eau chaude avec l'eau froide qu'il tire avec la pompe à bras. Puis il doit se dévêtir. Puis il doit entrer dedans. C'est une affaire sacrément glissante et glaciale à cette période de l'année, un courant d'air passe sous la porte et – présentement – le grésil crépite contre le carreau. La serviette élimée n'arrange pas les choses ; il aurait intérêt à en acheter une autre ; qu'est-ce qui l'en empêche ? Sa conception du style, voilà. Une serviette neuve n'irait pas avec ce décor spartiate, monacal.

Ainsi qu'il sied à sa pudeur, Miranda n'est jamais présente lorsqu'il procède à ce rituel. Où va-t-elle ? Ailleurs. Sage jeune fille. Rien ne réduirait plus le respect d'une adolescente pour son vieux père sagace qu'un coup d'œil sur ses jambes héronnières et sa chair flétrie et fripée.

Comment Prospéro et Miranda se lavaient-ils sur l'île ? Felix médite sur cette question tout en se savonnant précautionneusement sous les bras. Avaient-ils une lessiveuse ? Peu probable. Peut-être y avait-il une cascade ? Mais Miranda n'aurait-elle pas risqué de s'exposer aux visées prédatrices du lubrique Caliban ? Certainement ; à de tels moments, sans doute Prospéro enfermait-il ce dernier dans sa cellule rocheuse.

C'est bien beau, mais Prospéro dans tout ça ? Pour que ses charmes continuent d'agir, ne devait-il pas porter sa cape magique ? N'avait-il pas besoin de ses livres, de son bâton ? Il n'aurait pas pu conserver sa cape magique à la cascade. Donc peut-être ne prenait-il pas de douche. Le vieux devait sentir rudement fort, après douze années sans se doucher.

Mais il oublie : Ariel devait monter la garde. Ariel avec ses ailes de harpie, plus les gobelins obéissants qui formaient la garde prétorienne de Prospéro. Dans le texte, on ne faisait pas mention de la fonction de préposé aux bains pour Ariel, mais ça devait être implicite.

C'est une omission dans une grande partie de la littérature théâtrale, décrète Felix : personne ne se baigne ni même n'y songe, personne ne mange, personne ne défèque. Sauf chez Beckett, bien sûr. On peut toujours compter sur Beckett. Radis, carottes, pisse, pieds puants : tout y est, la totalité du corps humain à son niveau le plus trivial et abject.

Il se relève dans des crissements de pied, s'extrait de la lessiveuse et se retrouve sur le plancher froid, puis s'essuie vigoureusement avec la serviette. Il enfile sa chemise de nuit en pilou. Il remplit la bouillotte. Les dents dans un verre d'eau où un comprimé se dissout en libérant des bulles effervescentes. Pilule de vitamines, cacao. Avec le blizzard, il n'a pas le courage d'envisager les toilettes dehors, il pisse donc dans un bocal Mason qu'il garde pour la circonstance et verse l'effluent dans l'évier. Prospéro n'a jamais eu à affronter la neige : il n'aurait pas eu besoin d'un bocal.

Et maintenant, au lit.

Une fois qu'il est couché et qu'il a éteint la lumière, Miranda se fond dans les ténèbres.

« Bonne nuit », lui dit-il.

Balaie-t-elle d'une main légère l'air au-dessus de sa tête ? Sûrement.

Mercredi matin, le ciel est clair et lumineux. Après un œuf dur au petit-déjeuner, Felix passe devant les champs couverts de neige et les arbres étincelants, puis remonte la colline du centre pénitentiaire Fletcher en sifflotant un petit air. *Ban, ban, Ca-Caliban.* Un moment digne d'un numéro de comédie musicale, cette scène. Il leur dira que la chanson de Caliban est un exemple de rap avant l'heure, ce qui est presque vrai.

« Nous avons un problème, annonce-t-il après s'être placé à côté du tableau blanc. Vous êtes quinze à vouloir jouer Caliban. Il faut que nous en discutions. »

Il se saisit de son feutre.

« Quel genre d'individu est Caliban ? »

Regards vides d'expression.

« Donc, enchaîne-t-il dans un nouvel effort, nous sommes tombés d'accord pour dire qu'Ariel n'était pas humain, c'est une sorte d'extraterrestre. Qu'en est-il de Caliban ? Il a une mère humaine, ça, on le sait. Alors, humain ou pas ?

— Oui, humain, dit Starter.

— Trop humain. » WonderBoy cherche des soutiens autour de lui. « Comment qu'il voulait défoncer Miranda ! »

Rires moroses, « ouais » murmurés.

On arrive à quelque chose, pense Felix.

« Spontanément, ajoute-t-il, quel est le terme ou l'expression qui vous vient à l'esprit pour décrire le mieux Caliban ?

— Monstre, répond Popol. Il y a un paquet de gens qui le traitent de monstre.

— Mauvais. Stupide. Laid. Poisson. Ils disent qu'il pue le poisson.

— Une sorte de cannibale. Genre, sauvage.
— Terre, suggère Phil le Toubib.
— Esclave, propose Coyote-Rouge. Poison d'esclave.
— Graine de sorcière, dit 8Pinces, le hacker mal intentionné. C'est ce qu'il y a de mieux. »

Felix note les mots les uns à la suite des autres.

« Pas très chouette, le gars, dit-il. Alors, pourquoi voulez-vous jouer ce rôle ? »

Sourires.

« Il est génial, vérole.
— On le comprend.
— Tout le monde lui en fait voir de toutes les couleurs, mais il se laisse pas démolir, il dit ce qu'il pense. »

Ça vient de Guibolss.

« Il est terrible. Méchamment terrible ! Tous ceux qui l'insultent, il veut se venger d'eux ! »

Felix tire un trait sous les mots.

« On entend les autres sortir beaucoup de qualificatifs cruels à son sujet, déclare-t-il. Mais personne ne se réduit jamais à ce que les autres peuvent dire de lui. Tout le monde a une autre strate. »

Ils acquiescent : ils sont d'accord.

« Alors, ces autres strates ? »

Comme souvent, il fournit lui-même la réponse :

« Premièrement, il adore la musique. Il sait chanter et danser. »

Il écrit : MUSICIEN.

« Il ressemble donc un peu à Ariel.
— Pourtant, il a pas son côté tapette, proteste Surin. Pas de coucous. »

Felix ignore cette remarque.

« Il connaît l'île, il sait où trouver tout ce dont il a besoin, sa nourriture par exemple. »

Il écrit : CONNAISSANCE DU TERRAIN.

« Dans la pièce, c'est lui qui donne la tirade la plus poétique sur l'île, celle sur ses rêves magnifiques. »

ROMANTIQUE.

« Et il est convaincu que Prospéro l'a dépouillé de ce qui lui revenait de droit – l'île –, et il veut qu'elle lui soit restituée. »

VENGEUR.

« En un sens, il a raison, déclare Œil-de-serpent.

— Il est comme Prospéro alors, commente 8Pinces. Il a plein d'idées de vengeance. Et il veut péter plus haut que son cul et être roi.

— Un point de moins, t'as dit "cul" ! s'écrie WonderBoy.

— C'était pas un juron, s'insurge 8Pinces, juste une expression.

— Ce que j'essaie de vous dire, poursuit Felix, c'est que le rôle de Caliban est complexe. Il faut que vous y réfléchissiez. Il est difficile. »

Il s'interrompt pour leur laisser le temps d'absorber sa remarque. Il perçoit des commentaires informulés. Certains des quinze candidats sont-ils en train de se raviser ? Peut-être.

« Et oui, il ressemble en partie à Prospéro, continue Felix. En revanche, jamais Prospéro ne veut être le roi de l'île et y fonder une colonie. Au contraire, il espère bien pouvoir s'enfuir et ne plus y remettre les pieds. Caliban estime, lui, qu'il devrait en être le roi et veut la peupler de répliques de lui-même, objectif qu'il aimerait atteindre en violant Miranda. Quand il comprend que c'est impossible, il se range du côté de Stéphano et de Trinculo et les pousse à assassiner Prospéro.

— C'est pas un mauvais plan », dit Guibolss.

Murmures d'assentiment.

« D'accord, Prospéro ne vous plaît pas, poursuit Felix. Et il y a des raisons à ça. On en parlera plus tard. En attendant, voici votre devoir. Lors de notre premier jour ensemble, je vous ai dit qu'un des grands thèmes de la pièce était les prisons. »

Il écrit PRISONS tout en haut du tableau blanc.

« Maintenant, je veux que vous épluchiez votre texte et que vous me trouviez toutes les prisons qui y sont mentionnées, y compris celles dont il est question avant que la pièce commence.

« De quel genre de prisons s'agit-il ? Qui y a été enfermé ? Et qui est le geôlier ? Qui les y a jetés et qui les y maintient ? »

Il écrit : PRISONNIER – PRISON – GEÔLIER.

« J'ai trouvé au moins sept prisons. Vous pouvez peut-être en trouver davantage. »

En réalité, il y en a neuf, autant leur permettre de faire mieux que lui.

« Si c'est le même endroit, l'île par exemple, mais dans un lieu différent, est-ce que ça compte pour deux prisons ? demande Bic Tordu. Ou pour une ?

— Nous dirons que ce sont des cas d'incarcération exceptionnels, propose Felix.

— Des cas d'incarcération exceptionnels ? s'écrie Guibolss. Ouais, à la sortie, je dirai que je me suis tapé un sacré cas d'incarcération exceptionnel, vérole. »

Rires de la troupe.

« Au moins, c'est pas un cas de mort exceptionnel, dit Popol.

— Un cas exceptionnel de J'te démolis le portrait.

— Un cas exceptionnel de totalement bourré.

— Bon, reprend Felix. Vous voyez ce que je veux dire. »

Quand il s'exprime un peu trop comme une assistante sociale, ils le vannent.

« Qu'est-ce qui compte exactement ? demande 8Pinces. Par exemple, le pin dans lequel Ariel était coincé ?

— Disons qu'une prison est n'importe quel endroit, n'importe quelle situation où on a été placé contre son gré et dont on ne peut pas sortir, explique Felix. Donc, oui : le pin compte.

— Fils de pute ! braille Starter. À l'isolement dans un pin !

— Fils de pute génial, renchérit 8Pinces.

— Le chêne serait pire, décrète Coyote-Rouge. C'est plus dur comme bois.

— Il a des points celui qui a le plus de prisons ? Ça rapporte des clopes ? » demande Guibolss.

III. NOS COMÉDIENS

20. Deuxième devoir : prisonniers et geôliers

Résultats de classe

Prisonnier	Prison	Geôlier
Sycorax	L'île	Gouvernement d'Alger
Ariel	Le pin	Sycorax
Prospéro et Miranda	Le rafiot qui prend l'eau	Antonio et Alonso
Prospéro et Miranda	L'île	Antonio et Alonso
Caliban	Le trou au milieu des rochers	Prospéro
Ferdinand	Sortilège, chaînes	Prospéro
Antonio, Alonso et Sébastien	L'île, le sortilège, la folie	Prospéro
Stéphano et Trinculo	La mare boueuse	Ariel et les chiens gobelins, sur ordre de Prospéro

21. Les gobelins de Prospéro

Mercredi 16 janvier 2013

Felix couvre la surface de son tableau blanc avec les trouvailles de la classe écrites en capitales d'imprimerie rouges.

« Vous avez bien travaillé, dit-il. Vous avez huit... »
Il s'interrompt.
« Huit cas d'incarcération exceptionnels. »
Laissons-les digérer cette phrase, se dit-il, et c'est ce qui se passe : pas un seul commentaire narquois.
« Pourtant, il y a une neuvième prison. »
Regards perplexes. Scepticisme de la part de 8Pinces.
« Pas possible, peste ! »
Felix attend, les observe pendant qu'ils comptent et ruminent.
« Vous allez nous le dire ? finit par demander Popol.
— Après qu'on aura joué la pièce, lui répond Felix. Une fois nos divertissements terminés. À moins, bien entendu, que quelqu'un ne devine avant. »
Il parie qu'ils ne trouveront pas, mais il lui est déjà arrivé de se tromper.
« À présent, occupons-nous des geôliers. Trois personnages ont été emprisonnés par quelqu'un qui

n'est pas Prospéro : Sycorax, sur l'île, par les autorités d'Alger ; Ariel, dans un pin, par Sycorax ; et Prospéro par Antonio, avec l'aide d'Alonso, d'abord sur le vieux rafiot et ensuite sur l'île. Quatre personnages, si on compte Miranda, laquelle n'ayant que trois ans quand elle a débarqué a grandi là sans avoir le sentiment d'être en prison. Et sept individus sont emprisonnés dans des circonstances où le geôlier est Prospéro. Dans cette pièce, il semble être le principal geôlier.

— En plus, c'est un esclavagiste, affirme Coyote-Rouge.

— Pas seulement avec Caliban, il contrôle aussi Ariel, intervient 8Pinces. Il le menace avec ce fameux chêne. D'isolement perpétuel. C'est inhumain.

— En plus, c'est un voleur de terres, ajoute Coyote-Rouge. Sale vieux Blanc. Il faudrait le baptiser Prospéro Corp. Encore un peu et il déniche du pétrole sur l'île, l'exploite et élimine tout le monde à la mitraillette.

— Quelle vérole de communiste tu fais ! dit Œil-de-serpent.

— Va te faire voir, chiot tavelé, rejeton du diable, brame Coyote-Rouge.

— Pas de fils de pute d'insultes, nous, on forme une équipe », intervient Guibolss.

Appel au calme.

« Je sais que vous en voulez pas mal à Prospéro pour toutes ces choses, déclare Felix. Et en particulier pour la façon dont il traite Caliban. »

Il jette un coup d'œil sur la salle : sourcils froncés, mâchoires serrées. Hostilité manifeste à l'égard de Prospéro.

« Mais quels choix a-t-il ?

— Quels choix ! s'exclame Surin. On s'en bat... On s'en bat la terre de ses choix !

— Attention avec la terre, lui fait remarquer Coyote-Rouge. Moi, je dis ça...

— T'es pas tout seul ici, lance Surin.

— Donnons une chance à Prospéro et écoutons les choix dont il dispose », propose Bic Tordu avec douceur.

Il aime jouer les gars rationnels.

« Je vais vous les énoncer, déclare Felix. Supposons que le navire transportant le roi Alonso, Antonio, Ferdinand et Gonzalo ne se soit jamais montré. C'est un pur coup de chance s'il s'est approché de l'île en revenant du mariage de la fille d'Alonso. Ou encore, comme dirait Prospéro, grâce à l'intervention d'une étoile très favorable et à la généreuse Fortune. Mais imaginez que ce bateau ne se soit jamais présenté. On a Prospéro, coincé sur l'île avec sa très jeune fille et un jeune mâle bien plus costaud que lui qui cherche à faire l'amour à Miranda, alors qu'elle ne veut pas. Bien que Prospéro ait été bienveillant avec le Caliban enfant sauvage, le Caliban adulte s'est retourné contre lui.

« Personne n'a de fusil. Personne n'a d'épée. S'ils avaient dû s'affronter physiquement, Caliban aurait facilement pu tuer Prospéro. C'est d'ailleurs ce qu'il compte faire dès qu'il en aura l'occasion. Donc, Prospéro est-il en état de légitime défense ? »

Marmonnements. Mines renfrognées.

« Votons, propose Felix. Oui ? »

La plupart des mains se lèvent, de mauvais gré. Coyote-Rouge résiste.

« Coyote-Rouge ? dit Felix. Il devrait autoriser Caliban à circuler librement et courir le risque d'être assassiné par lui ?

— À la base, il aurait pas dû être là, grommelle Coyote-Rouge. C'est pas son île.

— Est-ce qu'il a choisi de débarquer là ? l'interroge Felix. Ce n'est pas un envahisseur, c'est un naufragé.

— N'empêche que c'est un esclavagiste, insiste Coyote-Rouge.

— Il pourrait boucler Caliban vingt-quatre heures sur vingt-quatre, riposte Felix. Il pourrait le tuer.

— Il dit lui-même qu'il veut le faire travailler, poursuit Coyote-Rouge. Qu'il rentre le bois, qu'il lave la vaisselle. Tout ça. En plus, il fait la même chose à Ariel. Il l'oblige à bosser contre son gré. Il refuse de lui rendre sa liberté.

— Soit, dit Felix. Mais il a quand même le droit de se défendre, non ? Et, pour ça, il n'a qu'un moyen : recourir à la magie, laquelle ne marche que si Ariel fait le boulot pour lui. Si votre seule arme était de tenir Ariel au bout d'une ficelle magique – une ficelle magique temporaire –, vous feriez la même chose. Non ? »

Cette fois-ci, tout le monde en convient.

« D'accord, s'écrie WonderBoy, mais pourquoi infliger tout ça aux autres ? La scène de la harpie, la dinguerie. Pourquoi est-ce qu'il ne se contente pas de tuer ses ennemis et de leur piquer leur bateau ? De laisser Caliban sur l'île et de repartir à Milan, ou ailleurs ? »

Parce que sinon il n'y aurait pas de pièce, songe Felix. Ou bien elle serait radicalement différente. Mais s'il veut que ses troupes continuent à croire à la réalité des personnages, il ne peut exploiter ce filon.

« Je suis sûr qu'il a eu cette tentation, déclare-t-il. Il a sans doute eu l'envie de leur défoncer le crâne. Qui n'aurait pas éprouvé la même chose après ce qu'ils lui ont fait ? »

Acquiescement général.

« Maintenant, s'il avait opté pour ce genre de vengeance, il aurait peut-être récupéré son duché mais, étant donné le marché passé entre Antonio et le roi Alonso, en vertu duquel Milan est devenu le vassal de Naples, celui qui aurait hérité du royaume de Naples lui en aurait logiquement gardé rancune. Personne n'aurait apprécié que le roi et son fils disparaissent mystérieusement, et les marins auraient parlé. Le nouveau seigneur de Naples aurait encore une fois chassé Prospéro ou l'aurait assassiné pour installer quelqu'un d'autre à la tête du duché de Milan. Sinon, Naples entrait en guerre contre Milan. Naples est plus forte ; Milan risque de perdre. Pour Prospéro, quel est le meilleur plan ?

— Ferdinand épouse Miranda, répond Bic Tordu. Miranda devient reine de Naples et apporte le duché en dot. C'est une paix honorable. On appelait ça une union dynastique, explique-t-il aux autres.

— Bien dit ! s'écrie Felix. Mais Prospéro n'est pas un tyran : contrairement à Alonso, il ne veut pas imposer à sa fille un mariage motivé par la politique. Il ne veut pas donner Miranda en mariage pour sceller un accord équivalent à un trafic charnel. À la place, il souhaite que les jeunes gens – Ferdinand et Miranda – tombent sincèrement amoureux l'un de l'autre. Il recourt donc à la magie pour y parvenir. Ou du moins pour qu'elle l'aide à parvenir à ses fins. »

Hochements de tête : ils approuvent.

« Moi non plus, je ferai pas ça à ma gamine, dit Guibolss. La donner en mariage. Ça craint. »

Felix sourit.

« Prospéro a également besoin de créer une situation qui permettra à Alonso d'accepter cette union, poursuit-il. Normalement, ce dernier la refuserait parce que Naples est un royaume, alors que Milan n'est qu'un duché. Il est sûr et certain qu'Alonso aurait voulu allier son fils à une grande et riche famille royale, ce qui aurait renforcé son pouvoir. Et Ferdinand aurait été contraint d'épouser la personne que son père lui aurait choisie.

— C'était la règle à l'époque, précise Bic Tordu. Impossible de s'opposer.

— Vérole de règle, décrète Fissa Fissa.

— Donc Prospéro s'arrange pour qu'Alonso pense que Ferdinand s'est noyé, puis il lui annonce la grande révélation, lance 8Pinces. "Regardez ! Il est vivant !" Cool.

— Et le roi est tellement heureux que, si Ferdinand avait voulu épouser une grenouille, il aurait dit amen ! s'exclame Œil-de-serpent.

— Exactement, répond Felix. D'un côté, le supposé décès de Ferdinand correspond au châtiment d'Alonso – il se venge par l'angoisse –, mais d'un autre côté, c'est un stratagème bien pensé.

— D'une pierre deux coups, dit Krampus, le mennonite.

— Pas idiot, reprend Œil-de-serpent. Belle vacherie.

— Donc, compte tenu de l'éventail limité de possibilités de Prospéro, ce dernier a-t-il raison de faire ce qu'il fait ? Votons de nouveau, propose Felix. Qui répond oui ? »

Cette fois-ci, toutes les mains se lèvent. Les épaules de Felix se décrispent : soulagement. Prospéro est absous, du moins pour le moment.

« Nous sommes d'accord alors. Maintenant, parlons des garants de la force.

— Les garants de la force ? répète Bic Tordu.

— En définitive, toute autorité repose sur la force, explique Felix. L'île est une prison et, là où il y a des prisons, il faut des garants de la force. Sinon tous ceux qui sont bouclés prendraient simplement leurs jambes à leur cou. »

Acquiescement appuyé.

« Mais on ne voit pas de garants de la force dans la distribution, remarque Bic Tordu. Dans "Les personnages". »

Il ouvre son texte à la page voulue, la consulte.

« Ils sont néanmoins présents. Déguisés en chiens et en limiers, ce sont eux qui infligent pincements et crampes musculaires à Stéphano et Trinculo et qui les pourchassent.

— C'est pas Ariel ? s'écrie 8Pinces. Je croyais que c'était lui.

— Lisez mieux. C'est Ariel qui leur donne des ordres, dit Felix. C'est écrit. "Mes gobelins". C'est bien ce qu'ils sont : les gobelins de Prospéro. Ils n'apparaissent pas dans la distribution, parce qu'ils étaient joués par tous ceux qui n'avaient pas de rôle dans cette scène. On met un masque et, bingo, on se transforme en gobelin. Tout le monde dans notre pièce aura donc deux rôles : son propre rôle et celui d'un des gobelins de Prospéro. Ce sont des agents de contrôle, mais pas seulement : c'est par leur intermédiaire que se matérialisent la vengeance et le châtiment. Ce sont eux qui accomplissent le sale boulot. »

Ah oui. Il voit maintenant comment ça pourrait se passer : Tony et Sal, cernés par les gobelins. Poussés, menacés. Réduits à l'état de gelée tremblotante. *Écoute, ils hurlent,* songe-t-il. *Qu'on les traque sans répit. À cette heure / tous mes ennemis sont à ma merci.* Il porte son regard sur la salle en affichant un sourire bienveillant.

« Impec', dit 8Pinces. Je pige. Les gobelins, c nous. »

22. Les personnages

Mardi 17 janvier 2013

Jusqu'à présent, Anne-Marie n'a pas rencontré la classe. Elle a appris son texte de son côté, ou disons qu'elle s'est rafraîchi la mémoire. Sa première séance dans le centre pénitentiaire Fletcher aura lieu vendredi, le jour où Felix attribuera les rôles, mais il s'est arrangé pour déjeuner avec elle au préalable. Il veut la préparer, lui donner une idée de ce dans quoi elle va s'engager. Qui, par exemple, sera son Ferdinand ? Elle a le droit de savoir à l'avance.

Tout en mangeant seul son œuf du matin – seul car Miranda a disparu quelque part, dans son espace privé à elle, et reste, comme toute adolescente qui se respecte, très évasive sur ce lieu –, il passe en revue les choix qu'il a pratiquement arrêtés.

Il a beaucoup réfléchi à la question. Il y a les préférences que les comédiens ont eux-mêmes formulées, mais, par sa longue expérience, Felix a appris à ne pas en tenir compte. Quel parfait Roméo ne rêve pas d'incarner Iago, et vice versa ?

Faudrait-il qu'il les choisisse selon leur personnalité ou qu'il les utilise à contre-emploi ? Les laids dans un rôle exigeant la beauté et un superbe mec en Caliban ? Qu'il leur attribue un rôle qui les obligera à explorer leurs profondeurs secrètes, ou vaut-il mieux éviter de fouiller lesdites profondeurs ? Qu'il provoque le public en lui présentant des personnages célèbres sous des dehors surprenants et peut-être déplaisants ?

Dans sa vie passée, au Festival, il était connu pour ses provocations outrancières. Avec le recul, il se peut qu'il soit allé un peu trop loin à l'occasion. Pour être honnête, pas seulement à l'occasion ; aller trop loin, c'était sa marque de fabrique. Mais, cette fois, autant ne pas forcer. Il confiera aux mecs les rôles qu'ils ont une chance de bien jouer : somme toute, il est d'abord metteur en scène. L'important, c'est la pièce. Son boulot, c'est d'aider les comédiens à l'aider à l'exécuter.

Il a préparé des notes, en partie pour son usage personnel, et en partie pour les montrer à Anne-Marie. Ces notes ne doivent absolument pas être vues par de tierces personnes, il insistera là-dessus. Après le beau discours qu'il a tenu à la classe – « Je ne veux pas savoir ce que vous avez fait », etc. –, ses comédiens perdraient toutes leurs illusions s'ils voyaient le détail de leurs condamnations ainsi exposé.

Il parcourt sa liste provisoire :

Les personnages
PROSPÉRO, LE DUC DE MILAN DÉCHU : M. Duc, metteur en scène et producteur.
MIRANDA, SA FILLE : Anne-Marie Greenland, comédienne, danseuse, chorégraphe.
ARIEL : 8Pinces. Fluet. D'origine indo-pakistanaise. Environ vingt-trois ans. Extrêmement intelligent. Très rapide sur un clavier. Très fort en infor-

matique. *Condamnation* : Hacker, usurpation d'identité. Falsification. Estime avoir agi en toute légitimité, car persuadé d'avoir joué les Robin des Bois face aux mauvais capitalistes du roi Jean de notre époque. Trahi par un collègue plus âgé quand il a refusé de pirater des associations de bienfaisance pour réfugiés. A joué Rivers dans *Richard III*.

CALIBAN : Guibolss. Trente ans environ. Origine mixte, irlandaise et africaine. Cheveux roux, taches de rousseur, costaud, fait beaucoup de sport. Ancien combattant d'Afghanistan. Le ministère des Anciens Combattants n'a pas payé son traitement pour stress post-traumatique. *Condamnation* : Vol avec effraction et voie de fait liés à la consommation de drogues et d'alcool. A suivi un traitement contre ses dépendances, mais le programme a été supprimé. A joué Brutus, la deuxième sorcière, Clarence. Excellent acteur, mais susceptible.

FERDINAND, FILS D'ALONSO : WonderBoy. Fait vingt-cinq ans, est sans doute plus vieux. Nom scandinave. Attirant, soigné, beau, plausible ; peut paraître extrêmement sincère. *Condamnation* : Fraude ; a vendu de fausses assurances-vie à des seniors crédules. Particulièrement efficace auprès des immigrants. A joué Macduff et Hastings dans *Richard III*.

ALONSO, ROI DE NAPLES : Krampus. Quarante-cinq ans peut-être. Milieu mennonite. Long visage chevalin. Membre d'un cercle mennonite convoyant, sous couvert de piété, de la drogue du Mexique via les États-Unis dans des machines agricoles. Dépressif. A joué Banquo dans *Macbeth*, Brutus dans *JC*.

SEBASTIAN, FRÈRE D'ALONSO : Phil le Toubib. Appartient à une famille de réfugiés vietnamiens qui s'est saignée aux quatre veines pour qu'il fasse médecine. La quarantaine. Estime avoir été injustement condamné. *Condamnation* : Homicide involontaire ayant entraîné la mort par overdose de trois jeunes étudiants auxquels il a prescrit à maintes reprises des analgésiques addictifs. Affirme qu'ils l'ont supplié de les aider. Facilement manipulable. A joué Buckingham dans *Richard III*.

ADRIAN ET FRANCISCO, LES DEUX COURTISANS : *Note : De nombreuses productions suppriment ces rôles-là et confient certaines de leurs répliques à Gonzalo ou à Sébastien. Un bon choix, que j'ai suivi.*

GONZALO, VIEUX CONSEILLER D'ALONSO : Bic Tordu. Obèse, dégarni. La cinquantaine. Vient d'une famille de Blancs anglo-saxons protestants. Comptable. *Condamnation* : Détournement de fonds. Intelligent, avec une tournure d'esprit philosophique. Estime avoir été injustement condamné. Respecté par les autres, qui pensent qu'il pourra les aider à contourner le système une fois qu'ils seront sortis. A joué Cassius dans *Jules César*, Duncan dans *Macbeth*.

ANTONIO, LE FRÈRE USURPATEUR DE PROSPÉRO : Œil-de-serpent. Origine italienne. Mince, fait beaucoup de muscu. A un strabisme. Trente-cinq ans environ. Diplôme de droit, qui, après enquête, s'est révélé être un faux. *Condamnation* : Escroc en immobilier ; a falsifié des actes, puis vendu des biens dont il n'était pas propriétaire. A aussi monté une petite pyramide de Ponzi. Persuasif, mais seulement pour ceux qui veulent bien se laisser persuader. Croit que tout lui est dû. Prend les autres pour des naïfs qui méritent donc d'être tondus ; estime ne devoir son arrestation qu'à un point de procédure. A joué Macbeth. A joué Richard III. Bonne canaille.

STEPHANO, SOMMELIER IVROGNE : Coyote-Rouge. Une vingtaine d'années. Origine amérindienne. *Condamnation* : Contrebande de spiritueux, vente de drogues. Estime n'avoir rien commis de mal parce que de toute façon la justice n'a aucune légitimité. A joué Marc-Antoine dans *JC*. A joué la première sorcière dans *Macbeth*.

TRINCULO, BOUFFON : TimIIz. Un côté de la famille d'origine chinoise. Visage rond, pâle. S'est inspiré de la chaîne de donuts Timmy's pour son nom de scène, parce qu'il clame ne rien avoir au milieu du crâne. Se fait passer pour bien plus stupide qu'il ne l'est en réalité. Talents de pickpocket confirmé. *Condamnation* : Chef d'un réseau de vol à l'étalage. Prétend y avoir été forcé. Devin dans *Jules César*, portier dans *Macbeth*. Un vrai clown.

PRÉSENTATEUR : Nous avons toujours recouru à un présentateur offrant un condensé de chaque scène, afin que le public puisse suivre l'intrigue. Je pense à Surin, le Mexicain pour ce rôle. Famille originaire du Nouveau-Mexique. *Condamnation* : Voie de fait. Homme de main pour un gang local. Extraverti, bonne voix. A joué Lord Grey dans *Richard III*.

MAÎTRE D'ÉQUIPAGE : Popol. Afro-Canadien. Talent musical et, oui, je connais les clichés. Il danse, pas aussi bien qu'il le pense, mais bien. *Condamnation* : Drogues, extorsions, voie de fait en liaison avec un gang. Aurait campé un bon Caliban, mais on aura besoin de lui dans d'autres emplois.

IRIS, CÉRÈS, JUNON : *Problème. Pas un de ces hommes n'acceptera d'interpréter une déesse. Mais Prospéro les qualifie de marionnettes, alors pourquoi ne pas reprendre le même terme ? Ou parler de poupées, dotées de voix numériques. Leur donner un brin d'étrangeté. En vidéo, ça pourrait marcher.*

Il y a des tas d'autres rôles et tâches que Felix doit attribuer : responsable des effets spéciaux, souffleurs, doublures. Costumiers et accessoiristes. Il lui faudra un photographe pour les photos publicitaires ; il n'y aura pas de véritables publicités, bien entendu, mais les gars adorent être photographiés en costume de scène. La classe a déjà décidé de modifier certaines chansons et d'en ajouter d'autres, donc il faudra des chanteurs et des danseurs. Des chanteurs de rap, des breakdancers, imagine Felix. Anne-Marie pourra les aider pour la chorégraphie.

Il a une ébauche d'équipe, mais les choses pourront évoluer à mesure qu'il découvrira les compétences et les limites de chacun.

Liste provisoire
EFFETS SPÉCIAUX : 8Pinces, technicien chef d'équipe ; WonderBoy, Surin, Popol, Starter.
ACCESSOIRES ET COSTUMES : Projet assigné à chaque acteur avec suggestions de leur équipe.
PHOTOS PUBLICITAIRES : WonderBoy. Il a le sens du glamour.
DJ : Guibolss, Coyote-Rouge, Lee Visage pâle, Riz gluant. 8Pinces se chargera du montage sonore.
MUSIQUE INSTRUMENTALE : Guibolss, Surin le Mexicain, Popol, Coyote-Rouge, Col. Death.

CHŒURS ET DANSEURS : Popol, Guibolss, TimIIz, Fissa Fissa, Riz gluant et d'autres membres de la troupe, selon les besoins.

CHORÉGRAPHIE : Anne-Marie Greenland, Guibolss, Popol.

CHEF DES GOBELINS : Riz gluant, Col. Death, Fissa Fissa. *Condamnations* : Fraude à l'assurance par incendie volontaire ; vol à main armée ; détention de stupéfiants. Tous jouent pour la première fois et ont beaucoup à apprendre des autres. Deux d'entre eux ont été videurs.

REMPLAÇANTS GOBELINS : Membres de la troupe, selon les besoins.

Les gobelins, songe Felix. *L'arme ultime.* Pour l'essentiel de son projet secret, sa pépite de vengeance, tout repose sur les gobelins. Que faudrait-il qu'ils portent ? Des cagoules noires, ou est-ce trop proche des braqueurs de banque et des terroristes ? En ce cas, se dit-il, tant mieux : la peur peut être extrêmement motivante. Elle est susceptible de changer radicalement le cours des événements, pourrait-on dire.

23. Miranda admirée

Le même jour

Felix retrouve Anne-Marie pour déjeuner au Imp and Pig-Nut de Makeshiweg. Elle est un peu moins maigrichonne, mais elle est tendue. Survoltée. Débordante d'énergie. En même temps, ses yeux paraissent plus grands, son expression plus ouverte : elle fait dix ans de moins que son âge. Elle est vêtue d'une chemise blanche à manches longues, toute simple. Dans la pièce, traditionnellement, Miranda porte du blanc. Ou au moins du beige.

Excellent, pense Felix. Elle se met dans la peau du personnage. Encore un peu et elle se promènera pieds nus alors qu'on est en plein hiver.

« Une bière ? lui propose-t-il. Un burger frites ?

— Je crois que je me contenterai d'une salade aux noix et aux airelles et d'un thé vert. Je n'aime plus trop la viande. »

Les jeunes filles en sont là à présent, se dit Felix : sa Miranda est pareille. Elles optent pour du quinoa, des graines de lin, des milk-shakes aux amandes. Des noix. Des baies. Des pâtes aux courgettes.

« Ne force pas, lui dit-il.

— Comment ça ?
— Sur l'innocence et la pureté. Tu sais. Les salades. »

Elle éclate de rire.

« D'accord, je prendrai une bière. Et des frites avec la salade. »

Felix se commande un burger. Il y a un bout de temps qu'il n'en a pas mangé. Comment faisaient-ils pour les protéines sur cette fichue île ? se demande-t-il. Oh, oui. Le poisson. C'est pour ça que Caliban empeste ! Outre qu'il creuse la terre de ses ongles longs pour déterrer des noix de caryer, il attrape ausi des poissons. *Je ne ferai plus de barrage pour les poissons.* Pourquoi Felix n'a-t-il jamais fait le rapprochement ?

« Comment tu te débrouilles ? demande-t-il. Avec ton rôle ?
— Tout est là, lui répond-elle. D'avant. Dans ma tête. C'était juste en attente – stocké, tu vois, dans le recul obscur et l'abîme du temps. Une de mes colocs m'écoute dire mon texte. Je le connais pratiquement sur le bout des doigts.
— J'ai hâte de faire cette scène avec toi ! s'écrie Felix. Celle du *recul obscur*. Toute la pièce, d'ailleurs. Tu vas être géniale ! »

Elle affiche un sourire triste.

« Oui, c'est ça ! Sûr que ça va relancer ma carrière, de jouer Miranda avec une bande de criminels. Tu parles comme si c'était pour de vrai. Comme si c'était une vraie production.
— C'est vrai. Plus que vrai. C'est hyper vrai. Tu verras. »

Les plats arrivent, miraculeusement vite, et s'ensuit un interlude où les mandibules prennent le relais.

Lorsqu'il juge le moment opportun, Felix reprend la parole :

« J'ai choisi les comédiens. Provisoirement. Il se pourrait qu'il y ait encore des changements. J'ai apporté la liste pour que tu saches avec qui tu vas jouer, avant de les rencontrer. J'ai préparé des notes sur eux à ton intention. »

Par-dessus la table, il lui remet les pages attachées avec un trombone.

« Alors, tu as noté leurs crimes, lui lance-t-elle sur un ton de reproche. C'est gentil, mais est-ce bien correct ? Tu ne ferais pas ça avec des comédiens lambda. Dans le temps, tu disais qu'il fallait aborder les choses comme si on était à nu. Pas d'idées préconçues les uns sur les autres.

— Les comédiens lambda sont sur Wikipédia, riposte-t-il. Leurs crimes à eux, ce sont les mauvaises critiques qu'ils ont récoltées. Tout le monde est au courant. De toute façon, ce ne sont pas des crimes en tant que tels, mais des condamnations. Rien à voir. On ne sait pas s'ils les ont vraiment commis.

— D'accord, on voit ce que tu veux dire, très bien. »

Elle parcourt la liste du doigt.

« Voie de fait, détournement de fonds, fraude. Sympa. Au moins, il n'y a pas de tueurs en série ni de violeurs de nourrisson.

— Ceux-là sont bouclés dans l'aile de sécurité maximale. Sous surveillance spéciale. Pour les protéger. Mes gars n'approuvent pas ce genre de choses.

— Bien, dit Anne-Marie. Donc Caliban n'essaiera pas vraiment de me violer ?

— Aucun risque. Les autres l'en empêcheraient. Il y a un comptable. »

Il pointe le nom de Gonzalo.

« Et voici ton Ferdinand.

— C'est mignon. WonderBoy. C'est lui qui a choisi ce nom de scène ?

— Pas sûr. Note, il a la tête de l'emploi. Le look after-shave des années cinquante. Sincère. »

Lui-même a dragué avec un after-shave des années cinquante, mais elle ne le vanne pas.

« Un escroc, donc. Il dépouille les vieux. Sympa...

— Il n'a blessé personne, proteste Felix, sur la défensive. Physiquement, en tout cas. Il vendait de fausses assurances-vie à des gens âgés, et avec beaucoup de succès. Ils ne s'en sont aperçus qu'après leur mort.

— Redis-moi ça ? fait Anne-Marie avec un sourire goguenard.

— D'accord, ce sont les bénéficiaires qui s'en sont aperçus, mais comme aucune de ses victimes n'était encore morte, il ne s'est rien passé. À ce que j'ai compris, c'est une petite amie qu'il avait larguée qui l'a balancé.

— Et il y en avait combien ? De petites amies larguées ? »

Déjà, elle paraît possessive envers un comédien qui n'en est pas un et incarne Ferdinand, imitation d'un soupirant qui n'existe pas.

« Maintes dames, dit Felix en reprenant le texte, mais aucune ne vous arrivait à la cheville. Vous êtes parfaite et incomparable, tu te rappelles ?

— Je sais, je sais ! »

De nouveau, elle éclate de rire.

Durant les répétitions, il lui demandera de reprendre ce rire d'autodérision pour en faire un rire ravi.

« Il est clair que c'est un baratineur, poursuit Felix. Certaines des personnes âgées ont assisté à son procès.

Elles voulaient qu'on lui accorde une remise de peine, qu'on lui donne une autre chance. Elles l'adoraient ; elles le considéraient comme un fils. S'il y a quelqu'un qui peut donner un de ces discours fleuris avec conviction, c'est bien WonderBoy.

— Tu essaies de me dire quelque chose ?

— Une femme avertie en vaut deux. Ce gamin serait capable de séduire une statue de la reine Victoria. Qui sait s'il ne voudra pas que tu deviennes sa copine de l'extérieur, pour lui faire passer des trucs en douce ? Évite d'avoir une histoire avec lui, c'est tout. Il est probablement déjà marié. À plus d'une femme, ajoute-t-il pour bien insister.

— Tu penses que je vais tomber amoureuse de lui, c'est ça ? s'exclame Anne-Marie. Tu me crois donc si facile ? »

Sa mâchoire se crispe.

« Non, non. J'espère bien que non. Mais il faudra que tu sois sur le qui-vive quand tu seras dans la peau du personnage. Même une dure à cuire dans ton style.

— Toi, tu y es déjà ! riposte Anne-Marie avec un grand sourire. Tu joues les pères surprotecteurs. Pourtant, tu connais les adolescentes, elles désertent leur papa adoré à la minute où un jeune étalon bien charpenté se pointe à l'horizon. Ne m'en veux pas, c'est mes putains d'hormones.

— Bon, on fait la paix. Tu te débrouilles bien, mais arrête les jurons. Ils sont interdits, n'oublie pas ; surtout pour Miranda.

— C'est d'accord. J'essaierai. »

Elle continue à parcourir la liste.

« Je vois que tu as inclus danses et chansons.

— Eh bien, tout au long du XVIIIe siècle *La Tempête* a été donnée en opéra, réplique Felix. Je l'ai donc vendue aux gars comme une comédie musicale. Comme ça, ils la situent mieux. Ils avaient du mal avec les esprits, la chanson de l'abeille qui butine ou suce le nectar, et ainsi de suite.

— Oui, je comprends, dit Anne-Marie en souriant.

— Je me demandais si tu ne pourrais pas les aider pour la chorégraphie. Leur donner des tuyaux.

— Je pourrais. Pas de figures classiques, je présume. Il nous faudra voir ce que leurs corps peuvent encaisser. »

Felix sourit : le « nous » lui plaît.

« Qu'est-ce que tu vas faire pour l'abeille qui butine ? Ce pourrait être un obstacle rédhibitoire.

— Ça reste à voir. Ils pourront éventuellement rectifier le texte. Dans les autres pièces qu'on a présentées, ils ont réécrit dans certaines séquences des tirades qui leur paraissaient avoir besoin d'être un peu modernisées. En recourant au langage vernaculaire contemporain.

— Le langage vernaculaire contemporain. C'est-à-dire ordurier. Qu'est-ce donc, mon grave maître ?

— C'est la partie alphabétisation du cours, dit-il d'un ton un peu navré. Il faut écrire des choses. De toute façon, si on en juge par les textes dont nous disposons, les troupes de Shakespeare ont dû improviser de temps à autre.

— Tu as toujours repoussé les limites. Et que fais-tu d'Iris, Cérès et Junon ? Le masque de la fête de fiançailles. C'est une scène curieuse. Elle est très verbeuse et pourrait en devenir ennuyeuse. Je vois ici que tu penses à des poupées ?

— Je ne peux pas demander aux mecs de s'habiller en déesses. On peut faire un montage...

— Quel genre de poupées ?

— J'espérais que tu m'aiderais, avoue Felix. Dans ce domaine, je ne suis pas compétent. Des poupées grandeur nature.

— Tu veux dire, avec des loches.

— Disons, pas de bébés ni d'animaux, tu vois. Que suggérerais-tu d'autre ? »

Sa Miranda n'a pas passé le stade du nounours : les poupées, pour lui, c'est un point sensible.

« Des princesses Disney, décrète Anne-Marie. Elles seraient parfaites.

— Des princesses Disney ? C'est-à-dire...

— Oh, tu sais. Blanche-Neige, Cendrillon, la Belle au bois dormant, Jasmine d'*Aladin* dans son pantalon démesurément bouffant, Ariel, la petite sirène, Pocahontas avec ses franges en cuir. J'ai eu toute la collection dans le temps. Enfin, sauf Merida dans *Rebelle* – elle est venue plus tard. »

Pour Felix, c'est du chinois. Merida dans *Rebelle* ? C'est quoi ?

« Ça ne peut pas être Ariel. On a déjà un Ariel.

— D'accord. Je vais cogiter là-dessus. Ça pourrait fonctionner super bien ! Qui n'aimerait pas voir trois princesses Disney lui offrir une pluie de bénédictions pour sa fête de fiançailles ? Et de confettis scintillants peut-être, ajoute-t-elle, espiègle, le goût de Felix pour le scintillant étant de notoriété publique.

— Tu seras ma conseillère, dit Felix avec la plus grande courtoisie. Miss Nonpareille.

— Garde ça pour les fans », répond-elle en riant.

N'empêche, il a eu ce qu'il voulait : désormais, ils sont alliés.

Est-ce bien sûr ? Peut être n'est-ce pas l'innocence qui lui fait écarquiller les yeux. Peut-être est-ce la peur. Un instant, il voit Prospéro avec les yeux de

Miranda – une Miranda pétrifiée qui comprend soudain que son père adoré est un vrai cinglé, paranoïaque de surcroît. Il la croit endormie quand il parle tout fort à quelqu'un qui n'est pas là, mais elle l'entend et ça l'effraie. Il prétend pouvoir commander à des esprits, lever des tempêtes, déraciner des arbres, ouvrir des tombes et faire marcher les morts, mais dans la vie réelle, qu'est-ce que tout ça sinon de la folie pure ? La malheureuse est piégée au milieu de l'océan entre une brute débordante de testostérone qui veut la violer et un vieux papa complètement siphonné. Pas étonnant qu'elle se jette dans les bras du premier jeune apparemment sain d'esprit qui vient bourdonner autour d'elle. *Emmène-moi loin d'ici !* crie-t-elle en réalité à Ferdinand. Non ?

Non, Felix, ce n'est pas vrai, se dit-il avec fermeté. *Prospéro n'est pas fou. Ariel existe. Prospéro n'est pas le seul à le voir et à l'entendre. Les enchantements sont réels. Cramponne-toi à ça. Fais confiance à la pièce.*

Mais peut-on se fier à la pièce ?

24. Je t'avertirai des choses d'à présent

Vendredi 18 janvier 2013

À la boutique Print Pro de Wilmot, Felix fait des photocopies de sa liste revue et corrigée – juste les noms des personnages et des comédiens, pas de descriptions – à remettre à sa troupe. Puis il se rend à Makeshiweg et récupère Anne-Marie devant la maison qu'elle partage avec trois autres locataires. Il lui remet la carte d'accès au pénitencier Fletcher qu'Estelle s'est procurée en sous-main, et Anne-Marie le suit au volant de sa propre voiture – une Ford argentée cabossée –, gravit la colline et passe la porte extérieure pour accéder au parking.

Elle s'extrait de la Ford, pose une botte hésitante sur le sol glacé. Faut-il qu'il lui tende la main pour l'aider ? Non, elle le rembarrerait avec un sarcasme. Elle étudie l'enceinte à mailles métalliques surmontée de barbelés, les projecteurs.

« C'est pas gai, remarque-t-elle.

— Oui, c'est une prison. Certes, "murs de pierre ne font pas une prison, ni barreaux de fer une cage". Mais ils contribuent à créer une atmosphère de cage.

— C'est dans quelle pièce ?

— Ce n'est pas dans une pièce. C'est dans un poème. L'homme qui l'a écrit était sous les verrous – il avait fait un mauvais choix politique. Dans *La Tempête*, il est bien dit que "chacun pense ce qu'il veut"; malheureusement, c'est dans une chanson fredonnée par trois abrutis.

— Quel rabat-joie ! s'exclame Anne-Marie. Tu broies du noir, maintenant ? C'est l'hiver qui te déprime ? Il fait assez froid pour toi ?

— C'est par ici, l'interrompt Felix. L'entrée. Attention. Ça glisse. »

« Je vous présente Anne-Marie Greenland, annonce-t-il à Madison et Dylan à la Sécurité. C'est une comédienne très connue (il ment) qui a gentiment accepté de se joindre à notre troupe. Elle va nous aider avec la pièce. Elle a sa carte magnétique.

— Heureux de faire votre connaissance, dit Dylan à Anne-Marie. S'il y a n'importe quoi, si vous avez un quelconque problème, vous pouvez faire appel à nous.

— Merci, répond sèchement Anne-Marie de son ton Je-suis-capable-de-me-débrouiller-toute-seule.

— Et, ça, c'est une sorte d'alarme, lui explique Madison. C'est sur ce bouton que vous devez appuyer. Puis-je l'accrocher à votre...

— J'ai compris. Je l'accrocherai moi-même.

— Maintenant, posez votre sac sur le tapis et passez là-dessous. Qu'est-ce qu'il y a dans le sac ? Les trucs pointus ?

— Des aiguilles à tricoter. Pour mon tricot. »

Felix est abasourdi – l'association tricot et Anne-Marie lui semble paradoxale –, mais Dylan et Madison sourient avec indulgence : c'est une occupation bien féminine.

« Madame, désolé, mais il va falloir nous laisser ça, déclare Dylan.

— Oh, pour l'amour du ciel ! s'exclame Anne-Marie. Mon tricot va tuer quelqu'un ?

— Ces aiguilles pourraient servir à vous agresser, lui explique patiemment Madison. N'importe quel objet pointu. Vous seriez surprise, madame. Il y a des hommes dangereux ici. Vous pourrez récupérer votre sac en sortant.

— Entendu. Mais n'allez pas emmêler ma laine en mon absence. »

Ils sourient devant cette remarque, mais peut-être ce sourire n'est-il destiné qu'à Anne-Marie, car il est évident qu'ils sont sous le charme. Pourquoi pas ? songe Felix. Malgré son côté tranchant, elle est lumineuse dans ce sombre endroit. Elle brise la grisaille.

Felix la guide dans le couloir de l'aile où il enseigne et lui indique les différentes pièces vides.

« Nous avons le droit de les utiliser, de même que les deux cellules témoins, qui font office de foyer des artistes et de coulisses. Et de salles de répétition.

— Bien, répond-elle. Il m'en faudra une. Pour les scènes de danse. »

Les hommes sont déjà dans la salle de classe. Felix présente Anne-Marie. Elle a retiré son manteau : elle s'est habillée de façon classique, chemisier blanc, cardigan noir, pantalon noir. Ses cheveux sont remontés en un petit chignon rond et net, couleur miel ; une boucle, une seule, à chaque oreille. Elle adresse un sourire abstrait dans la direction du mur du fond, puis s'assied au premier rang, au bureau que Felix lui a indiqué. Elle se tient très droite, la tête bien fixe, dans une posture de danseuse. Elle ne s'avachit pas de manière provocante.

« Pour le moment, Mme Greenland restera simplement assise, annonce Felix. Pour apprendre à vous connaître. Elle interviendra dès que nous commencerons à répéter. »

Silence de mort. Les hommes installés de part et d'autre d'Anne-Marie s'efforcent de ne pas la dévisager. Ceux qui sont derrière elle fixent son dos avec fascination. *Sois vigilant*, se dit Felix. *Ne la quitte pas des yeux. Ne va pas t'imaginer que tu les connais. Essaie de te rappeler comment tu étais à leur âge. Tu es peut-être une braise quasiment éteinte aujourd'hui, mais il n'en a pas toujours été ainsi.*

« À présent, le casting, poursuit-il comme s'il n'y avait rien de spécial. C'est moi le metteur en scène et ces choix m'appartiennent. Vous n'aurez peut-être pas le rôle que vous voulez, mais c'est la vie. Pas de pression, pas de marchandage, pas de lamentations. Le théâtre n'est pas une république, c'est une monarchie.

— Je pensais que vous aviez dit qu'on était une équipe, lance Fissa Fissa d'un ton revêche.

— Vous en êtes une. Vous êtes une équipe. Dont je suis le roi. Toutes les décisions sont sans appel. Les anciens le savent, pas vrai ? »

Quelques hochements de tête dans l'assistance.

Ensuite, il distribue la liste. On devine des protestations étouffées.

« Vous voulez que j'interprète un Indien soûl, marmonne Coyote-Rouge, qui s'est vu attribuer le rôle de Stéphano.

— Non. Je veux que tu interprètes un Blanc soûl.

— Youpi, je suis le bouffon ! s'écrie TimIIz. Ça, je peux faire !

— Ferdinand, dit WonderBoy. Ça me va. »

Il découvre ses dents parfaites dans un sourire adressé au dos d'Anne-Marie.

« Moi pas, grommelle Krampus le mennonite. Je suis pas d'accord. Le rôle du roi – il ne fait que gémir. Je devrais être Caliban.

— Je sais que vous étiez nombreux à vouloir être Caliban, répond Felix, mais il n'y a qu'un créneau possible.

— Caliban devrait appartenir aux Premières Nations, affirme Coyote-Rouge. C'est évident. On lui a volé sa terre.

— Pas question, proteste Popol. Il est africain. Où est Alger d'abord ? En Afrique du Nord, d'accord ? C'est de là que vient sa mère. Regarde la carte, cervelle vérolée.

— Il est musulman, alors ? Moi, je pense pas, pustule. »

Fissa Fissa, autre aspirant Caliban.

« En tout cas, pas question que ce soit un petit Blanc qui pue le poisson, déclare Surin en fusillant Guibolss du regard. Même à moitié blanc.

— C'est moi qui l'ai, rétorque Guibolss. Tu as entendu le chef, tête de marécage, c'est sans appel. Alors, écrase.

— Des points en moins, t'as juré ! s'écrie Popol.

— Écrase, c'est pas un juron. C'est juste une grossièreté. Tout le monde le sait, et que le diable te mange les doigts ! »

Anne-Marie éclate de rire.

La tâche qui les attend maintenant est d'étudier leurs scènes : que s'y passe-t-il, comment doivent-elles être jouées, quels problèmes posent-elles ? Felix a veillé à inclure un ou deux de ses anciens comédiens dans chaque équipe : ils pourront donner des conseils. En théorie du moins.

Les hommes s'éloignent vers les salles qui leur ont été affectées. Anne-Marie se lève, s'étire, déploie la jambe derrière elle, puis la ramène à angle droit.

« Ils n'ont pas l'air si méchants.

— Est-ce que j'ai dit ça ? s'écrie Felix.

— Non, pas exactement. Mais… »

Elle doit repenser à leurs condamnations.

« Tu es toujours d'accord ? lui demande Felix.

— Oui, bien sûr, répond-elle d'une voix pourtant hésitante. Et qu'est-ce que je dois faire maintenant ? Où est mon mignon Ferdinand ? Faut-il que je me mette à répéter les trucs fleur bleue avec lui ?

— Il se frotte les mains, mais ne commence pas aujourd'hui, lui conseille Felix. Ils ont besoin de travailler leur rôle, de réfléchir par eux-mêmes. Après, je passerai du temps avec eux à tour de rôle, pour chaque scène. Étant donné que la version finale est une vidéo, on pourra filmer quand les gars seront prêts, qu'on aura les costumes et ainsi de suite, puis on ajustera le tout à la façon d'une mosaïque. Mais, si tu veux, on peut revoir la scène II de l'acte I maintenant. »

Ainsi, Miranda pleure et implore tandis que Prospéro la calme, la réconforte et la rassure, puis se lance dans son exposé. Il entame l'histoire de la trahison de son frère, Antonio, qui leur a valu de se retrouver sur l'île, quand 8Pinces apparaît sur le seuil de la pièce.

« Alors, avec qui je répète ? demande-t-il. Ferdinand s'entraîne à s'asseoir sur un rocher, l'air éploré, et, moi, je suis censé débouler et l'éloigner avec ma musique, mais on n'a pas encore la musique. En tout cas, ma première tirade, c'est avec vous, monsieur Duc.

— Ah, mon Ariel ! J'ai besoin de discuter de plusieurs points techniques avec toi. » Felix se tourne vers Anne-Marie : « On va faire une pause. Va voir ce que les gars fabriquent.

— On complote, c'est ça ? dit-elle en souriant à 8Pinces. On mitonne des illusions ? Attention au vieil enchanteur, il vous charmera comme pas possible.

— Je sais bien, rétorque 8Pinces avec un grand sourire. C'est déjà fait. »

Felix attend qu'elle soit partie, baisse la voix.

« Qu'est-ce que tu connais exactement sur les systèmes de surveillance ? » demande-t-il.

8Pinces sourit.

« Je suis génial. Si j'ai ce dont j'ai besoin : le matériel, par exemple. Vous avez quelque chose en tête ?

— Je veux voir sans être vu. Dans toutes les salles, plus le couloir.

— Vous, comme tous les services secrets sur terre. Je vais vous préparer une liste de courses. Procurez-les-moi et c'est du tout cuit.

— Si tu réussis à faire ce à quoi je pense, je suis presque sûr de pouvoir t'obtenir une libération conditionnelle anticipée.

— C'est vrai ? Je l'ai déjà demandée, mais ça traîne en longueur. Comment vous réussiriez ça ?

— J'ai des relations », répond Felix, très énigmatique.

Des ennemis bien placés, songe-t-il.

25. Antonio, le Sale Frangin

Mercredi 6 février 2013

Les jours ont filé comme le vent et il ne reste pas beaucoup de temps à présent. Cinq semaines seulement d'ici l'heure H, l'heure à laquelle les dignitaires honnis pénétreront dans son domaine et où son plan, aujourd'hui en bourgeon, s'épanouira pleinement. L'anticipation aiguise l'esprit de Felix, lui fait briller les yeux, lui bande les muscles. Il est essentiel qu'il soit fin prêt.

Tony et Sal participent à des banquets, apparaissent à des galas, accordent des interviews à la presse comme autant de roses qu'ils jetteraient aux médias et laissent où qu'ils aillent une kyrielle de traces sous forme de séances de photos : ils se rapprochent. Telle une araignée tissant sa toile autour d'eux, les papillons, il les suit à travers les vibrations du Web ; il fouille l'éther à la recherche de leurs images. Totalement inconscients, ils évoluent dans l'insouciance sans jamais une seule pensée dans leur esprit ô combien retors pour lui, Felix Phillips – qui, exilé à cause de leurs actes injustes, les épie en leur concoctant une embuscade. Il aura fallu du temps, mais la vengeance est un plat qui se mange froid, se rappelle-t-il.

Il biffe les jours, il compte les heures qui lui restent. Ils arriveront au pénitencier Fletcher à la mi-mars, prêts à voir le spectacle.

Mais le spectacle n'est pas prêt. La troupe en est encore loin. Felix est en proie à une douloureuse impatience : que faire pour accélérer les choses, tourner cette vidéo, la monter, la polir et en faire une gemme ? En temps voulu pour l'arrivée prévue.

Les gremlins conspirent contre lui. Il y a eu deux défections parmi les gobelins mineurs, mais il a réussi à en convaincre un de revenir. Un autre est à l'infirmerie, victime d'une blessure indéterminée : une sorte de vengeance à cause d'une lime à ongles, lui a confié Guibolss, « rien à voir avec un des nôtres ». Il y a eu des échanges d'insultes durant les répétitions, une bagarre alors qu'il avait le dos tourné. Cette affaire pourrait facilement aller à vau-l'eau ; mais, bon, c'est le genre de réflexion qu'il se fait à chaque pièce qu'il dirige.

Tout ce qu'il a en vidéo, ce sont quelques scènes préliminaires : sommaires, très sommaires. Il a commandé un clavier électronique à la boutique qui lui loue pas mal de choses, mais l'appareil n'est pas encore là et, sans lui, comment avoir de la musique ? lui disent-ils. Ils veulent qu'il leur obtienne un accès à Internet afin qu'ils puissent télécharger des MP3, mais c'est trop demander : même Estelle n'y parvient pas, la direction lui opposant les objections habituelles. Les détenus vont en abuser, ils s'en serviront pour regarder du porno et dresser des plans d'évasion. Inutile que Felix rétorque qu'ils sont bien trop pris par la pièce pour penser à s'évader : on ne le croirait pas. En plus, il pourrait se tromper. Il fait de son mieux, leur apporte des clips musicaux qu'il passe sur l'ordinateur de la classe, mais non, non, ce n'est pas la version qu'ils lui avaient réclamée, protestent-ils en roulant de grands yeux. Il ne sait pas que Les Monkees, c'est nul ?

La frustration le guette à tout bout de champ. WonderBoy et Anne-Marie sont dans une impasse. Leur première répétition a été excellente, mais la deuxième terne : WonderBoy n'était pas à ce qu'il faisait. Il était ailleurs.

« Que s'est-il passé ? demanda Felix un jeudi, alors qu'il prenait un café avec Anne-Marie.

— Il m'a fait sa demande, lui expliqua-t-elle.

— Il est censé le faire. C'est dans la scène, répondit Felix en gardant un ton neutre.

— Non, il m'a vraiment demandé en mariage. Il m'a dit qu'il était tombé amoureux de moi au premier coup d'œil. Je lui ai expliqué que ce n'était qu'une pièce de théâtre, que ce n'était pas la réalité.

— Et alors ? »

À voir la nervosité avec laquelle elle tripotait sa fourchette, il y avait plus, il le devinait.

« Il m'a, genre, attrapée. Il a essayé de me réduire la bouche en pulpe.

— Et ?

— Je ne voulais pas l'estropier.

— Mais tu l'as fait ?

— Juste temporairement. Il a surtout été blessé dans son amour-propre. Une fois qu'il a cessé de se tortiller par terre et qu'il s'est relevé, je lui ai présenté des excuses. »

Voilà qui pouvait expliquer le manque de passion de WonderBoy, songea Felix.

« Je vais lui en toucher un mot, dit-il.
— Ne fais pas ça, tu l'inhiberais. »

Même son Ariel, 8Pinces, déconne. Lors de leur deuxième répétition de l'acte I ensemble, il a entamé sa tirade avec un « *Sieg Heil*, grand monstre ! », avant de lâcher un ricanement embarrassé, parce que le truc qui lui trottait dans la tête lui avait échappé.

Ils font les zouaves derrière son dos, ils ont des surnoms méprisants pour lui, pour Prospéro aussi, ils se moquent de la pièce – ça, c'est normal –, mais 8Pinces ne doit pas oublier qui il est censé être. D'accord, Ariel a pas mal de tâches à gérer – il partage le secret de Prospéro –, mais quand même. Il faut que 8Pinces repose les pieds sur terre.

Est-ce toujours aussi difficile à ce stade ? se demande Felix. Oui. Non. C'est plus difficile cette fois-ci, parce qu'il mise gros.

Encore quatorze séances et ce sera le grand jour. Ils en sont toujours à tergiverser sur le choix de leurs costumes, ils se trompent dans leur texte, marmonnent. « Combien ces saucissons-ci ? C'est six sous, ces six saucissons-ci, leur rappelle-t-il. Distinctement ! AR-TI-CU-LEZ ! Si on ne vous comprend pas, ce que vous racontez n'aura aucun effet ! Combien ces saucissons-ci ? C'est six sous, ces six saucissons-ci. Tes laitues naissent-elles ? Si tes laitues naissent, mes laitues naîtront. Pas de cafouillage ! »

S'il s'agissait d'une banale compagnie d'antan, il les aurait déjà engueulés, les aurait traités de crétins, leur aurait ordonné d'aller plus en profondeur, de cerner leur personnage et de tordre leurs émotions jusqu'au point de rupture, à la souffrance et au sang pour en faire quelque chose, *Faites-en quelque chose !* Mais en face de lui, il a des ego fragiles. Certains suivent une thérapie pour mieux contrôler leur colère, ce serait donc leur donner un mauvais exemple que de les engueuler. Pour d'autres, la dépression n'est jamais loin. Pousse-les trop et ils vont s'effondrer. Ils renonceront, même ses comédiens principaux. Ils laisseront tomber. C'est déjà arrivé.

« Vous avez le talent », leur lance-t-il.

Haussements d'épaules, provocation passive.

« Vous pouvez faire mieux ! »

Comment est-il censé réagir ? Doit-il les menacer de les jeter en prison ? Ça ne marchera pas, ils y sont déjà. Il n'a aucun moyen de pression.

Où est l'énergie ? Où est l'étincelle qui enflammera ce tas de bois mouillé et inerte ? *Où est-ce que je me plante ?* se demande Felix, inquiet.

Il a tenu à avoir du café, du bon café, pas l'abominable machin en poudre – il a acheté du café en grains qu'il a fait moudre et a apporté lui-même, en prenant soin d'en offrir un peu à Dylan et à Madison. Ce matin, durant sa pause bon café, Œil-de-serpent l'approche. Anne-Marie est juste derrière lui, prête à l'épauler dans sa démarche, devine Felix. Elle porte une des tenues de danse qu'elle met pour répéter : jambières en tricot, pantalon de jogging bleu paon, T-shirt noir à manches longues. Il remarque ses claquettes : il va y avoir du mouvement percussif.

« On a monté un truc, déclare Œil-de-serpent. Mon équipe. L'équipe Antonio.

— Je t'écoute, répond Felix.

— Vous voyez le passage où vous, je veux dire Prospéro, vous racontez ce qui s'est passé avant ? À Miranda ? Sur comment, avec le frère…

— Acte I, scène II. Oui ?
— C'est ça.
— Et alors ?
— C'est trop long, explique Œil-de-serpent. En plus, c'est rasoir. Même Miranda le trouve rasoir. Elle manque s'endormir chaque fois. »

Il a raison, songe Felix. Cette scène a représenté un défi pour tous les comédiens qui ont interprété Prospéro : comment venir à bout de la scène II de l'acte I, de la narration de l'histoire lugubre de Prospéro, et en faire quelque chose de captivant. Ce machin est trop statique.

« Mais le public a besoin d'en savoir plus, dit-il. Sinon il ne peut pas suivre l'intrigue. Il faut qu'il connaisse les torts que Prospéro a subis et les raisons qui l'incitent à se venger.

— Oui, on est d'accord, rétorque Œil-de-serpent. Mais, on s'est dit, pourquoi pas faire ça sous forme de flash-back ?

— C'est déjà un flash-back.

— Oui, mais, vous voyez, vous dites toujours "Montrez, pas de discours, du mouvement, de l'énergie"...

— Oui. Et ?

— Et donc, on pourrait faire un numéro de flash-back où c'est Antonio qui le réciterait. On a répété. »

Ha. Il me biffe, songe Felix. *Il me pousse vers le banc de touche. Il se taille un rôle plus important pour sa pomme.* Pratique pour Antonio. Mais n'est-ce pas ce qu'il leur a demandé de faire ? De repenser, de recadrer ?

« Super, écoutons ça, dit-il.

— Les gars vont faire le chœur, ajoute Œil-de-serpent. L'équipe Antonio. On l'a appelé "Antonio, le Sale Frangin".

— OK. En piste.

— N'oubliez pas de compter », leur conseille Anne-Marie tandis qu'ils se placent, Œil-de-serpent devant, ses choristes en ligne derrière : Phil le Toubib, Fissa Fissa et, plus invraisemblable, Krampus le mennonite.

Si Anne-Marie a réussi à obtenir de Krampus qu'il danse, ce sera un vrai miracle.

« Je suis tout yeux, tout ouïe, déclare Felix.

— On démarre à trois », dit Anne-Marie.

Elle compte, *un, deux, trois*, puis claque une fois dans ses mains et ils démarrent.

Œil-de-serpent cible l'essence d'Antonio : impitoyable, arrogant. Il se rengorge, se frotte les mains, louche de son œil gauche retroussé, ricane, la bouche tordue. S'il avait une moustache, il la tortillerait. Il se dandine un maximum. Son équipe marque le rythme : ils tapent du pied, frappent dans leurs mains, claquent des doigts. C'est un travail *a cappella*.

Ils sont bons, ils sont bien meilleurs que Felix ne l'aurait pensé. Est-ce l'influence d'Anne-Marie, ou se sont-ils inspirés de vidéos musicales ? Les deux, peut-être. *Pom pom clap*, *pom pom clap*, *clap clap pom pom clac*, font les choristes. Œil-de-serpent se lance :

« C'est moi le patron, c'est moi le duc, c'est moi le duc de Milan,
Si tu veux ton blé, t'as intérêt à filer doux.
Il n'en a pas toujours été ainsi, hou, hou,
Avant, j'étais juste Antonio,
J'étais pas grand-chose, ça me collait la rage,
Ça me rendait fou, vu que je pouvais jamais gagner,
Personne me respectait, j'étais le second toujours dans son sillage,

Mais je souriais et clamais faussement que tout était bien huilé.

Mon frangin Prospéro,
C'était lui le vrai patron.

C'était lui le duc, c'était lui le duc, c'était lui le duc de Milan.
Ooo-ah hah ! Ooo-ah hah ! Pom clap, clap pom, clac clac pom.
Mais c'était un idiot, pas cool, il veillait pas,
Veillait pas au grain, prenait pas soin de ses affaires,
La tête dans un bouquin, il surveillait pas ses arrières,
Le frangin, il disait, tu sais, oui
Comment ça marche tout ça, alors fais comme si,
Dis que je dis que c'est toi le boss, le boss de Milan,
Ils feront tout ce que tu leur ordonneras
Envoie-les loin et près, par-ci, par-là,
Engrange un butin pour moi, dégote-moi une nouvelle tenue, on s'en fout.

La tête dans ses bouquins, il faisait sa magie,
Agitait sa baguette et toutes ses conneries,
J'ai pris ce qui me plaisait, c'était bien
Tout ce que je voulais, c'était mien,
Je me suis habitué.
Il surveillait pas ses arrières, négligent l'était, regardait rien,
Quel idiot, pas cool, il m'a induit en tentation,
Je menais à la baguette toute la nation,

Lui voyait pas ce que je prenais, l'a fait de moi un fripon,
Son sale jumeau, et j'ai versé dans le péché,
Seul moyen pour moi de gagner.

Ooo-ah hah ! Ooo-ah hah ! Pom clap, clap pom, clac clac pom.

Je suis donc allé trouver le roi, le roi de Naples,
Il voulait le contrôle de Milan,
Donc, on a passé un deal en allant,
Il m'aidait à mettre la main sur le duché, je lui retournais la faveur,
Et on a saisi le Pros-pér-o, mon frangin,
Une nuit sans peur,
On avait soudoyé ses gardes, ils ont juste fait le clampin,

On l'a collé dans un rafiot pourri,
Pas une chance sur un million, hi hi,
Avec sa gamine, on s'est débarrassés d'elle aussi,
On les a poussés vers l'océan gris,
En racontant au peuple qu'il était parti, qu'il faisait une pause, qu'il se prenait des con-gés
Sur une île tropicale, les gens ont souri, mais après,
Quand il est pas revenu, ils ont pensé qu'il s'était noyé.

Ooo-ah hah ! Ooo-ah hah ! Pom clap, clap pom, clac clac pom.

Oh non ! Oh Prospéro, c'est fini,
Dommage, c'est triste, voilà ce qu'ils ont dit :
Il doit être englouti.

Donc maintenant c'est moi le patron, le patron, le grand patron,
C'est moi le duc, c'est moi le duc, c'est moi le duc de Milan.

Ouais !
C'est lui le duc, c'est lui le duc, c'est lui le duc de Milan.
Pom pom pom, pom pom pom, pom pom pom !
Clap clap. Hah ! »

Sur leur « Hah » final, tous braquent leur regard sur Felix. Il connaît cette expression. *Aime-moi, ne me rejette pas, dis que c'est bon !*

« Qu'en pensez-vous ? » demande Œil-de-serpent.

Il s'est donné à fond, il respire bruyamment.

« Il y a quelque chose », lui concède Felix, qui en réalité a envie de l'étrangler.

Il lui vole la vedette ! Mais il réprime ce sentiment : c'est leur spectacle, se dit-il, critique envers lui-même.

« C'est mieux que ça ! Voyons, c'est génial ! s'exclame Anne-Marie, qui a suivi le numéro du fond de la salle. Ça nous raconte ce qui s'est passé, ça résume tout ! Il faut le garder !

— Joli travail du pied, marmonne Felix.

— C'est pour ça que je suis là ! s'écrie Anne-Marie, souriante. Je me rends utile. À charrier les bûches, à superviser les scènes de danse, au choix.

— Merci, dit Felix.

— Jaloux, monsieur Duc ? » lui chuchote malicieusement Anne-Marie.

Elle lit en lui, beaucoup trop.

« Tu veux faire partie du chœur, c'est ça ?

— Fais pas ta morveuse, lui chuchote-t-il en retour.

— Ensuite, on s'est dit, reprend Œil-de-serpent, qui ne lâche pas le morceau, après, on fait un cut sur le bateau, le rafiot pourri dans lequel ils dérivent, et on montre ça en vidéo quand il dit – je veux dire vous –, quand il dit cette tirade où Miranda déclare qu'elle a dû représenter un grand souci pour lui, à trois ans dans cette barcasse, et qu'il lui répond qu'elle a été une sorte d'ange qui l'a sauvé. Un chérubin. Cette tirade-là.

— Je la connais », rétorque Felix.

Son cœur se serre.

« Il y a des gars qui ont des gamins, poursuit Œil-de-serpent. Ils ont des photos d'eux, on a le droit de garder ce genre de photos. De notre famille, à supposer qu'on en ait une. Donc, on fait une vidéo du bateau – on peut prendre, je sais pas, un jouet, le ballotter en tous sens, donner l'impression qu'il va se disloquer ; et il fait noir, le vent souffle, c'est la nuit, et, là, dans le ciel, on projette les photos des gamins. C'est ce que les mecs ressentent, pour leurs gamins : ce sont leurs chérubins et ils les aident à surmonter les moments difficiles. »

Comment Felix pourrait-il refuser ?

« Essayons, dit-il.

— 8Pinces nous assure qu'il peut inclure des photos comme ça, facile, ajoute Œil-de-serpent. Dans une vidéo. Il dit qu'il peut les faire défiler, les unes après les autres, juste une seconde. Comme des étoiles.

— Ça semble bien », grommelle Felix.

Sa gorge se contracte de plus en plus. Pourquoi cette idée à la guimauve le démolit-elle autant ? Quel bourbier sentimental ! Va-t-il pleurer ?

Attention, se dit-il. *Tiens le coup. Prospéro est toujours maître de la situation. Plus ou moins.*

Œil-de-serpent a autre chose sur le cœur : il se balance d'un pied sur l'autre. Crache le morceau, a envie de lui lancer sèchement Felix. Vide ton second chargeur et règle-moi mon compte.

« On a pensé que vous auriez peut-être envie d'ajouter quelque chose à vous, monsieur Duc. »

Il s'exprime d'une voix intimidée.

« Si vous avez une photo spéciale comme ça. Vous pourriez la mettre aussi dans le truc du ciel. Un peu comme un invité prestigieux. Pour les gars, ce serait avec plaisir. »

Sa Miranda disparue, à trois ans sur sa balançoire, haut dans le ciel, dans son cadre argenté. Riant aux éclats. *Toi qui me sauvas.*

« Non, répond Felix en criant presque. Non, je n'ai rien qui fasse l'affaire ! Mais merci quand même. Excusez-moi. »

Ils n'ont pas fait ça pour le provoquer. Il est impossible qu'ils sachent quoi que ce soit sur lui, lui et ses remords, son autoflagellation, son infini chagrin.

À moitié aveuglé par l'émotion, il suffoque et s'éloigne d'un pas maladroit vers la cellule témoin des années cinquante, où il s'effondre sur une couchette. Couvertures grises rêches. Bras croisés sur les genoux, tête baissée. Perdus en mer, dérivant par-ci, par-là. À bord d'une carcasse pourrie que même les rats ont désertée.

26. Ingénieux mécanismes

Samedi 9 février 2013

Les humeurs changent. Les choses s'améliorent. L'activité fébrile aide toujours.

Ce week-end, Felix fait un saut à Toronto pour y dénicher des costumes et des accessoires. Il prend le train après avoir laissé sa voiture au parking de la gare de Makeshiweg, parce qu'il n'a pas le courage d'affronter la circulation et le cauchemar d'avoir à se garer. Il n'a plus l'habitude de la foule des villes.

Les gars ont dressé la liste de ce dont ils pensent avoir besoin. Il ne leur a rien promis avec certitude, mais s'est juré de faire de son mieux. Anne-Marie a ajouté les trois princesses Disney. Elle les aurait bien commandées en ligne, lui a-t-elle dit, mais elle a atteint le plafond de ses cartes de crédit.

Il descend à Union Station et entame ses recherches. Anne-Marie, qui a consulté son smartphone, lui a dessiné une carte sur laquelle elle a noté les endroits où il a toutes les chances de trouver ce qu'il cherche.

Son premier arrêt est un magasin de jouets, quelques stations de métro plus loin. Il peut désormais envisager de pousser la porte de ce genre d'enseignes : Miranda n'en est plus à l'âge des jouets. Il passe devant la vitrine, revient sur ses pas : il n'y a que du plastique à l'intérieur, du carton. Il doit pouvoir se risquer à entrer.

Il prend une profonde inspiration, franchit le seuil et plonge dans cet univers de désirs brisés, de vains espoirs. Si lumineux, si étincelant, si inaccessible pour lui. Il perçoit une palpitation dans sa poitrine, mais il tient bon.

Après être entré sans encombre, il se dirige vers le rayon des jouets de plage : il y dénichera sûrement tous les objets susceptibles de flotter. Pendant qu'il compare les nombreux articles de couleur primaire exposés, une vendeuse s'approche de lui.

« Je peux vous aider ? lui demande-t-elle.

— Merci. J'aimerais deux bateaux. Un ressemblant à un canot à rames, l'autre, plus grand peut-être, plus proche d'un voilier. »

Non, il ne veut pas d'une maquette. Quelque chose qui puisse vraiment aller à l'eau, un jouet de bain par exemple, ou bien...

« Ah, fait la vendeuse. Des petits-enfants ?

— Pas exactement. Je suis plus comme un oncle. »

Ensemble, ils choisissent les bateaux. On peut mettre des sortes de rustines sur le petit, le grand fera bon effet dans la tempête.

« Autre chose ? demande la vendeuse. Puis-je attirer votre attention sur certains articles flottants pour les tout-petits ? Les bracelets de natation – ils sont décorés de papillons, c'est mignon pour les filles – et les frites connaissent un grand succès. »

Devant son air interdit, elle précise :

« Des frites en mousse pour nager.

— En fait, avez-vous des, euh, des princesses Disney ?

— Oh, oui ! s'exclame la vendeuse en riant. Nous avons une pléthore de princesses. »

Ce doit être une étudiante en histoire ou quelque chose du même genre : qui d'autre utiliserait le mot « pléthore » ?

« Par ici. »

Elle le trouve cocasse. *Ça va*, se dit-il : *« cocasse » me convient.*

« Vous m'aideriez à les choisir ? lui demande-t-il en prenant son air désarmé. Il m'en faut trois.

— Elles en ont de la chance, vos nièces ! remarque-t-elle avec un haussement de sourcil ironique. Est-ce que vous aviez une princesse en particulier à l'esprit ? »

Felix consulte sa liste.

« Blanche-Neige, lit-il. Jasmine. Pocahontas.

— Oh là là ! Vous en connaissez un rayon ! Quant aux goûts des petites filles. Je parie que vous avez aussi des filles, en plus des nièces ! »

Felix grimace. *Voilà, c'est l'enfer*, songe-t-il, *et je n'en suis pas sorti. Sacrée Anne-Marie, j'aurais dû l'obliger à m'accompagner et à acheter ces trucs elle-même.* Il surmonte le processus d'achat, puis demande qu'on sorte les futures déesses de leur boîte, qu'on les enveloppe dans du papier de soie et qu'on les fourre dans un seul sac. C'est humiliant pour elles, mais leur apothéose est proche.

Chargé de ses deux sacs de courses, il repère dans Yonge Street la boutique de déguisements et de farces et attrapes qu'Anne-Marie a notée à son intention. En devanture, un mannequin, presque nu hormis des talons aiguilles, un masque à paillettes et une tenue de bondage en cuir, brandit un fouet. Une fois entré, il laisse son regard courir entre les dents de vampire, les capes de Batman et les masques de zombie en s'efforçant de ne pas passer pour un fétichiste. Derrière le comptoir, un jeune homme extrêmement musclé avec, aux oreilles, une collection d'ornements en chrome et, sur l'avant-bras, un crâne tatoué.

« Quelque chose en particulier ? lui lance le vendeur, l'œil à moitié plissé et lubrique. On a de nouveaux cuirs, très chouettes. On fait du sur-mesure. Des bâillons, des chaînes. »

Il situe Felix dans la catégorie des masochistes ; *il n'est pas tombé trop loin*, songe ce dernier.

« Vous n'auriez pas d'ailes noires ? demande-t-il. Ou de n'importe quelle autre couleur d'ailleurs, sauf blanche.

— Un ange déchu, hein ? dit le gars. Bien sûr. On en a des bleues. Ça vous conviendrait ?

— Encore mieux. »

Felix achète les ailes, un pot de peinture bleue pour le visage, un autre vert terne, un kit de maquillage pour clown, un couvre-chef Godzilla vert avec des écailles, des yeux de lézard sur le dessus et des incisives de part et d'autre du front, un léotard à motif peau de serpent – ces trois derniers articles pour Caliban – et quelques masques de loup-garou, qu'il juge plus proches des esprits-chiens.

La boutique n'a ni fraises ni collerettes, mais il déniche quatre capes courtes en velours qu'il ajoute à sa pile pour les aristocrates. Quelques médaillons dorés et leur chaîne, estampillés de lions et de dragons. Des vêtements enveloppants de piètre qualité, deux dorés à paillettes et un argenté : du clinquant pour appâter les zozos. Deux paquets de confettis bleus, scintillants, plusieurs plaques de tatouages éphémères : araignées, scorpions, serpents, le classique.

Les ailes ne sont pas commodes à transporter. Il s'arrête dans un magasin de bagages et achète une grande valise à roulettes pour y ranger les ailes, les bateaux, les princesses Disney, les masques de loup-garou et les babioles qui brillent. Tout rentre et il reste encore de la place, ce qui est bien, parce que d'autres trucs vont suivre.

Ensuite, une boutique d'articles de sport. Il veut des lunettes de ski, explique-t-il au jeune vendeur à l'air bien portant : des lunettes irisées.

« C'est ce qu'on vend le plus, lui confie le jeune homme. Elles sont en Plutonite. »

Les verres, énormes et enveloppants, ont un reflet bleu-violet : on croirait des yeux d'insecte.

« C'est pour vous ? » s'enquiert le vendeur en haussant les sourcils.

Il est clair qu'il a du mal à s'imaginer Felix sur des skis.

« Non. Un jeune de ma famille.
— Bon skieur ?
— Espérons-le. Et je voudrais quinze cagoules noires.
— Quinze ?
— Si vous les avez. C'est pour une soirée. »

Ils n'en ont que huit en stock, mais il y a dans le centre commercial de Wilmot un Mark's Work Wearhouse où il pourra sûrement trouver les autres, plus quinze paires de gants noirs extensibles. Il ne sait pas exactement de combien de gobelins il aura besoin au bout du compte, mais mieux vaut être préparé.

Dans un coin d'une boutique de colifichets vendant des parapluies et des sacs à main, il choisit un imperméable pour femme, bleu-vert semi-opaque, avec un joyeux motif de coccinelles, d'abeilles et de papillons.

« Le plus grand que vous ayez », demande-t-il au vendeur.

C'est un Large pour femme, mais il risque quand même d'être un peu juste pour 8Pinces. Ils pourront toujours fendre le dos et épingler les deux côtés à sa chemise : on ne doit voir que le devant.

Dans un Canadian Tire, il achète un rideau de douche bleu, une agrafeuse, un fil à linge, des pinces en plastique – ces deux derniers articles pour la scène où Stéphano et Trinculo volent des habits – et un bol en plastique vert pour le festin qui leur est offert, puis subtilisé.

Il se rend ensuite dans un Staples proche et choisit une belle pile de papiers cartonnés de diverses couleurs, un rouleau de papier kraft et quelques feutres : cactus, palmiers, ce genre de choses, pour les décors de l'île. On n'a besoin que de quelques éléments : le cerveau achève l'illusion.

Enfin, il s'arrête dans une boutique de maillots de bain pour femmes.

« J'aimerais un bonnet de bain, explique-t-il à l'élégante quadragénaire qui l'accueille. Bleu, si vous avez.

— Pour votre femme ? demande la dame, souriante. Vous partez en croisière ? »

Felix est tenté de lui dire que c'est pour un détenu qui va jouer le rôle d'un magicien extraterrestre bleu qui vole, mais il s'abstient.

« Oui, fait-il. En mars. Dans les Caraïbes. »

Il étoffe les choses.

« Que ça doit être bien… » dit la dame d'un ton un peu triste.

C'est son destin que de vendre des articles de croisière alors qu'elle-même n'en profite jamais.

Il passe en revue plusieurs bonnets qu'il écarte : un avec des marguerites, un avec un motif de roses roses sur fond bleu-vert, un avec des nœuds imperméables.

« Elle les aime très simples. »

Ce qu'il trouve de mieux, c'est un modèle espiègle surmonté de saint-jacques en caoutchouc ressemblant à des écailles.

« Auriez-vous une plus grande taille ? La plus grande qui soit. Elle a une grosse tête et beaucoup de cheveux, se sent-il obligé d'expliquer.

— Elle doit être très grande, dit la vendeuse.

— Une vraie statue. »

Peut-être y aura-t-il moyen d'élargir le bonnet ? Il l'espère. Il n'a pas envie que 8Pinces ait l'air ridicule avec un minuscule bonnet bleu perché sur sa tête façon champignon.

27. Toi qui ignores ce que tu es

Le même jour

Felix regagne Makeshiweg en train, puis traverse le parking en tirant sa grosse valise jusqu'à sa voiture. Il neige de plus belle : lorsqu'il arrive à l'allée menant à sa bicoque, il doit batailler pour charrier la valise au milieu des congères fraîches.

Malgré le mauvais temps, le soleil se couche, loin au sud-ouest, au milieu de nuages couleur d'abricot. Sur les bords des champs couverts de neige, les ombres projetées par les arbres déploient des reflets bleutés. Naguère, il n'y a pas si longtemps, Miranda aurait été dehors à cette heure, à profiter des derniers rais de lumière pour jouer avec la neige : tantôt elle en aurait jeté des poignées en l'air, tantôt elle se serait laissée tomber dessus pour y creuser des formes d'ange. Il cherche des traces de pas : non, elle n'est pas sortie récemment. Mais il se rappelle qu'elle ne laisse pas d'empreintes, tant sa démarche est légère.

Il flotte dans la maison une odeur de terre et de cendres, comme souvent lorsque le feu est éteint. Il allume le chauffage. L'appareil bourdonne, et en chauffant le métal cliquette.

« Miranda ? » fait-il.

Il commence par penser qu'elle n'est pas là, et la tristesse le saisit. Puis il la repère : elle est près de leur table, dans les ténèbres qui s'épaississent. Elle attend à côté du jeu d'échecs, prête à poursuivre leur leçon. Depuis quelque temps, il lui apprend des développements sur le centre de l'échiquier. Pourtant, lorsqu'il ouvre la nouvelle valise, elle s'écarte de la table et s'approche pour regarder avec émerveillement ce qu'il a rapporté.

Que de trésors – le tissu doré, le bonnet de bain en caoutchouc bleu, les petits bateaux ! Quant aux trois princesses Disney dans leurs atours voyants, elles l'enchantent.

Qu'est-ce que c'est que tout ça ? veut-elle savoir. D'où ça vient, à quoi ça sert ? Un bonnet de bain ? Des lunettes de ski ? C'est quoi, se baigner, c'est quoi, skier ? Bien sûr qu'elle ne connaît pas ces objets : elle connaît si peu de choses du monde extérieur.

« C'est pour la pièce de théâtre », lui dit Felix.

Du coup, il doit lui expliquer ce qu'est une pièce, ce que c'est que jouer, pourquoi les gens font semblant d'être quelqu'un qu'ils ne sont pas. Il ne lui a jamais parlé de théâtre : en fait, jusqu'à présent elle n'a guère cherché à savoir où il allait quand il n'était pas dans leur pauvre deux-pièces, mais voilà qu'elle l'écoute avec attention.

Le lundi, lorsqu'il revient du pénitencier Fletcher, épuisé après six heures à pinailler scène après scène d'un bout à l'autre de l'acte II, il la trouve plongée dans la lecture de *La Tempête*. Il n'aurait pas dû laisser traîner si négligemment l'exemplaire qu'il garde en réserve. À présent qu'elle l'a vu, elle est captivée. Il aurait dû s'en douter.

Il n'a jamais voulu qu'elle fasse du théâtre. C'est trop dur, cette vie, trop brutal pour l'ego. Il y a tant de rejets, de déceptions, d'échecs. Il faut avoir le cœur dur, le cuir épais, la détermination d'un tigre, encore plus si on est une femme. Ce serait une carrière particulièrement difficile pour une fille comme elle, si tendre, si sensible. Elle a toujours été protégée du pire de la nature humaine : comment supporterait-elle d'être confrontée à ce pire ? Il faudrait qu'elle choisisse une voie plus sûre, la médecine par exemple, ou peut-être la dentisterie. Et qu'ensuite, bien sûr, elle épouse un mari stable et aimant. Il ne faudrait pas qu'elle se perde, comme lui dans un monde d'illusions – d'arcs-en-ciel qui s'évanouissent, de bulles qui éclatent, de tours coiffées de nuages.

Mais elle doit avoir le théâtre dans le sang, parce qu'elle est décidée maintenant. Elle insiste pour participer à la production. Pis, elle veut jouer Miranda. Elle est persuadée que ce rôle est pour elle. Rien que d'y penser, lui dit-elle, ça la rend tellement heureuse ! Elle est impatiente de rencontrer celui qui jouera Ferdinand. Elle sait qu'ils seront sensationnels ensemble.

« Tu ne peux pas jouer Miranda, lui répond-il aussi fermement qu'il le peut. Ce n'est pas possible. »

C'est la première fois qu'il s'oppose à elle aussi frontalement. Comment lui dire que personne, à part lui, ne pourra la voir ? Elle ne le croira jamais. Et, dans le cas contraire, si elle était contrainte d'y croire, qu'adviendrait-il d'elle ?

Pourquoi pas ? insiste-t-elle. Pourquoi ne peut-elle être Miranda ? Qu'il est méchant ! Il ne comprend pas ! Il la traite comme si...

« Quoi, de mauvaise humeur ? » lui dit-il.

Est-ce une moue ? Est-ce pour le défier qu'elle croise les bras ? Mais pourquoi ? veut-elle savoir. Pourquoi est-ce qu'elle ne peut pas ?

« Parce que j'ai déjà une comédienne pour Miranda. Je suis désolé. »

Ça la rend triste, ce qui le rend triste aussi. Il déteste lui faire de la peine ; ça lui fend le cœur.

Elle disparaît – est-elle dehors, à marcher dans le noir, dans la neige ? Est-elle dans sa chambre, à bouder sur son lit, comme n'importe quelle adolescente ?

Mais elle n'a pas de chambre, se rappelle-t-il. Elle n'a pas de lit. Elle ne dort jamais.

28. Graine de sorcière

Lundi 25 février 2013

Maintenant qu'ils ont des costumes à essayer, les comédiens manifestent davantage d'énergie. La pièce prend vie. Ils passent beaucoup de temps devant les miroirs de la salle 2, qu'ils appellent désormais le foyer, et s'examinent sous divers angles en grimaçant, en testant leurs tirades. En faisant les exercices qu'il leur a conseillés pour s'échauffer.

Combien ces six saucissons-ci ? C'est six sous ces six saucissons-ci, les entend-il répéter. *E, eu, œu : L'œuvre pieuse d'une pieuvre heureuse ! Ille : Mille filles jouent aux billes dans la ville ! Ouc : Un bouc en caoutchouc ! Um : Le parfum du rhum guérit mon rhume !* Ceux qui doivent chanter se chauffent la voix et suivent les conseils d'Anne-Marie : *Om om om ! Bom dom gom vom zom ! Ding dong !*

Le clavier électronique arrive ; après pas mal de discussions, il finit par passer la Sécurité. Felix choisit la salle 4 pour faire office de salle de musique. C'est là qu'Anne-Marie travaille avec les danseurs. Ils s'échauffent avant chaque séance : elle leur fait faire des pompes et des exercices au sol. En patrouillant dans le couloir de son petit domaine, Felix, l'oreille aux aguets, l'entend répéter :

« Gardez le rythme ! Un-deux, on marque le deuxième temps ! On se bouge ! On se bouge ! On se bouge ou on se loupe ! Ça part des tripes ! On compte ! Remuez-moi ces hanches ! Oui ! »

Tel jour, 8Pinces est dans les câbles jusqu'aux coudes, tel autre il est dans les minicaméras. Après, il installe de minuscules micros et haut-parleurs sans fils : il serait contre-indiqué de faire des trous dans les murs.

Felix a placé un paravent dans le coin de la grande salle, celle qu'ils utiliseront pour la projection de la vidéo. Derrière le paravent, il y a un bureau avec un écran d'ordinateur et un clavier, ainsi que deux chaises, une pour 8Pinces et une pour lui. Felix peut désormais surveiller n'importe quel recoin de son domaine.

« Le foyer, dit 8Pinces en le faisant apparaître sur l'écran. La salle de musique. La cellule de démonstration, la vieille. L'autre maintenant. Je les ai toutes répertoriées ici, vous voyez ? On a l'audio et la vidéo, et l'enregistrement pour les deux.

— C'est exactement ce qu'il me faut ! s'exclame Felix. Mon magnifique esprit !

— Vous avez une autorisation pour tout ça ? » dit 8Pinces, un peu inquiet.

Il n'a aucune envie d'encourir une peine : ça risquerait de retarder sa libération conditionnelle.

« Tu ne risques rien, affirme Felix. Tout ça s'inscrit dans la pièce. J'en prends l'entière responsabilité. Je l'ai expliqué aux autorités, elles sont au courant. »

C'est à moitié vrai, mais ça suffira.

« Si quelqu'un pose des questions, envoie-le-moi.

— Super ! » s'écrie 8Pinces.

Anne-Marie et WonderBoy répètent régulièrement leurs scènes, de manière crédible l'un et l'autre. Elle est virginale et spontanée, il fait des yeux de crapaud mort d'amour et il est confit en dévotion. Il fait des yeux de crapaud mort d'amour et il est confit en dévotion même quand ils ne répètent pas, mais Anne-Marie affecte de ne rien remarquer. Elle a opté pour un numéro de cheftaine, désireuse de susciter chez ses partenaires de théâtre une affection filiale plutôt que du désir. Pour cela, elle s'est mise à la pâtisserie : elle arrive avec des brownies au caramel, des cookies aux pépites de chocolat, des brioches à la cannelle, qu'elle distribue lors des pauses café. Dylan et Madison ont droit à des échantillons et font des blagues sur ces friandises peut-être fourrées à la drogue : n'est-ce pas la spécialité du monde du théâtre ? Des orgies dingues, insensées ? Anne-Marie leur adresse des sourires indulgents, comme à des petits malins de neuf ans.

C'est ahurissant, songe Felix, de voir combien quelqu'un de si mince et de si juvénile peut réussir à faire aussi mémère. Il ne s'était pas trompé sur elle dans le temps : c'est une bonne comédienne.

Elle a également pris la responsabilité des déesses. Blanche-Neige sera Iris, la messagère, a-t-elle décrété ; Pocahontas sera Cérès, la déesse de la fertilité ; et Jasmine, Junon, la patronne des mariages.

« Mais c'est impossible qu'elles portent ces merdes », a-t-elle dit à Felix lorsqu'il les lui a remises.

Et elle s'est empressée de leur ôter leurs beaux atours.

« Je suis d'accord, a bredouillé Felix, mais où va-t-on…

— Mon groupe de tricot peut en faire un de ses projets.

— J'ai encore du mal à te voir dans un groupe de tricot. »

Autrefois, c'étaient des groupes de tatas missionnaires, d'infirmières et de présidentes d'association de la Première Guerre mondiale qui tricotaient des chaussettes pour les chers soldats des tranchées, pas de jeunes comédiennes branchées.

« Ça calme les nerfs. Le tricot. Tu devrais essayer. Les mecs aussi en font.

— Je passe mon tour, a dit Felix. Tu penses que ton groupe acceptera de se charger de ça ? De l'habillage des poupées ?

— Elles sont vraiment chouettes. Elles vont adorer. Des couleurs arc-en-ciel pour Iris ; des fruits, des tomates et, tu vois, des épis de blé et autres pour Cérès ; un motif à plumes de paon pour Junon.

— Des déesses en laine ? Elles ne vont pas avoir l'air obèses ? »

Il y avait du mauvais goût dans l'air, mais pas du genre qu'il appréciait.

« Tu seras surpris. Elles n'auront pas l'air obèses. Promis.

— Ce qu'il y a, c'est que c'est juste après que les déesses font leur numéro que je donne ma plus belle tirade de la pièce. »

Incapable de résister, Felix s'est mis à déclamer :

« Nos divertissements sont terminés.
Nos comédiens,
Je vous l'ai déjà dit, étaient tous des esprits,
Et se sont fondus dans l'air, dans l'air subtil,
Et, tel l'édifice sans base de cette vision,
Les tours coiffées de nuages, les palais somptueux,
Les temples solennels, le grand globe lui-même,

Avec tous ceux qui en ont la jouissance, oui, se dissoudront,
Et de même que ce spectacle insubstantiel s'est évanoui,
Ils ne laisseront pas derrière eux une traînée de brume.
Nous sommes de l'étoffe
Dont les rêves sont faits, et notre petite vie est entourée de sommeil. »

« Mince, tu y arrives encore ! s'est écriée Anne-Marie quand il a eu terminé. C'est pour ça que j'ai toujours voulu bosser avec toi. Tu es le maître. Tu m'as presque fait pleurer.

— Merci, lui a répondu Felix en esquissant une petite révérence. C'est pas mal, hein ?

— Pas mal ? Merde, a-t-elle dit en s'essuyant un œil.

— D'accord, oublions le "pas mal". Mais tu ne penses pas que ces princesses Disney habillées de laine pourraient... »

Quel mot cherchait-il ?

« ... pourraient en un sens saper la portée de la tirade ? Elles ne risquent pas de friser le ridicule ?

— J'ai fait des recherches en ligne et j'ai vu trois productions, et le passage des déesses est toujours à deux doigts de friser le ridicule, même quand on a de vraies comédiennes. On a utilisé la projection optique arrière, on a utilisé des poupées gonflables, on a donné la scène avec des échasses il y a quelques années. Mais, quand on se sera occupés d'elles, les nôtres ne ressembleront plus à des princesses Disney. Je vais leur peindre la figure. J'ai pensé à de la peinture bioluminescente et un peu de paillettes. Je vais leur faire un look de masques. Et comme, de toute façon, ce sont en quelque sorte les marionnettes d'Ariel, pourquoi ne pas recourir à la technique japonaise du bunraku, le spectacle en lumière noire – où des mecs en cagoules et gants noirs les feront évoluer ? Tu as déjà le matériel. Prends un truqueur pour les voix ; quelque chose dans le style esprit bizarre.

— Ça vaut la peine d'essayer », a reconnu Felix.

Mercredi 27 février 2013

Encore deux semaines jusqu'au jour où les planètes se rapprocheront et où la tempête se déchaînera. Ils ont maintenant filmé la scène initiale de la tempête avec le naufrage du bateau et 8Pinces en bonnet de bain et lunettes de ski ; le résultat est étonnamment bon. Felix fera sa première scène avec Ariel la semaine prochaine ; les problèmes techniques ont tellement absorbé 8Pinces qu'il a besoin d'un peu plus de temps pour mémoriser son texte.

Aujourd'hui, ils filment Caliban. Ils feront les gros plans de son rôle, ajouteront les plans larges plus tard. C'est la première fois que Guibolss est en costume de scène : couvre-chef Godzilla aux écailles, dont les yeux et les dents ont été supprimés et les bords modifiés afin qu'ils tombent en lambeaux et encadrent son visage ; lequel est couvert d'un maquillage verdâtre ; motifs de peau de lézard sur les jambes, tatouages autocollants d'araignées et de scorpions sur les bras. Ce n'est pas pire que certaines autres tenues de Caliban que Felix a vues, et c'est mieux que d'autres.

« Prêt ? demande Felix.

— Oui, répond Guibolss. Euh, on a ajouté un truc. Anne-Marie nous a aidés. »

Felix se tourne vers Anne-Marie.

« C'est vraiment bon ? On ne peut pas traîner, on n'a plus le temps, il faut qu'on avance. »

Il les a vivement encouragés à écrire leur propre matériau, il n'a donc pas le droit de râler.

« Trois minutes et demie, lui lance-t-elle. J'ai chronométré. Eh oui, c'est génial. Tu me crois capable de te mentir ?

— Je préfère ne pas répondre.

— Prise 1, annonce TimIIz. Graine de sorcière. Par Caliban et les graines de sorcière. Il y a d'abord l'intervention du présentateur, ça, on peut la tourner plus tard. "Voici Caliban / De la prison de son roc / Où il est retenu en esclave / Contraint de maugréer / Mais quoi qu'il arrive / Il aura son mot à dire !" Dans ce style. »

Felix acquiesce d'un signe de tête : « Très bien.

— N'oublie pas de respirer, dit Anne-Marie à Guibolss. À partir du diaphragme. Pense à ce que je t'ai dit sur la colère. C'est une sorte de combustible – trouve-la et sers-t'en ! Tu as une occasion unique de rugir ! De décoller comme une fusée. Un, deux, vas-y ! »

Guibolss se redresse de toute sa taille, s'accroupit, agite le poing. TimIIz, Popol, Fissa Fissa et Coyote-Rouge, un peu en retrait, marquent le rythme en frappant dans leurs mains et ajoutent un doux « Ouh-oh, Ouh-oh » avec un effet syncopé pendant que Guibolss chante et se lamente.

« Je m'appelle Caliban, j'ai des écailles, des ongles longs,

215

Je sens pas l'homme, mais le poisson –
Graine de sorcière, c'est mon autre nom,
Disons que c'est ce qu'il me donne comme surnom ;
Il a beaucoup de noms pour moi, il joue beaucoup de jeux avec moi :
Il me traite d'immondice, d'esclave, de poison,
Il m'enferme pour que je bronche pas,
Mais je suis Graine de sorcière !

Ma mère s'appelait Sycorax, on dit que c'est une sorcière,
Une goule aux paupières bleuies, une méchante ;
Mon papa était le diable, à ce qu'ils chantent,
Je suis donc doublement mauvais et jamais je ne m'en lamente,
Parce que je suis Graine de sorcière !

Ils l'ont abandonnée sur une île, parce qu'elle avait le ballon,
Laissée à crever, c'était pas du bidon,
Je nais, elle calanche, donc l'île est à moi,
C'était mon royaume ! Et j'en étais le roi !
J'étais le roi, le roi des eaux et des bois :
Le roi Graine de sorcière !

Survient alors Prospéro, et sa petite salope,
Il se prend pas pour rien, parce qu'avant il était rupin ;
Au début, tout allait bien,
Je lui ai montré ce qu'il y avait à manger,
Il m'a changé en toutou, et aujourd'hui voilà comment il m'a récompensé,
Parce que j'ai essayé de sauter cette fille, personne d'autre pour s'en charger,

J'lui aurais rendu service, et j'aurais peuplé
Cette île, j'en aurais fait une nation de graines de sorcière !

Donc, il m'esbigne que j'en suis bleu,
Je dois me farcir tout le boulot pendant qu'il ronfle sous les cieux,
Ou s'occupe de sa magie, qu'il est barbant,
Je le maudis en retour, il m'esbigne en ahanant,
Je suis qu'une crampe, qu'une douleur,
Mais je suis Graine de sorcière !

Donc, si l'occasion se présente, je mettrai son bouquin en charpie,
Briserai son bâton magique, ah, j'en ris,
Je l'estourbirai, histoire de lui faire payer mes malheurs,
Je ferai de cette fille ma reine graine de sorcière,
Qu'elle crie, qu'elle hurle, je m'en balance
Si elle hurle, c'est qu'elle en redemande,
À genoux, je lui apprendrai à adorer,
Elle aura beau gémir dur, je la baiserai à mort,
Parce que je suis Graine de sorcière !

Gardez bien ça dans vos esprits retors :
Je suis Graine de sorcière ! »

Il a terminé. Il respire bruyamment.
« Oh là là, t'as assuré comme une bête ! » s'exclame Anne-Marie.
Elle applaudit, les choristes l'imitent, puis Felix s'aligne.
« Oui, j'ai rien oublié, dit Guibolss avec modestie.

— Mieux que ça ! C'est toi qui as fait la meilleure répétition jusqu'à présent, poursuit Anne-Marie. On va te la passer à l'écran pour que tu puisses juger, et après on fera une dernière prise lors du prochain tournage ! On aura besoin des costumes des choristes, qui devraient porter les couvre-chefs de lézard, pour être assortis. »

À Felix, elle lance :

« Je te parie que tu ne l'as jamais vu joué comme ça !

— Exact », répond Felix.

Il a le sentiment de suffoquer un peu : Guibolss a répondu à ses attentes. Non, pas aux siennes : à celles d'Anne-Marie. Et à celles de la pièce, bien sûr. Guibolss a répondu aux attentes de la pièce.

« Ô le beau monde nouveau qui porte de tels êtres ! déclame-t-il.

— C'est pour toi qu'il est nouveau, réplique Anne-Marie en riant. Pauvre Felix ! Est-ce qu'on est en train de bousiller ta pièce ?

— Ce n'est pas ma pièce. C'est notre pièce. »

Est-ce qu'il croit à ce qu'il dit ? Oui. Non. Pas vraiment.

Oui.

29. Approche

Samedi 2 mars 2013

Lorsque Felix se réveille le samedi midi, il a une méchante gueule de bois, ce qui est curieux, vu qu'il n'a pas bu. Il a le cerveau vide, il n'a plus une once d'énergie. Il réfléchit trop, il coache trop, il est trop attentif. Il donne trop, il parle trop, il extériorise trop. Il a dormi quatorze heures de rang, mais n'a même pas rechargé ses batteries.

Vêtu de son abominable chemise de nuit, élimée par les années, il déboule en trébuchant dans le salon. Dédoublée par les reflets que renvoie la neige dehors, la lumière se déverse à flots par la fenêtre. Il cille, bat en retraite comme un fantôme : pourquoi n'a-t-il pas de rideaux ? Il n'a jamais pris la peine d'en installer : qui irait regarder à l'intérieur ?

À part Miranda quand elle est dehors et qu'elle jette un coup d'œil par le carreau pour s'assurer qu'il va bien. Où est-elle ? Elle n'est pas du matin, et encore moins du midi, lorsque le soleil est au zénith. Elle s'estompe dans la lumière ; il lui faut le crépuscule pour rayonner.

Idiot, se dit-il. *Combien de temps vas-tu rester accroché à cette transfusion ? C'est juste assez d'illusion pour te maintenir en vie. Pourquoi ne décroches-tu pas ? Laisse tomber tes gommettes rutilantes, tes découpages, tes crayons de couleur. Affronte donc la vraie vie dans toute sa crasse sans fard.*

Mais la vraie vie a une foule de couleurs, lui souffle une autre partie de son cerveau. Elle est faite de toutes les nuances possibles, même celles qu'on ne voit pas. Toute la nature est un feu : tout se forme, tout s'épanouit, tout se fane. Nous sommes de lents nuages...

Il se secoue, se gratte la tête. Le flux, le flux sanguin pour ressusciter la noix ratatinée sous son crâne. Il lui faut un café. Il fait chauffer de l'eau dans la bouilloire électrique, met son café moulu à infuser, filtre sa potion, puis la descend à la manière d'un alcoolo se sifflant son doigt de rhum. Ses neurones s'éveillent enfin.

Il enfile ses vêtements, son jean et un sweat-shirt, se prépare un gruau de céréales glanées au fond de trois boîtes. Il est temps de faire des courses, de remplir le placard. Il ne peut pas se laisser aller et devenir un de ces reclus desséchés qu'on découvre plusieurs mois après qu'ils sont morts de faim parce qu'ils avaient oublié de manger, absorbés qu'ils étaient par leurs visions.

Bien. Maintenant il est requinqué. Maintenant il est prêt.

Il allume son ordinateur, lance une recherche sur Tony et Sal. Les voilà, eux et leurs phrases chocs, à plus de quatre cent cinquante kilomètres de lui. Ils traînent à leur remorque un autre zigoto du même acabit : Sebert Stanley, ministre des Anciens Combattants, un béni-oui-oui qui a laissé sa colonne vertébrale au vestiaire depuis belle lurette, même si ses électeurs lui font confiance parce qu'ils connaissaient son tonton et qu'ils ont toujours élu un Stanley.

Ils seront ici dans très peu de temps, quel bonheur pour lui ! Le reconnaîtront-ils ? Pas au début, étant donné qu'il restera caché pendant que les gobelins feront leur boulot. Comment réagiront-ils lorsqu'ils croiront que leur vie ne tient plus qu'à un fil ? Y aura-t-il de l'angoisse ? Oui, il y en aura. Une double torsade d'angoisse. Aucun doute là-dessus.

Sur le calendrier, il passe en revue le programme de la semaine qui s'annonce : ses propres scènes dans la représentation. Faute de temps, ils ne pourront faire qu'une prise avec la caméra vidéo, deux au maximum : il faudra qu'il soit aussi bon que possible dès la première. Il est sûr de connaître son texte sur le bout des doigts, et ce, depuis longtemps – il doit être gravé dans ses os à présent –, mais est-ce bien sage ? Et sa posture, et ses gestes, la plasticité de son visage ? La force, la précision. Il faudrait qu'il répète. *Combien ces six saucissons-ci ? C'est six sous ces six saucissons-ci. Tes laitues naissent-elles ? Si tes laitues naissent, mes laitues naîtront.*

Il ouvre la grande armoire. Voici son vêtement magique avec tous ses yeux qui attrapent la lumière. Il le sort, époussette la poussière et quelques fines toiles d'araignée. Pour la première fois en douze ans, il l'enfile.

C'est comme s'il réintégrait une peau dont il se serait autrefois défait. Devant le petit miroir, il parade. Épaules bien droites, il remonte le diaphragme, étire le bas du ventre, déploie ses poumons. *Mi-mi-mi, mo-mo-mo, mu-mu-mu. L'œil de l'écureuil t'accueille sur le seuil de la feuille d'orgueil en deuil près du cercueil.*

L'écueil du lutin. Et sans postillons.

Il se saisit ensuite de son bâton. La canne à la tête de renard argenté saute dans sa main. Il la brandit : il a le poignet électrique.

« Approche, mon Ariel. Viens », déclame-t-il.

Sa voix sonne faux. Où est la tonalité authentique, la note juste ? Pourquoi a-t-il jamais pensé pouvoir jouer ce rôle impossible ? Tant de contradictions chez Prospéro ! Aristocrate qui se croit tout permis, modeste ermite ? Sage vieux mage, méchant rabat-joie vengeur ? Irritable et déraisonnable, bienveillant et aimant ? Sadique, indulgent ? Trop soupçonneux, trop confiant ? Comment traduire tous les sens et intentions dans chacune de leurs délicates nuances ? C'est impossible.

Des siècles durant, les gens ont triché en présentant cette pièce. Ils ont coupé des discours, modifié des phrases pour tenter de confiner Prospéro dans le périmètre qu'ils lui avaient défini. Pour tenter de faire de lui telle ou telle chose. Pour tenter de le faire entrer dans le moule voulu.

Ne lâche pas maintenant, se dit-il. *L'enjeu est trop important.*

Il va reprendre sa réplique. Devrait-elle être plus proche d'un ordre ou d'une invitation ? À quelle distance pense-t-il qu'Ariel puisse être lorsqu'il la dit ? Ou la déclame ? La voix sibilante ou faut-il qu'il s'époumone ? Il s'est si souvent imaginé dans cette scène qu'il sait à peine comment la jouer. Jamais il ne pourra être à la hauteur de la vision exaltée qu'il en a.

« Approche, mon Ariel. »

Il se penche, comme s'il écoutait.

« Viens ! »

Tout près de son oreille, il entend la voix de Miranda. Ce n'est qu'un murmure, mais il l'entend.

« Salut, grand maître, puissant seigneur, salut ! Je viens
Obéir à ton bon plaisir ; dois-je voler,
Nager, plonger dans le feu, chevaucher
Les nuages bouclés ; impose tes ordres impérieux
À Ariel et à tous ses comparses. »

Felix lâche son bâton comme s'il l'avait brûlé. Est-ce vraiment ce qui s'est passé ? Oui ! Il a bien entendu !

Miranda a pris la décision d'être la doublure d'Ariel – il ne peut sûrement pas s'y opposer.

Que c'est malin de sa part ! Que c'est parfait ! Elle a trouvé le rôle qui lui permettra de se mêler sans heurts aux répétitions. Lui seul pourra la voir de temps à autre. Lui seul l'entendra. Elle sera invisible à toute autre prunelle.

« Mon magnifique esprit ! » s'écrie-t-il. Il aimerait la serrer dans ses bras, mais ce n'est pas possible. Prospéro et Ariel ne se touchent jamais : comment toucher un esprit ? Là, il ne peut même pas la voir. Il faudra qu'il se contente de sa voix.

IV. MAGIE BRUTE

30. Un échantillon de mon art

Lundi 4 mars 2013

Le lundi matin, Felix se réveille de bonne heure, encore hanté par son rêve. De quoi s'agissait-il ? Il y avait de la musique, et quelqu'un s'éloignait de lui pour s'enfoncer au milieu des arbres. Il avait eu envie d'appeler, de demander à cette personne de l'attendre, mais il n'avait pu ni parler ni bouger.

RÊVES : c'est ce qu'il aurait dû écrire sur le tableau blanc. C'est sûrement un thème important. *Mes esprits, comme dans un rêve, sont paralysés*. Combien de personnages de la pièce tombent-ils subitement endormis ou évoquent-ils leurs rêves ? *Nous sommes de l'étoffe dont les rêves sont faits*. Mais de quoi les rêves sont-ils faits ? *Entourée de sommeil*. Entourée. Ça colle si bien avec *le grand globe lui-même*. Shakespeare était-il toujours conscient de ce qu'il faisait, ou bien évoluait-il en somnambule la moitié du temps ? Emporté ? Était-il en transe lorsqu'il écrivait ? Reconstituait-il un enchantement dont il était le jouet ? Ariel est-il une figure de muse ? Felix visualise une *Tempête* radicalement différente, une dans laquelle...

Ta gueule, se dit-il. *N'ajoute rien à ce micmac. Les gars ont déjà suffisamment à faire comme ça.*

Il boit son premier café et jette un coup d'œil par la fenêtre. Le temps est couvert et il gèle : le voile de son haleine glacée habille le carreau. Sans doute est-ce l'arrivée d'un front froid. Il est tombé de la neige fondue pendant la nuit ; si ça se trouve, des lignes électriques vont lâcher. Il y aura aussi du verglas, d'autant plus traître qu'on ne le voit pas. Cela étant, les sableuses ont dû passer, il devrait donc s'en tirer sans encombre s'il roule doucement.

Aujourd'hui, on va filmer sa scène de l'acte I avec Ariel, en costumes. Il fourre sa cape d'animaux dans un sac-poubelle vert et y ajoute sa canne à tête de renard. Puis il se glisse dans ses vêtements d'extérieur : manteau matelassé, bottes fourrées, gros gants, bonnet rouge et blanc en laine synthétique surmonté d'un pompon, deux dollars au Value Village de Makeshiweg, lui a dit Anne-Marie, qui le lui a offert, parce qu'elle ne voulait pas qu'il ait froid à la tête.

« On a besoin du fourbi sous ton crâne », lui a-t-elle expliqué de façon bourrue. Elle prétend n'avoir que mépris pour les sentiments.

« As-tu fait la paix avec WonderBoy ? lui a-t-il demandé d'un ton volontairement neutre. Il te poursuit toujours ?

— Il veut être mon correspondant. M'écrire des lettres quand on aura achevé la pièce.

— Quelle idée ! a-t-il répondu trop vivement. Comme ça, il aura ton adresse et, une fois dehors, il essaiera de... J'espère que tu as refusé.

— Laisse-moi d'abord terminer ce qu'on fait.

— Tu lui donnes de faux espoirs, a protesté Felix. Est-ce bien honnête ?

— On n'a pas encore tourné la grande scène d'amour. Tu es le metteur en scène. Tu veux une scène "Ooooh" ou une "bof bof" ? Parce que si je lui oppose un non ferme, ce sera du "bof bof".

— Tu n'as aucune pitié ! Ce n'est pas éthique.

— Ne me fais pas la morale, j'ai appris auprès du meilleur. Tout pour la pièce, d'accord ? C'est ainsi que tu formulais les choses il y a douze ans. Pour autant que je m'en souvienne. »

C'était à l'époque, a songé Felix. Est-ce que je tiendrais le même discours aujourd'hui ?

« Je vais lui parler, a-t-il dit. Mettre les choses à plat.

— Tu n'es pas mon vrai père. Je peux me débrouiller seule. Ça va aller. Fais-moi confiance. »

En s'habillant pour le tournage, elle avait dénoué son chignon, fait bouffer ses cheveux comme si le vent les avait ébouriffés et piqué dedans quelques fleurs en papier. Elle avait confectionné sa robe elle-même : blanche, avec un ourlet effrangé et une ceinture en corde tricotée. Une des manches lui glissait sur l'épaule. Pieds nus, bien sûr. Un peu de poudre bronzante, un peu de fard à joues, pas trop. La parfaite ingénue.

La scène avait répondu à toutes les attentes de Felix : innocence candide de sa part à elle, ravissement captivé. WonderBoy avait été impeccable : respectueux mais implorant, incarnation même du désir ardent. Lorsqu'il avait tendu le bras comme pour la toucher en s'écriant : « Ô, vous, merveille que vous êtes ! » et que sa main était restée en suspens, comme arrêtée par une vitre, il aurait fait fondre l'acier. Il s'était révélé plus que convaincant.

J'espère qu'elle ne le détruira pas, avait pensé Felix. Cela dit, n'oublie pas que c'est un escroc. Un escroc qui joue à l'acteur. Double irréalité.

Il consulte une dernière fois le miroir. Il a perdu du poids au cours des dernières semaines, il est légèrement émacié. Ses yeux ont l'intense fixité de ceux d'un faucon, n'empêche, il peut tourner ça à son avantage dans ses scènes : le regard fixe, scrutateur. Rivé sur sa proie, mais aussi agité, distrait. Il met la tête de côté, observe son profil. Ajouter un petit quelque chose d'effrayant, un soupçon de Dracula ? Non, mieux vaut éviter.

Miranda n'a pas oublié sa décision : elle est déterminée à participer à la représentation. Elle l'accompagne à la voiture – il sent sa présence, derrière son épaule gauche – mais de prime abord elle refuse de monter. Le véhicule lui fait-il peur ? Se rappelle-t-elle la dernière fois où, enveloppée dans des couvertures, elle est montée dans une voiture pour aller à l'hôpital, alors qu'à peine âgée de trois ans elle souffrait d'une très forte fièvre ? Il espère que non.

Trop tard, trop tard. Pourquoi n'avait-il pas remarqué plus tôt ses joues rougies, sa respiration trop rapide, sa torpeur ? Parce qu'il n'était pas là, ou bien qu'il était là mais immergé dans quelque projet mystérieux. *Cymbeline* – était-ce bien la pièce qui avait motivé son absence ? Parce qu'il l'avait jugée plus précieuse que son amour chéri ? Sa faute, sa faute la plus grave.

Il lui explique la voiture, lentement, soigneusement. C'est une machine volante magique, lui dit-il, une sorte de bateau, sauf qu'elle avance par terre sur des roues. Il lui montre les roues. La fumée qui en sort ne veut pas dire qu'elle est en train de brûler, elle vient du moteur. C'est le moteur qui la propulse. Il sera au volant, donc il n'y a rien à craindre. Elle peut s'asseoir à l'arrière, juste derrière lui. Si elle veut participer à la pièce, c'est ainsi qu'ils doivent se déplacer. Ce sera presque comme voler à travers les airs.

Par chance, il n'y a personne à proximité pour le voir parler tout seul à voix haute ou ouvrir la portière arrière du véhicule à une personne qui n'est pas là.

Une fois qu'ils ont démarré, elle semble apprécier l'expérience. Arbres, fermes et granges défilent à grande vitesse ; elle est curieuse de tout. Des gens habitent ces maisons ? Oui, des gens. Tant de gens ! Tant d'arbres !

« Ça te plaît, mon poussin ? » lui demande-t-il.

Oui, ça lui plaît. Mais où est la pièce ?

« On s'en approche. »

Ils passent devant une station-service, puis devant le centre commercial proche du pénitencier Fletcher : il affiche tant de couleurs avec toutes ses décorations de Noël encore en place ! Et tant d'autres machines volantes ! Puis ils gravissent la colline, puis ils franchissent la porte. Il lui explique que les enceintes sont là pour que les gens restent à l'intérieur, et aussi pour que d'autres restent à l'extérieur. Il y a des surveillants, ajoute-t-il. Elle ne l'interroge pas sur leur rôle, mais se demande s'ils ne vont pas l'empêcher d'entrer.

« Ils ne te verront pas, lui glisse-t-il, "invisible comme tu l'es". »

Pour elle, c'est une blague géniale.

À la Sécurité, elle franchit avec lui le portique de détection sans même déclencher un bip. *Bravo, mon ingénieux esprit*, lui lance-t-il en silence avec un large sourire. En silence, elle rit. Quel plaisir que de la voir si heureuse !

« Comment ça va, monsieur Duc ? demande Dylan.

— On est en train de revoir les derniers trucs qui clochent encore, répond Felix. À propos, je passerai demain, même si ce n'est pas un jour de travail. Je vais venir avec du matériel. Pourriez-vous le ranger dans un casier ou autre chose jusqu'à ce qu'on en ait besoin ?

— Bien sûr, monsieur Duc », répond Madison.

Felix doit préciser à quoi servent toutes les affaires qu'il apporte, ou à quoi elles sont censées servir : ce à quoi elles servent aussi secrètement, il le garde pour lui. Ils l'ont interrogé, par exemple, sur tous ces vêtements noirs : les sweat-shirts, les pantalons, les cagoules, les gants. Pour les marionnettes, leur a-t-il dit. La méthode japonaise. La lumière noire. Il leur a décrit la manière dont ça marchait. Comme pour le bunraku.

« Sans blague », avait dit Madison, émerveillé.

Ils pensent que Felix connaît tellement de ficelles du théâtre.

Maintenant, c'est à Dylan de dire :

« Qu'est-ce qu'il y a dans le sac ? Z'avez joué au trappeur, monsieur Duc ?

— Ce n'est que mon costume, répond Felix. Ma tenue magique. Mon bâton magique.

— Comme dans *Harry Potter*, remarque Dylan. Cool. »

Il avait craint qu'ils lui refusent d'entrer avec la canne, mais non. La chance de Felix tient toujours.

Tout le monde est déjà dans la grande salle et attend des instructions. Dans l'énorme sac en tapisserie pourpre qu'elle réserve à ses tricots, Anne-Marie a apporté les trois déesses revêtues de leurs nouvelles tenues en laine.

« Elles feront l'affaire ? lance-t-elle à Felix.

— Quel est le verdict ? » demande Felix à la troupe réunie.

Il brandit Iris, qui porte une robe arc-en-ciel faite de longues tresses de laine ornées de perles sur toute leur longueur. Son visage a été peint en orange et elle arbore une coiffure de nuages en coton hydrophile.

« Vérole, c'est la nation Arc-en-Ciel ! » s'écrie Guibolss.

Ça fait rire tout le monde.

« J'imagine que c'est un "J'aime" », poursuit Felix.

Vient ensuite Cérès dans une robe en feuilles de vigne, avec une coiffure truffée de boules plus ou moins rondes censées être – à ce qu'il présume – des pommes et des poires en laine. Elle a le visage vert, un autocollant d'abeille sur le front.

« J'ai vu une stripteaseuse comme ça un jour. »

Guibolss encore une fois. Regain de rires, de braillements « À poil ! ».

« Celle-ci, c'est Junon, la déesse des mariages », annonce Felix.

Junon est vêtue d'un uniforme d'infirmière en tricot et porte une minibouteille de sang, tricotée elle aussi. Elle a une ride peinte sur le front, et de minuscules crocs ont été ajoutés à sa bouche. Elle arbore un collier de crânes.

La troupe ne fait pas un accueil aussi positif à Junon.

« Par la peste rouge, grommelle Surin, elle ressemble à ma femme. »

Murmures d'assentiment.

« Moche comme un fils de pute, déclare Guibolss.

— À revoir, ajoute Œil-de-serpent.

— Ravale ça, connard, dit Anne-Marie, sinon, tu peux te bidouiller tes putains de déesses à toi, et plus de cookies. »

Gloussements.

« Elle jure ! Elle jure ! Des points en moins ! s'écrie Guibolss.

— On ne me donne pas de points, donc tu peux ravaler ça, toi aussi », répond Anne-Marie.

Ils se marrent tous.

« Quel genre de peste rouge de cookies ? dit Popol. C'est bon si on les ravale aussi ?

— C'est bon, du calme ! décrète Felix. Les marionnettistes, vous allez vous exercer dans votre salle de répétition. Caliban et les graines de sorcière, on reprend le tournage de votre scène pour voir si on peut obtenir de meilleurs angles aujourd'hui. Mais d'abord, acte I, scène II, ma scène avec Ariel. On va la tourner maintenant. »

8Pinces a mis sa tenue d'Ariel. Son visage est déjà bleu. Il tire sur son imperméable, ajuste son bonnet de bain aux saint-jacques, abaisse ses lunettes de ski, enfile ses gants en caoutchouc bleu. Ils repassent la scène une fois à partir de « Salut, grand maître ». 8Pinces connaît son texte à la perfection, mais il est nerveux.

« On peut la refaire ? demande-t-il. J'entendais un drôle de truc en écho. Comme si quelqu'un disait mes lignes en même temps que moi. Ça faisait, vous voyez, des interférences. C'est peut-être le micro d'enregistrement. »

Le cœur de Felix fait un bond : sa Miranda, elle joue au souffleur.

« Une voix d'homme ou de femme ?

— Juste une voix. La mienne probablement. Je vais vérifier le micro.

— C'est possible que ce soit ça. De toute façon, certains comédiens entendent leur propre voix, dit Felix. Quand ils sont tendus. Détends-toi, respire à fond. On va faire une autre prise. »

À Miranda, il dit *sotto voce* :

« Pas si fort. Et uniquement s'il a un trou.

— Quoi ? lui lance 8Pinces. Vous voulez que j'atténue le ton ?

— Non, non. Désolé. Je parlais tout seul. »

31. La généreuse Fortune, à présent ma protectrice

Jeudi 7 mars 2013

L'horloge tourne inexorablement. Les planètes convergent.

Ils ont découpé palmiers et cactus dans du papier en s'aidant de ciseaux à bout rond pour enfants. Ils ont détérioré le canot à rames en plastique et le voilier, les ont collés sous l'eau, puis les ont placés sur le rideau de douche qui fait office de mer. Ils ont chanté des chansons, les ont écartées, réécrites et chantées à nouveau. Ils ont échangé des injures à propos de leurs voix respectives.

Ils ont scandé des refrains, battu la mesure avec leurs pieds. Les danseurs ont subi des bobos sans gravité pour avoir sollicité des muscles trop longtemps oubliés. Ils ont surmonté des crises de confiance, nourri des rancœurs, apaisé des blessures d'amour-propre. Felix s'est reproché la folie qui l'avait poussé à se lancer dans une entreprise nécessairement vouée à l'échec, puis s'est félicité de son discernement. Son énergie chute, remonte, puis chute de nouveau.

Vie normale.

Presque toute la pièce est maintenant dans la boîte. Il y a encore quelques scènes à tourner, et davantage de modifications et d'effets à assurer, plus quelques prises et voix off à refaire là où la qualité laisse à désirer. Les trois déesses sont spectaculaires en vidéo et les marionnettistes en noir ajoutent une autre dimension : il est clair que les déesses ne sont que de simples apparitions destinées à interpréter le script de quelqu'un d'autre. Popol a composé pour elles un accompagnement musical, de drôles de sifflets inquiétants avec carillons et notes de flûte. Pour le moment où elles disparaissent dans la confusion, 8Pinces a utilisé un effet démultiplicateur : l'image est doublée et dédoublée, ralentie aussi, de sorte que les déesses semblent se désintégrer en plein ciel. C'est vraiment un bel effet spécial et Felix félicite 8Pinces pour sa réussite.

Moins d'une semaine avant l'heure H. Si c'était une représentation ordinaire, il serait détendu à présent – il leur reste bien assez de temps pour peaufiner leur production –, mais en l'état actuel des choses, il y a plus à faire.

Felix a repris un train pour Toronto. Il lui manquait les costumes de Stéphano, le sommelier ivre, et de Trinculo, le bouffon : un smoking usé pour le premier, un caleçon long et rouge avec un chapeau melon pour le second, du blanc pour le visage de l'un et de l'autre. Il a déniché le caleçon long et rouge de Trinculo chez Winners, parmi les sous-vêtements pour hommes, et le smoking de Stéphano chez Oxfam. Il a également acheté d'autres couvre-chefs Godzilla pour les graines de sorcière.

Ces achats terminés, il a rencontré, dans un recoin discret de Union Station, un affable quadragénaire binoclard, peut-être coréen. C'était une initiative risquée – et si cet homme était suivi ? –, mais sans doute passaient-ils inaperçus parmi la foule des banlieusards. Ce contact devait tout à 8Pinces : chaque partie pouvait se fier à l'autre comme à un frère, avait-il assuré au contact dans un message enregistré sur une clé USB que Felix avait sortie clandestinement.

Après que de l'argent eut changé de mains, Felix a reçu un paquet de gélules, un paquet de poudre, une aiguille hypodermique et quelques instructions extrêmement précises.

« Ne forcez pas la dose, lui a recommandé le contact. Vous ne voulez ni tuer quelqu'un ni le rendre dingue jusqu'à la fin de ses jours. Ces gélules, c'est marchand de sable. Vous les ouvrez, vous les versez dans la tasse, le contenu se dissout très vite dans du ginger ale. Le résultat est rapide, même si on n'en boit que la moitié. L'effet ne dure pas longtemps, dix minutes peut-être. Ça suffira ?

— On verra, a dit Felix.

— L'autre, c'est de la poudre magique. Un quart de cuillère à thé pour une cuillère à thé d'eau. Ne chargez pas trop les raisins.

— Je ferai attention. Quel est le résultat au juste ?

— Comme vous avez dit, on verra. Mais ce sera un sacré trip.

— Mais pas dangereux quand même ? Rien de permanent ? »

Il était nerveux : que se passerait-il si on le surprenait avec ces trucs et qu'est-ce que c'était au juste ? Était-il imprudent ? Oui, mais toute l'opération l'était.

« S'il arrive quelque chose, on ne s'est jamais rencontrés », a dit le contact d'une voix douce mais persuasive.

Aujourd'hui, Felix travaille à la maison. Il avale son œuf dur du petit-déjeuner, puis allume son ordinateur. Il suit la royale progression de Tony et de Sal, qui vont d'un repas de poulet caoutchouteux à un autre dans de petites villes au milieu de nulle part, promettant des faveurs, empochant des contributions, notant agitateurs et contestataires en vue d'une expulsion future. Il a sur le mur une carte où il enfonce des punaises rouges pour marquer leur parcours. Il est ravi de voir ses ennemis se rapprocher, comme aspirés par un vortex qu'il aurait lui-même créé.

Mais avant sa recherche Google quotidienne, il consulte ses e-mails. Il a toujours ses deux adresses, une au nom de Felix Phillips pour les impôts et autres obligations du même ordre, l'autre au nom de F. Duc. La seconde est celle qu'il a donnée au pénitencier Fletcher en cas d'urgence – encore qu'il n'y en ait jamais eu – et qu'il a également transmise à Estelle, bien qu'elle connaisse sa véritable identité.

Elle le tient régulièrement au courant. Ma bonne étoile, lui dit-il : ma dame Fortune. Elle adore ce genre de compliments : elle adore penser qu'ils ont vraiment besoin d'elle, lui et le programme. Son rôle secret mais vital lui procure un plaisir extraordinaire.

Aujourd'hui, elle lui a envoyé un message : *J'ai besoin de te voir au plus vite. Il y a un imprévu. Déjeuner ?*

J'en serai ravi, lui répond-il.

Ils se retrouvent à leur lieu habituel : le Zenith à Wilmot. Estelle s'est pomponnée pour lui, encore plus que d'ordinaire ; mais pourquoi suppose-t-il que c'est pour lui ? Peut-être se pomponne-t-elle tous les jours. Elle sort de chez le coiffeur, de chez la manucure aussi, et arbore des boucles d'oreilles en forme de globe rappelant une boule disco, rose vif piquées de strass. Son tailleur est rose, lui aussi, et elle porte un foulard Hermès à motifs de chevaux de course et de cartes à jouer, maintenu en place par une épingle dorée représentant une corne d'abondance. Elle a peut-être forcé sur le mascara. Felix lui tient sa chaise pendant qu'elle s'assied.

« Alors, lui dit-il. Martini ? »

Ils ont pris l'habitude de commencer leurs rendez-vous par des martinis. Elle aime le glamour implicite.

« Oh, tu ne devrais pas me tenter, s'écrie-t-elle en minaudant, espèce de réprouvé !

— J'adore te tenter, risque-t-il, certain de la voir réprouver et relancer. Et tu adores qu'on te tente. Quoi de neuf ? »

Elle se penche en avant avec des mines de conspiratrice. Son parfum est fleuri et fruité à la fois. Elle pose sa main droite sur son poignet.

« Je ne veux pas que tu t'inquiètes.

— Oh. C'est mauvais ?

— J'ai appris par mes sources confidentielles que Price, le ministre du Patrimoine, et O'Nally, le ministre de la Justice, s'apprêtent à supprimer le programme d'alphabétisation du pénitencier Fletcher. Ils ont eu une réunion là-dessus et sont tombés d'accord. Dans leur déclaration, ils raconteront que c'est trop de largesses, une razzia sur la bourse du contribuable, une concession aux élites libérales et une prime à la criminalité.

— Je vois, dit Felix. Dur. Mais est-ce qu'ils viennent toujours à Fletcher ? Pour la production de cette année ? Comme ils l'avaient confirmé ?

— Absolument. Ils déclareront qu'ils ont vu le programme à l'œuvre, qu'ils lui ont donné toutes ses chances, mais qu'en définitive ça ne valait pas la... En plus, leur visite fera bon effet dans le cadre du système pénal. Elle montrera qu'ils se préoccupent des surveillants de prison et... et... ils veulent la séance de photos.

— Excellent ! s'écrie Felix. Du moment qu'ils viennent.

— Tu n'es pas déçu ? Par la suppression du programme ? »

En fait, Felix est aux anges. C'est exactement le type de munitions qu'il lui faut pour rallier son monde. Attendez que les gobelins apprennent que leur troupe de théâtre est sur le point d'être liquidée ! Ce sera extrêmement motivant.

« Personnellement, je suis tellement folle de rage que je serais prête à faire n'importe quoi, déclare Estelle. Après tout le boulot qu'on a abattu !

— Il y a peut-être un moyen de sauver les meubles, répond-il prudemment. Je pense. Mais j'aurai besoin de ton aide.

— Tu sais que tu peux me demander tout ce que tu veux. Si c'est dans mes cordes, je le ferai.

— Qui précisément fera partie de leur délégation ? En plus d'eux deux. Tu le sais ?

— J'espérais bien que tu me poserais cette question. »

Elle fouille dans son sac, un élégant modèle en lamé argenté.

« Justement, j'ai la liste avec moi. Je ne suis pas censée l'avoir, mais quelqu'un me devait une faveur. Chut ! Pas un mot ! »

Elle esquisse un clin d'œil aussi furtif qu'elle le peut, compte tenu de l'épaisseur de ses cils.

Felix ne va pas lui demander de quel genre de faveurs il s'agit : tant qu'elle continue à le bombarder de rayons positifs, c'est tout bon. Il scrute avidement la page. Sal O'Nally, check. Tony Price, check. Et dis donc, voici le vieux Lonnie Gordon, qui non seulement préside toujours le Festival de Makeshiweg, mais dirige aussi une entreprise de conseil, semble-t-il, ainsi qu'une collecte de fonds locale pour le parti.

« Je remarque que Sebert Stanley s'est incrusté là-dedans, dit-il. Pourquoi s'infliger cette corvée ?

— D'après la rumeur – d'ailleurs, c'est plus qu'une rumeur –, il cherche à se faire élire à la tête du parti. En juin, lors de la prochaine convention. Il a un solide pedigree, et pas mal d'argent.

— Sal se présente aussi. Il a toujours été ambitieux. Je l'ai connu durant nos études, c'était déjà un connard. Ces deux-là sont donc rivaux ?

— C'est le bruit qui court. Encore que les gars qui travaillent avec Sebert lui ont donné le surnom de "bite molle". Les stratèges en coulisses estiment que ce mec n'a pas, excuse-moi, de couilles. »

Elle glousse devant l'audace de sa formule.

« D'un autre côté, Sal O'Nally s'est fait énormément d'ennemis. Il a la réputation de jeter les gens dès qu'ils ne lui servent plus à rien.

— Je m'en suis aperçu, reconnaît Felix.

— Mais parmi les gens qu'il a écrasés, il y en a beaucoup qui ont gardé des amis dans le parti. Ils n'apprécient pas du tout ce genre de comportement.

Bref, les deux ont un handicap au départ. Moi, je dirais qu'ils sont coude à coude.

— Et Tony le faux jeton à la con ? demande Felix. Tony le Fixeur. Qui soutient-il ? »

Naturellement, Tony saisira sa chance dès qu'elle se présentera. Il mettra tout son poids dans la balance pour couler un des candidats et maintenir l'autre à flot, puis recueillera sa récompense auprès de celui qui aura tenu l'eau.

« Rien n'est encore joué. Il leur a bien léché les bottes à l'un comme à l'autre. Si j'en crois mes sources.

— Il a la langue bien graissée. »

Felix laisse son doigt courir jusqu'en bas de la page. « C'est qui, ce Frederick O'Nally ? Il est de la famille du ministre ?

— C'est le fils de Sal. Une déception, ce petit. Il est en troisième cycle à la National Theatre School, et actuellement en stage à Makeshiweg. Sal, qui a du mal à dire non, a demandé à Lonnie de tirer pas mal de ficelles pour qu'il soit accepté. Ce garçon veut faire carrière dans le théâtre, ce qu'un grand nombre de mes sources dans le service du Patrimoine juge extrêmement hilarant, vu que le papa est tellement contre tout ce qui touche aux arts. Le Sal, ça lui casse les... Ça lui casse les pieds.

— Il se croit capable de jouer ? Ce gamin ? »

Scandaleux ! Un morveux né avec une cuillère en argent dans la bouche qui s'imagine assez malin pour pouvoir tracer sa route dans le théâtre en profitant de la réussite de papa ; pour implorer la Fée bleue de le métamorphoser en véritable comédien. À tous les coups, il a le talent d'une patate.

« La mise en scène, continue Estelle. C'est son ambition. Il a vraiment insisté pour venir avec la délégation. À propos, il a vu tes vidéos – je sais, elles ne sont pas censées circuler, mais je les lui ai montrées en douce – et il les trouve, je cite, absolument géniales. D'après lui, le programme ici est radicalement novateur, avant-gardiste, et offre aux gens un exemple remarquable de ce qu'est le théâtre. »

L'opinion de Felix sur ce garçon s'améliore.

« Mais il ne sait pas que c'est moi ? Il ne sait pas que je suis, tu vois... Felix Phillips ? »

Il a envie de dire *le* Felix Phillips, mais peut-être ne mérite-t-il plus ce *le*.

Estelle sourit.

« J'ai les lèvres scellées, dit-elle. Depuis le début. J'ai veillé sur notre secret et j'ai même ajouté un peu de camouflage pour toi. Pour eux – nos distingués visiteurs –, tu n'es qu'un vieux prof fini, un raté du nom de Duc. J'ai propagé cette histoire et ils y ont cru : qui sinon un vieux prof fini, un raté, ferait du théâtre dans un endroit sans perspective comme Fletcher ? Ça te dit de m'accompagner pour un autre martini ?

— Absolument ! Commandons-nous une friture de calmars, lui propose Felix. Fêtons ça ! »

Ils en sont à combien de martinis ? Felix se sent extraordinairement en forme : la présence de Fiston parachèvera le scénario de manière très satisfaisante, du moins c'est son fervent espoir.

« Tu es la meilleure », dit-il à Estelle.

Allez savoir comment ça s'est fait, ils se tiennent les mains. Est-il soûl ?

« La meilleure dame Fortune que j'aie jamais pu avoir.

— Je ne te lâche pas. C'est avec toi que je me suis engagée, si je puis dire. Qu'est-ce que c'était bien, le *Blanches Colombes et Vilains Messieurs* qu'ils ont donné à Makeshiweg, il y a quoi, quinze ans, tu te souviens ?

— Avant mon époque, répond Felix en fredonnant, mais j'avais joué dedans, quand j'étais jeune.

— Tu es toujours jeune, dit-elle dans un souffle. Jeune de cœur.

— Mais tu es plus jeune. Plus jeune que le printemps. » Il chantonne presque.

Oui, il est soûl.

« Dame Fortune peut être une chouette dame. »

Ils choquent leurs verres.

« Une très chouette dame, ajoute-t-elle, si tu veilles à rester dans mes petits papiers. »

Elle prend une gorgée de son martini. Plus qu'une gorgée.

« Je ne sais pas ce que tu bricoles, mais tu as un air très canaille. S'il s'agit de sauver la troupe, je te soutiens à cent pour cent. »

32. Le discours de Felix aux gobelins

Mercredi 13 mars 2013

Le jour est venu. Il est au bord du précipice. Très bientôt, ce sera l'heure du coup de tonnerre. Mais d'abord la harangue d'avant la bataille.

Dans le vestiaire, il ajuste sa tenue magique en peluches. Elle ne correspond plus trop à ce qu'il avait imaginé dans le temps, mais une pulvérisation de peinture dorée lui a redonné vie. Il prend sa canne à tête de renard dans la main gauche, puis la fait passer dans la main droite. Il s'observe dans le miroir : pas trop mal. Peut-être l'adjectif « autoritaire » viendrait-il à l'esprit d'un spectateur bien disposé. Il lisse sa barbe, s'ébouriffe les cheveux, ajuste l'ensemble de sa tenue, vérifie ses dents : elles sont fermement scellées. « Combien ces six saucissons-ci », lance-t-il à son reflet.

Puis il s'engage dans le couloir en jetant un coup d'œil dans le foyer pour s'assurer que les raisins sont en place. Avant de quitter sa bicoque pour aller à Fletcher, il a passé les premières heures du matin à injecter soigneusement chaque grain avec l'aiguille hypodermique. Le raisin a franchi la Sécurité sans que personne sourcille : après tout, ils ne contiennent pas de métal. Il en a été de même pour les pilules de poudre magique, stockées dans un flacon en plastique sur lequel est inscrit « analgésiques ». Il glisse la main dans la poche fatidique, juste pour vérifier. Tout est en ordre.

Dans la salle principale, la troupe est au complet. Anne-Marie est habillée en Miranda : simple robe blanche qui dénude l'épaule, pieds nus, marguerites et roses en papier dans les cheveux. Popol, Surin, TimIIz, Guibolss et Coyote-Rouge sont habillés en marins, cagoule noire roulée à la façon d'un bonnet. Sinon, ils seront en noir, comme tous les autres dans la salle.

8Pinces est assis derrière le paravent qui masque l'écran de l'ordinateur, le tableau de commande, le micro principal et les deux casques – un pour lui, un pour Felix.

Il règne une atmosphère tendue, que Felix connaît bien pour avoir vécu des dizaines de premières. Danseurs attendant en coulisses, le pied en l'air. Plongeurs, sur leurs tremplins, genoux pliés et bras levés. Joueurs de football américain avant le sifflet. Chevaux de course avant le coup de pistolet. Il affiche un sourire encourageant.

« Nous y sommes, leur dit-il. Nous ne serons jamais plus prêts que ça. »

Gentils applaudissements.

« Pour rappel, poursuivit-il, ce sont ces politicards qui veulent démolir notre Troupe du pénitencier Fletcher. »

Huées discrètes.

« Honteux, marmonne Bic Tordu.

— Oui. Ils pensent que c'est une perte de temps. Ils pensent que vous êtes une perte de temps. Ils se fichent de votre éducation, ils veulent que vous demeuriez ignorants. Ils ne s'intéressent pas à la vie de l'imagination et ne parviennent pas à saisir le pouvoir rédempteur de l'art. Pire que tout : ils pensent que Shakespeare est une perte de temps. Ils pensent qu'il n'a rien à transmettre.

— Doublement honteux », dit Phil le Toubib.

Les consignes secrètes que Felix a répétées avec eux durant la semaine écoulée ont rendu Phil nerveux. Il a formulé des objections à ce sujet – n'est-ce pas illégal, ce qu'ils manigancent ? –, mais la majorité de la classe est pour, donc maintenant il suit. Néanmoins, Felix ne l'a pas compté au nombre des principaux gobelins : il risquerait de flancher et de rompre le sortilège.

« Mais ensemble, nous pouvons les empêcher de supprimer notre programme, continue Felix. Nous pouvons redresser la situation ! Ce que nous nous apprêtons à faire aujourd'hui, c'est leur donner d'excellentes raisons de revenir sur leur décision. Nous allons leur montrer que le théâtre est un puissant outil d'apprentissage. D'accord ? »

Murmures d'assentiment, hochements de tête.

« Ça roule, mec ! s'exclame Guibolss. Que les cafards pleuvent sur eux ! Et les couvrent de pustules ! »

Popol braille : « Quand ce sera fini, vérole, ils y réfléchiront à deux fois.

— On s'en occupe, ajoute Coyote-Rouge. Ces cafards ont pas idée de ce qui va leur tomber dessus.

— Merci, répond Felix. Bon, préparez-vous à commencer. D'abord, les marins les conduisent ici, ils entrent et s'asseyent, vous leur servez les rafraîchissements. Tasses bleues, tasses vertes. N'allez pas mélanger les couleurs ! Le vert pour le vieux O'Nally, ainsi que pour Lonnie Gordon. Le bleu pour Tony Price et Sebert Stanley. Pop-corn pour tout le monde. N'oubliez pas !

— C'est dans le calice du palais qu'il y a la potion avec le poison », dit Bic Tordu.

Personne ne pige.

« Les tasses transparentes, c'est pour nous, et pour Freddie. Vous avez vos gants noirs ? Parfait. Vos boules Quiès ? Rangez-les bien, qu'on ne les voie pas. Dès que l'écran deviendra noir, mettez vos boules Quiès, abaissez vos cagoules et enfilez vos gants. Comme ça, vous serez virtuellement invisibles. Surveillez les marques au sol, vous les verrez quand 8Pinces enverra la lumière noire. TimIIz, on compte sur toi pour leur retirer leur alarme.

— N'aie pas peur, l'île est pleine de doigts, déclame TimIIz.

— Tout se passera exactement comme nous l'avons répété, reprend Felix. Je serai avec 8Pinces, derrière le paravent. Tendez l'oreille pour ne pas rater les signaux qu'on vous donnera. Nous vous entendrons, donc, et si vous rencontrez des problèmes, nous vous épaulerons. En cas de difficulté, le mot de passe est "monstre sacrément ignoble". C'est noté ? »

Hochement de tête général.

« J'espère que personne ne sera blessé », lâche Bic Tordu.

Depuis un moment, il fait tout un foin à ce sujet : son mode opératoire à lui, ce n'est pas à l'arrachée.

« Pas un seul de leurs cheveux ne sera perdu, affirme Felix. À moins qu'ils n'essaient de se battre. Ce qu'ils ne feront pas. Maintenant, Popol, Guibolss et Coyote-Rouge sont prêts à les maîtriser, si nécessaire. Ils leur feront une prise de videur, mais ne leur colleront pas de beigne. Pas d'usage excessif de la force, même si la tentation est forte. Promis ?

— C'est tout bon, brame Popol.

— Il y a des moyens, affirme Coyote-Rouge.

— Maintenant, les lieux, continue Felix. Dans une demi-heure, le vestiaire ne sera plus le vestiaire : ce sera la grotte de Prospéro. La cellule témoin des années cinquante sera le site des épreuves de Ferdinand avec son rocher et ses bûches, on y mettra donc le jeune O'Nally. C'est celle avec les vieilles toilettes. Anne-Marie sera sa baby-sitter : elle est bien préparée.

— Tu es sûr que c'est éthique ? demande Anne-Marie. Je sais que tu as des comptes à régler, je le comprends, mais le fils O'Nally ne t'a jamais rien fait.

— On en a déjà discuté. On ne lui fera pas de mal. N'oublie pas que c'est en partie son père qui a bousillé ta carrière il y a douze ans. Les palmiers sont déjà en place, exact ?

— Exact, dit WonderBoy. Plus la sirène. »

Il a l'air maussade : Anne-Marie enfermée dans une cellule avec un autre homme, il n'apprécie pas trop.

« L'autre cellule témoin, celle des années quatre-vingt-dix, servira à la sicste d'Alonso et de Gonzalo – désolé pour O'Nally et Lonnie Gordon, dit Felix. C'est celle aux cactus. Il est important de bien installer les bonnes personnes aux bons endroits. Lorsqu'ils seront tous dans la salle de projection, la grande salle, et juste avant qu'on presse le bouton "marche", Surin sera dehors, dans le couloir, pour coller les panneaux sur les portes : palmier, cactus.

— Pigé ! s'écrie Popol.

— Excellent. Le minutage est fondamental. Gobelins, on compte sur vous : rien dans cette pièce ne peut marcher sans les gobelins.

— Vous allez vous en tirer ? s'enquiert TimIIz. Et la Sécurité ?

— Aucun problème, ils ne se douteront de rien. Le point décisif, c'est qu'on a eu l'autorisation d'accueillir les dignitaires dans notre aile, sans escorte. Un de mes amis qui a beaucoup d'influence a réussi à nous obtenir ça. On a la vidéo calée de sorte que, pendant que nous ferons notre théâtre interactif ici avec les politicards, toutes les autres personnes sur place seront en train de regarder notre spectacle comme elles le font d'habitude. Si elles entendent des braillements – ce qui ne sera pas le cas –, elles penseront que c'est un élément de la représentation.

— Putain, mec, c'est génial ! » Personne ne reproche son juron à Guibolss.

« Je n'aurais pas pu faire ça sans Ariel, ajoute Felix. Sans 8Pinces. Il a été... Il a été formidable. Comme vous tous. »

Il consulte sa montre.

« Maintenant, c'est parti. Le rideau se lève. *Merde* à tous.

— *Merde, merde, merde*, se disent-ils les uns aux autres. *Merde*, frangin. *Merde*, mec. »

Checks.

« *La Tempête*, acte I, scène I, annonce Felix. Depuis le début. »

33. Voici l'heure venue

Le même jour

Le groupe de visiteurs pose devant l'entrée principale, avec le nom Fletcher bien visible. Les deux candidats potentiels à la direction du parti, torse bombé, dents découvertes, rivalisent pour être le plus en vue sur la photo. Les autres se pressent autour d'eux.

L'honorable Sal O'Nally, ministre de la Justice ; l'honorable Anthony Price, ministre du Patrimoine ; l'honorable Sebert Stanley, ministre des Anciens Combattants ; et M. Lonnie Gordon de Gordon Strategy, président du conseil d'administration du Festival de Makeshiweg. Accompagnés par le fils du ministre O'Nally, Frederick O'Nally.

Sal est tous les ans plus bedonnant ; Tony, extrêmement élégant dans son costume impeccable, a encore un beau paquet de cheveux. Sebert Stanley a toujours eu l'air d'un phoque – petite tête, pour ainsi dire pas d'oreilles, petits yeux, corps taillé en poire – et ça n'a pas changé. Le fils – Freddie O'Nally – est plutôt beau garçon – cheveux noirs, sourire blanc –, mais il est de biais et regarde au loin. On croirait qu'il n'apprécie pas son entourage, alors qu'un des membres de cet aréopage est son père.

Encadrant le groupe au centre, une couvée de larbins et de grouillots, ainsi que quelques huiles de Fletcher, qui doivent sûrement se pisser dessus parce que ce n'est pas souvent qu'ils ont droit à une visite ministérielle. À dire vrai, ils n'en ont jamais eu.

Estelle est à l'arrière-plan, à moitié dans l'ombre : elle n'aime pas être trop en évidence en de telles occasions, a-t-elle dit à Felix, mais elle a promis d'interférer pour l'aider : elle rassurera, distraira au cas où le groupe directorial manifesterait de la nervosité. Elle a synchronisé sa montre pour veiller à ce que les deux vidéos passent bien en même temps.

« Considère-moi comme un lubrifiant, lui a-t-elle dit. Je me débrouillerai pour que les choses se déroulent en douceur, je te le garantis.

— Comment te remercier ? lui a lancé Felix.

— On en parlera. »

Elle a souri.

Les portes principales s'ouvrent. Le groupe entre. Les portes principales se referment.

Dans la salle de visionnage, Felix s'installe derrière le paravent.

« Connecte-nous au micro de Popol », demande-t-il.

Il met son casque.

Des murmures s'élèvent. Les membres du groupe ministériel passent la Sécurité, un à un, comme n'importe qui, pas d'exception, ainsi que l'expliquent poliment Dylan et Madison. Très juste, dit Sally O'Nally, content de constater que vous faites votre boulot, les gars, haha.

Tout est jovialité. Comme Felix l'a appris par Estelle, ils sortent à peine d'une sorte de goûter officiel local ; ils ont dû être bien reçus et il présume qu'ils ont descendu plusieurs verres. Un bref arrêt dans cet enclos pour inadaptés, lie de la société, et ils poursuivront leur route, et le plus tôt sera le mieux, parce qu'il devrait neiger. Il se pourrait même qu'il y ait du blizzard. Déjà, certains subalternes ayant pour mission de s'occuper de ce type de détails consultent sûrement leur montre avec nervosité.

Sal est serein. Ils vont se taper cette mascarade et voir cette représentation, ou va savoir quoi, principalement parce que Freddie a insisté, or il considère Freddie comme la septième merveille du monde, même s'il veut qu'il devienne avocat plutôt qu'un pédé de comédien. Mais il fera plaisir au gamin ; après, une fois rentré à Ottawa, il annoncera la suppression de ce programme superfétatoire, de cette prétendue aide à l'alphabétisation ou autre. Les prisons, c'est fait pour incarcérer et punir, pas pour tenter fallacieusement d'instruire des gens qui, par leur nature même, ne peuvent l'être. C'est quoi, la citation ? L'inné et l'acquis, un truc dans ce goût-là. Est-ce tiré d'une pièce ? Sal note dans sa tête : demande à Tony, il était dans le théâtre, avant.

Mieux, demande à Freddie. Il sera déçu quand Sal lui expliquera que c'est la fac de droit ou plus d'allocation mensuelle, qu'il siffle la fin de la récré. Ça peut paraître sévère, mais Sal ne veut que son bien et, pour le gamin, ce serait du gâchis ; les arts, c'est une impasse et ça le deviendra encore plus sous la direction de Tony, Sal le sait pertinemment.

« Vous ne pouvez pas entrer avec votre portable, dit Dylan à Sal. Monsieur. Désolé. On va vous le garder ici, il ne risque rien.

— Oh, tout de même, proteste Sal, je suis le ministre de... »

Mais il surprend le regard de Freddie posé sur lui. Le gamin n'aime pas que Sal fasse valoir son rang ; mais à quoi bon être d'un rang supérieur si on ne peut pas le faire valoir ? Il se déleste néanmoins de son téléphone.

Tony a d'autres choses en tête. Le voici en compagnie de deux candidats potentiels à la direction du gouvernement fédéral, Sal et Sebert, et tous les deux comptent sur son soutien. Sal pense que Tony a une dette envers lui, en raison de l'aide qu'il lui a apportée dans sa carrière. Supplanter Felix Phillips n'était que la première étape : depuis, Tony n'a cessé de grimper comme un ballon à gaz. De la vie du théâtre au théâtre de la vie, pourrait-on dire, et Sal a été son échelle. Mais une fois qu'on est en haut de l'échelle, à quoi sert-elle ? Si on n'a pas l'intention de la redescendre, on la rejette d'un coup de pied. Il serait sûrement préférable que Tony soutienne un candidat auquel il ne doit rien ; qui au contraire a lui-même une dette envers Tony. Comment se débarrasser de Sal et faire pencher la balance en faveur de Sebert ? Que peut-il y gagner à long terme ?

Après avoir sacrifié son téléphone, Sal retourne ses poches, cède son couteau de poche Leatherman, sa lime à ongles aussi.

« Je suis comme un bébé qui vient de naître », dit-il aux deux agents de sécurité.

Moult échanges de grands sourires. On accroche une alarme à sa ceinture : ce n'est pas qu'il aura à s'en servir, déclare Dylan, mais pas d'exception, tout le monde doit en avoir une. Monsieur.

Tony passe les rayons X, les mains en l'air, en clown affable. Sebert, lui, reste impassible et aplatit ses cheveux sur sa petite tête une fois qu'il a franchi le scanner. Lonnie avance tristement, comme navré qu'il existe un contrôle de sécurité dans un établissement pénitentiaire. Embarrassé, Freddie ouvre de grands yeux : il découvre un monde radicalement différent, auquel il n'a jamais beaucoup réfléchi.

À présent, ils sont tous passés et, comme s'ils répondaient à un signal, un groupe d'hommes surgissent, vêtus en… quoi ? En pirates ?

« Bienvenue à tous, messieurs, dit celui qui se trouve en tête. Bienvenue sur le bon navire *Tempête*, à bord duquel vous venez d'embarquer. Je suis le maître d'équipage et voici mes matelots. Nous allons vous faire traverser la mer pour vous mener à une île déserte. Ne vous inquiétez pas si vous surprenez des bruits étranges, ils font partie de la pièce, une pièce de théâtre interactif, de nature expérimentale ; nous vous alertons d'avance là-dessus. »

Il leur décoche un sourire mielleux d'une insolence désagréable.

« Par ici.

— Ouvrez la marche », lui ordonne Sal.

Autant prendre les choses du bon côté. Il a bien conscience que ces hommes sont des détenus, mais le directeur et plusieurs surveillants sont juste là à l'arrière-plan, souriants, et le directeur déclare :

« À tout à l'heure, après le spectacle ! Profitez-en bien. Nous allons le regarder, nous aussi, à l'étage. »

« Amusez-vous bien », ajoute Estelle Machin-Chose ; son grand-père était sénateur, il l'a vue à des tas de réceptions, elle fait partie de certaines commissions ou autres. Là, elle leur sourit et agite la main, comme si elle était sur un quai et leur disait au revoir. Tout va bien, donc, et il s'engage dans le couloir à gauche à la suite du maître d'équipage.

Tony et Sebert sont juste derrière lui, et Lonnie et Freddie encore derrière eux. Et derrière Lonnie et Freddie, il y a trois marins qui jettent – qu'est-ce que c'est que ça ? – des poignées de confettis bleus et scintillants.

« Ce sont des gouttes d'eau, explique le maître d'équipage. Il y a un orage, d'accord ?

— Oh, d'accord », marmonne Sal.

C'est quoi, ces bêtises à l'intérieur d'une prison ? Ces hommes s'amusent beaucoup trop.

Derrière leur groupe, une porte coulisse et se ferme avec un bruit sourd. *C'est tout à fait normal*, se dit Sal. Bien sûr. C'est la sécurité. Il se sent plus rassuré.

Dans le lointain, on entend le grondement du tonnerre.

« C'est ici, annonce le maître d'équipage. Messieurs. »

Il leur fait franchir la porte de la salle de visionnage.

« Bien joué, Popol », murmure Felix dans le micro.

Il consulte à nouveau sa montre.

Il y a un grand écran plat à l'autre bout de la salle. D'autres marins vêtus de noir escortent les visiteurs jusqu'à leur place, leur indiquent avec force gestes et courbettes l'endroit où ils doivent s'asseoir. Quatre marins leur remettent des boissons sans alcool dans des tasses en plastique vertes et bleues, et, détail accueillant, de petits sachets de pop-corn. Les trois ministres et Lonnie sont installés au premier rang ; derrière eux, une rangée de marins.

En regardant l'écran, Felix constate que TimIIz est assis au milieu de la deuxième rangée, un sourire distrait sur son visage lunaire. Ses doigts agiles sont cachés dans ses manches, prêts à escamoter les alarmes dès que les lumières se seront éteintes.

Où est le reste de la délégation ? se demande Sal. Oh, bien sûr. À l'étage avec le directeur et ainsi de suite. Cette jolie femme, Estelle : un peu tape-à-l'œil mais elle a des relations, c'est clair. Il devrait l'inviter à déjeuner un de ces jours. Il se carre dans sa chaise de bureau. Il ressent les effets de l'alcool absorbé au cours de ce fichu goûter.

« Bon, ils démarrent maintenant ? » dit-il à Tony.

Il regarde l'heure.

« Ils ne m'ont pas confisqué ma montre, c'est toujours ça », ajoute-t-il avec un grand sourire.

Il plonge la main dans son sachet de pop-corn : il y a beaucoup de sel, ce qui lui plaît. Il reprend une bonne rasade de ginger ale dans sa tasse en plastique vert. Il a soif. Bonne idée, ce ginger ale. Dommage qu'il n'y ait pas d'alcool dedans.

Freddie est assis à côté d'Anne-Marie au troisième rang.

« Bonjour, lui dit-il. Je m'appelle Fred O'Nally. Je suppose que vous êtes Miranda ? La Miranda de la pièce ?

— Oui. Anne-Marie Greenland.

— C'est vrai ? s'écrie Freddie. Êtes-vous la fameuse Anne-Marie... Non... Vous ne dansiez pas avec Kidd Pivot ?

— C'est ça.

— C'est génial ! J'ai dû regarder votre vidéo, je ne sais pas, une centaine de fois ! En tant que metteur en scène, je veux intégrer, vous voyez, plus de mouvements et un peu de métissage…

— Vous êtes metteur en scène ? Cool !

— Euh, pas exactement. Je veux dire, je n'ai pas encore monté ma propre production. Je suis plutôt plus un apprenti. Mais ça ne va pas tarder.

— À "ça ne va pas tarder". » Anne-Marie lève sa tasse en plastique transparent.

Freddie lève la sienne. Il se perd dans les grands yeux bleus d'Anne-Marie.

« Cette robe est fabuleuse, ajoute-t-il. Elle a le parfait… »

Il contemple à présent son épaule dénudée.

« Merci. » Elle remonte un peu sa manche, mais pas assez pour cacher son épaule. « Je l'ai faite moi-même. »

Trois coups vifs s'élèvent derrière le paravent pliant au bout de la salle : Felix, avec sa canne à tête de renard, contre le sol. L'index de 8Pinces plane juste au-dessus de la touche « lecture ». À la lumière de l'ordinateur, il a un fin visage de lutin.

Felix jette un coup d'œil angoissé sur l'obscurité alentour : où est sa Miranda ? Là, cette lueur derrière l'épaule gauche de 8Pinces.

Voici l'heure venue, lui murmure-t-elle.

34. Tempête

Les lumières s'éteignent. Dans la salle, le public fait silence.

GRAND ÉCRAN PLAT : *Caractères jaunes irréguliers sur fond noir :*

LA TEMPÊTE
De William Shakespeare
Interprétée par
La Troupe du pénitencier Fletcher

À L'ÉCRAN : *Le présentateur, vêtu d'une cape courte en velours pourpre, brandit un panneau manuscrit devant la caméra. De l'autre main, il tient une plume.*

SUR LE PANNEAU : UNE TEMPÊTE SOUDAINE

LE PRÉSENTATEUR : Ce que vous allez voir, c'est une tempête en pleine mer :
Les vents rugissent, les marins hurlent,
Les passagers les abreuvent d'injures parce que les choses vont de mal en pis :

Vous allez entendre des cris, comme dans un vilain-ain-ain cauchemar,
Mais certaines choses ici ne sont pas ce qu'on en voit,
Moi, je dis ça...
Larges sourires.
Et maintenant, commençons.
Il fait un grand geste avec sa plume. Cut sur tonnerre et éclairs au cœur d'un entonnoir nuageux, capture d'écran de la chaîne météo. Images d'archives de vagues. Images d'archives de pluie. Rugissement du vent.
La caméra zoome sur un jouet de bain, un voilier qui ballotte sur un rideau de douche en plastique bleu décoré de poissons. Dessous, des mains miment la houle.
Gros plan du maître d'équipage coiffé d'un bonnet à pompon en tricot noir. Des trombes d'eau hors champ lui tombent dessus. Il est trempé.

LE MAÎTRE D'ÉQUIPAGE : Manœuvrez rondement ou nous courrons à terre !
Remuez-vous, remuez-vous !
Vite ! Vite ! Attention ! Attention !
Allons-y,
On a intérêt à s'y coller,
Ferlez les voiles,
Luttez contre les bourrasques,
À moins que vous n'ayez envie de nager avec la rascasse !

VOIX OFF : On va tous boire le bouillon !
LE MAÎTRE D'ÉQUIPAGE : Poussez-vous de mon chemin !
C'est pas l'heure de s'amuser !
Il reçoit un plein seau d'eau dans la figure.

VOIX OFF : Écoute-moi ! Écoute-moi !
Ne sais-tu point que nous sommes de sang royal ?
LE MAÎTRE D'ÉQUIPAGE : Vite ! Vite ! Les vagues s'en moquent !
Le vent rugit, la pluie tombe à verse,
Et vous restez là plantés à regarder.
VOIX OFF : T'es soûl !
LE MAÎTRE D'ÉQUIPAGE : Et vous, vous êtes un idiot !
VOIX OFF : On est fichus !
VOIX OFF : On coule !

Gros plan d'Ariel affublé d'un bonnet de bain bleu et de lunettes de ski irisées, la moitié inférieure du visage couverte d'un maquillage bleu. Il porte un imperméable en plastique translucide orné de coccinelles, d'abeilles et de papillons. On remarque une ombre curieuse derrière son épaule gauche. Il rit silencieusement, tend vers le ciel sa main droite enveloppée dans un gant de caoutchouc bleu. Éclair, tonnerre.

VOIX OFF : Prions !
LE MAÎTRE D'ÉQUIPAGE : Qu'est-ce que vous dites ?
VOIX OFF : On coule ! On va se noyer ! On ne verra plus le roi ! Sautons par-dessus bord, gagnons le rivage à la nage !

Ariel rejette la tête en arrière et rit à gorge déployée. Dans chacune de ses mains gantées de caoutchouc bleu, il tient une puissante lampe torche en mode stroboscope.
L'écran devient noir.

UNE VOIX DANS LE PUBLIC : Qu'est-ce qu'il y a ?
AUTRE VOIX : Il n'y a plus de courant.
AUTRE VOIX : Ce doit être le blizzard. Une ligne a dû lâcher.
Obscurité totale. Bruit confus à l'extérieur de la salle. Hurlements. Coups de feu.
UNE VOIX DANS LE PUBLIC : Qu'est-ce qui se passe ?
DES VOIX À L'EXTÉRIEUR : Bouclez les portes ! Bouclez les portes !
UNE VOIX DANS LE PUBLIC : Qui est le responsable ici ?

Trois autres coups de feu.

UNE VOIX DANS LA SALLE : Ne bougez pas ! Silence ! Baissez la tête ! Restez où vous êtes.

35. Riche et étrange

Une main de laine noire se plaque sur les yeux de Freddie, puis on lui enfile une cagoule sur la tête et on le soulève de son siège.

« C'est quoi, ce bordel ? beugle-t-il. Lâchez-moi !

— Vous allez passer par-dessus bord, dit une voix. L'enfer est désert et tous les démons sont ici !

— C'est une mutinerie. » La voix de Tony. « Restez calmes. Ne les provoquez pas. Pressez sur le bouton de votre alarme. Attendez...

— Quelle alarme ? » La voix de Sebert. « Je ne l'ai plus !

— Attendez ! Attendez ! crie Freddie. Lâchez-moi ! Pourquoi me pincez-vous ? Aïe ! »

Sa voix s'éloigne vers le fond de la salle.

« Freddie ! » La voix de Sal, il hurle. « Qu'est-ce que vous faites ? C'est mon fils ! Je vous tuerai ! Ramenez-le !

— Ta gueule. »

Une voix dans l'obscurité.

« La peste soit de ces hurlements ! On met la tête sur le bureau, les mains sur la nuque ! Tout de suite ! »

Une porte s'ouvre, se referme.

« Ils le prennent en otage ! brame Sal. Freddie ! »

Un coup de feu.

« Ils l'ont tué ! gémit Sal.

— Vous, venez avec nous. Debout. Tout de suite. Vous aussi. »

Bruits étouffés.

« Je n'y vois rien ! s'écrie Sal, paniqué.

— Vous nous paierez ça ! »

Tony, calme et froid.

Bruits de vagues et de vents rugissants qui atteignent un paroxysme et noient les voix. Énorme coup de tonnerre. Cris confus :

« Nous coulons ! Miséricorde ! Nous coulons, nous coulons, nous coulons ! »

Les bras maintenus dans le dos, Freddie titube dans le noir ; deux personnes l'encadrent et l'obligent à avancer.

« Vous commettez une erreur, dit-il. Est-ce qu'on peut en parler ? Mon père est le ministre de... »

Une main se plaque sur la cagoule et le bâillonne.

« Oui, on sait qui est ton père. Le ministre de la Justice. Que la vérole l'attrape ! Puisse la peste rouge nous débarrasser de lui ! Il est fini maintenant.

— Fini, liquidé.

— C'est ça. Cuit, terminé. »

Freddie essaie de parler, mais un bâillon l'en empêche.

Bruit de porte qui s'ouvre. Freddie est poussé à l'intérieur. Une main sur chacune de ses épaules le force à s'asseoir.

Bruit de porte qui se ferme. Peut-il ôter cette cagoule ? Il le peut : il a les mains libres. Hop, viré, le couvre-chef.

Il est dans une cellule éclairée par une unique ampoule, assis sur une couchette équipée d'une couverture en laine grise et rêche. Les murs sont décorés de palmiers, de coquillages et d'un poulpe découpés d'une main d'amateur dans du papier cartonné. Dans un coin, une boîte de briques Lego. Une hideuse peinture de bord de mer représentant une sorte d'horrible sirène. Pose de pin-up, loches énormes, cheveux d'algues vertes. Dessous, il est écrit : NYMPHE DE LA MER.

Qu'est-ce que c'est que ça ? Une mutinerie, ils ont tué son père, ils le retiennent comme monnaie d'échange ? Dans une pièce remplie de palmiers en papier et de Lego ? Hein ?

Plus important, s'est-il pissé dessus ? Pratiquement pas, ce dont il se réjouit. Une chance qu'il y ait des toilettes. Il a à peine fini de vider sa vessie quand un minuscule haut-parleur, là, en haut près du gicleur au plafond, se met à diffuser un air de musique. Deux chanteurs, ou bien trois ?

« Par cinq brasses de fond, ton père repose,
Le corail naît de ses os ;
Où furent ses yeux, des perles ;
Rien de lui ne dépérit
Que le flot marin ne change
En objet riche et étrange.
Mensonges, mensonges, mensonges, mensonges,
Souffre, souffre, souffre, souffre,
Riche, riche, riche, riche,
Étrange, étrange, étrange, étrange... »

Percussions, notes de flûte. *Nom de Dieu*, pense Freddie. La chanson de *La Tempête*. S'agit-il d'une sorte de blague bizarre ? Vont-ils lui passer ce machin en boucle vingt-quatre heures sur vingt-quatre, sept jours sur sept pour le rendre fou ? Il a entendu parler de ce genre de chose, ça vous flingue l'esprit. Essaient-ils de lui saper le moral ? Mais pourquoi ?

La musique s'arrête, la porte s'ouvre et Anne-Marie Greenland se glisse dans la pièce, toujours vêtue de sa séduisante robe de Miranda à l'épaule dénudée. Elle l'attire dans un coin, l'invite d'un geste à se pencher afin qu'elle puisse lui chuchoter quelque chose à l'oreille.

« Désolée pour tout ça, lui souffle-t-elle. Ça va ?

— Oui, mais...

— Chut ! Il y a des micros. Regardez là, à côté de l'ampoule. Faites ce que je vous dis de faire et il ne vous arrivera rien de mal.

— Qu'est-ce que c'est que ça ? C'est une mutinerie ? Où est mon père ? Ils l'ont tué ?

— Je ne sais pas. Il y a quelqu'un ici qui est fou. Fou comme un chien à la pleine lune. Il se prend pour Prospéro. Non, je parle sérieusement. Il est en train de rejouer *La Tempête*, et vous êtes Ferdinand.

— Sans dec'. Putain, c'est...

— Chut ! Ce qu'il faut, c'est que vous colliez au script. Je vous ai apporté votre texte, il est surligné. Tiens, lisez vite les tirades, là, sous la lumière, pour qu'il vous entende. Sinon, il risque de péter les plombs. Il a tendance à piquer des crises de colère.

— Vous êtes dans le coup ? Pourquoi feriez-vous...

— J'essaie simplement de vous aider.

— Alors, c'est qui, ce bonhomme ? Oh, à propos, merci. J'espère que ça ne vous attirera pas d'ennuis.

— Pas plus que d'habitude. Il est cinglé, et pour le moment, c'est ça l'important. Il faut que vous vous pliiez à ses désirs. Commencez ici. »

Freddie lit :

« Mes esprits, comme dans un rêve, sont tous enchaînés,
La perte de mon père, la faiblesse que je ressens,
Le naufrage de tous mes amis, les menaces de cet homme
Auquel je suis soumis, tout me serait léger
Si je pouvais de ma prison une fois par jour
Contempler cette jeune fille. Liberté, use
De tous les autres coins de la Terre : moi, j'ai assez d'espace
Dans une telle prison. »

« Pas mal, dit Anne-Marie. Peut-être avec plus de sentiments. Faites comme si vous étiez en train de tomber amoureux de moi.
— Mais... peut-être que je suis en train de tomber amoureux de vous. Ô merveille que vous êtes !
— Bien ! Continuez.
— Non, sérieusement. Est-ce que vous avez, euh, un copain ? »
Anne-Marie part d'un petit rire nerveux.
« Est-ce votre façon de me demander si je suis vierge ? Ce qu'il fait dans la pièce, on est d'accord ?
— Là, ce n'est pas la pièce. Alors, copain ou pas ?
— Non. »
Regard calme et posé.
« Sincèrement, non.
— Alors, est-ce que ça vous dérangerait si je tombais amoureux de vous ?
— Je ne pense pas.
— Parce que je crois que c'est ce qui m'arrive ! »
Il se saisit de ses deux bras.

« Attention », chuchote-t-elle.

Elle repousse ses mains.

« À présent, il faut qu'on en revienne au texte. »

Elle l'entraîne vers l'ampoule et, les mains jointes, le contemple avec adoration, puis lance d'une voix forte : « Car, dans la nature, je n'ai jamais rien vu d'aussi noble ! »

« Petite sotte ! » Une voix tonitruante dans le haut-parleur. « Auprès de la plupart des hommes, celui-ci est un Caliban ! »

« Qu'est-ce que je vous avais dit ? chuchote Anne-Marie. Il est fou comme un lapin ! À propos, vous jouez aux échecs ? »

36. Un vrai labyrinthe

O'Nally, le ministre de la Justice, Price, le ministre du Patrimoine, Stanley, le ministre des Anciens Combattants, et Lonnie Gordon, de Gordon Strategy, sont poussés sans ménagement, les bras dans le dos, vers ce qui semble être un couloir. Ils ne voient pas où ils vont : c'est le noir complet, à part quelques marques blanches qui luisent sur le sol.

Qui les bouscule ainsi ? Ils ne sauraient le dire : toutes ces silhouettes sont vêtues de noir. Alentour, les vents sifflent, les vagues rugissent et le tonnerre claque, de sorte que ces hommes ne peuvent pas s'entendre parler. Dans le cas contraire, que diraient-ils ? Se répandraient-ils en jurons, en suppliques, en lamentations sur leur sort ? *Tout à la fois*, songe Felix, qui suit le vacarme dans ses écouteurs.

La procession négocie un tournant, puis un autre, et un troisième. Reviennent-ils par le chemin qu'ils ont emprunté au départ ?

Les bruits d'orage forcissent. Puis, soudain, silence.

On entend une porte s'ouvrir ; on la leur fait franchir d'une bourrade. Là-dedans aussi, c'est le noir complet. Puis la lumière s'allume au-dessus de leurs têtes : ils sont dans une cellule à quatre couchettes, deux en haut, deux en bas. Des cactus découpés dans du papier kraft ornent les murs.

Ils se regardent. Ils sont blêmes, ébranlés.

« Au moins, on est vivants, déclare Lonnie. On devrait s'estimer heureux !

— Bien sûr ! » dit Tony en roulant des yeux.

Sebert Stanley essaie la porte : elle est fermée. Il lisse ses cheveux sur sa petite tête et jette un coup d'œil par la fenêtre à barreaux qui donne sur le couloir.

« Il fait noir de l'autre côté.

— Je les ai entendus tirer. Ils ont abattu Freddie », gémit Sal.

Au désespoir, il s'assied sur une des couchettes inférieures.

« Je l'ai entendu. J'ai entendu le coup de feu. Ma vie est finie ! »

Il noue les bras autour de son corps et oscille de gauche à droite.

« Oh, je suis sûr qu'ils ne l'ont pas abattu, proteste Lonnie. Pourquoi auraient-ils fait ça ?

— Parce que ce sont des brutes ! »

Sal hurle presque.

« Ils devraient tous être en cage ! Ils devraient tous être morts, bordel !

— Au lieu de profiter de programmes d'alphabétisation, dit Tony de sa voix calme. Par exemple.

— Ils ont peut-être abattu quelqu'un d'autre, suggère Lonnie. Ou bien ils ont tiré juste comme ça. Je pense qu'on devrait envisager les choses de manière positive. Tant qu'on n'est pas sûrs.

— Quoi ? s'écrie Sal. Il n'y a rien de positif ! J'ai perdu Frederick ! J'ai perdu mon garçon ! »

Il enfouit la tête dans ses mains. S'élèvent des bruits étouffés qui ressemblent bien à des sanglots.

« Et maintenant, qu'est-ce qu'on fait ? demande Sebert à voix basse à Tony.

— On attend. On n'a pas trop le choix.

— Il ferait mieux de se ressaisir. C'est gênant, chuchote Sebert. Espérons que les autorités se manifestent vite. »

Il s'appuie contre le mur, examine ses doigts.

« Quelles qu'elles soient », poursuit Tony.

Il arpente la cellule, dix pas dans un sens, dix pas dans l'autre.

« S'ils ont vraiment abattu son gamin, des têtes vont tomber.

— Courage, monsieur le ministre, lance Lonnie. Ça pourrait être pire ! Nous ne sommes pas blessés, nous sommes dans une pièce agréable et chauffée, nous...

— Il va continuer sur ce ton pendant des heures, dit Tony à Sebert *sotto voce*. Il va nous raser à mort, comme d'habitude.

— Si je devais repenser le système carcéral, poursuit Lonnie, j'essaierais de donner davantage de liberté aux prisonniers, pas moins. Ils pourraient voter pour différentes choses, prendre des décisions. Choisir leurs menus par exemple ; ce pourrait être une compétence utile à développer.

— Tu rêves ! s'écrie Tony. Ils colleraient du poison dans la soupe, à la première occasion.

— Je vous en prie, proteste Sal. En un moment pareil ! Assez de bavardages !

— Je tentais juste de vous aider à penser à autre chose, grommelle Lonnie, chagriné.

— Je suis fatigué », dit Sal.

Il a la voix pâteuse, vasouillarde. Il s'allonge sur la couchette.

« C'est drôle, balbutie Lonnie. Moi aussi, j'ai sommeil. On ferait aussi bien de se reposer un peu pendant qu'on a le temps. »

Il s'allonge sur l'autre couchette du bas. À présent, tous deux dorment à poings fermés.

« C'est bizarre, ça, remarque Sebert. Moi, je ne suis pas du tout fatigué.

— Moi non plus », dit Tony.

Il vérifie l'état des deux dormeurs.

« Des bûches. Puisque c'est ainsi (il baisse la voix), comment voyez-vous vos perspectives de leadership ? À ce jour ?

— Sal est en tête des sondages, répond Sebert. Je ne vois pas comment je pourrais rétablir l'équilibre.

— Vous savez que je vous soutiens.

— Oui. Merci. J'apprécie.

— Et si Sal n'était pas en lice, ce serait vous, on est d'accord ?

— On est d'accord. Où voulez-vous en venir ?

— Moi, quand quelqu'un se met en travers de ma route, poursuit Tony, je l'écarte, voilà tout. C'est comme ça que j'ai réussi à grimper. J'ai fait virer Felix Phillips à l'époque où j'étais au Festival de Makeshiweg. Ça m'a permis de poser solidement le pied sur le premier barreau de l'échelle.

— D'accord, je comprends. Mais je ne peux pas écarter Sal comme ça. Il n'y a rien sur lui, pas de scandales secrets, pas de moyens de pression. Croyez-moi, j'ai cherché des tas de pistes, regardé partout. En tout cas, rien qu'on puisse prouver. Et maintenant, si son fils a été tué dans cette mutinerie, imaginez un peu le nombre de votes que lui rapportera la sympathie du public !

— Ça, c'est un mot-clé, déclare Tony. Mutinerie.

— Que voulez-vous dire ?

— Que se passe-t-il au cours d'une mutinerie ? Des gens meurent, sans qu'on sache comment !

— Je ne saisis pas... Êtes-vous en train de dire... »

Sebert joue avec son minuscule lobe d'oreille, qu'il tord d'un côté, puis de l'autre.

« Laissez-moi m'expliquer, continue Tony. Il y a deux cents ans, on se serait servis du chaos pour se débarrasser de Sal et rejeter la faute sur les émeutiers. Oh, et il aurait aussi fallu qu'on se débarrasse de Lonnie : pas de témoins. Mais aujourd'hui, la diffamation double l'impact.

— C'est-à-dire ?

— Qu'attend-on d'un leader ? demande Tony. Du leadership. On peut raconter – à contrecœur, bien entendu – que Sal a totalement paniqué pendant la crise. Avant de mourir. Et ils l'ont noyé dans les toilettes. Un ministre de la Justice extrêmement répressif à leur merci. C'est le genre de choses dont ils sont capables.

— Mais ce n'est pas le cas. Il n'a pas paniqué. Pas totalement. Et ils ne l'ont pas noyé dans les toilettes.

— En supposant que nous soyons les seuls survivants. Qui le saurait ?

— Vous n'êtes pas honnêtement en train de suggérer une chose pareille ? dit Sebert, inquiet.

— Voyons ça comme une théorie, rétorque Tony en fixant Sebert droit dans les yeux. Une expérience de pensée.

— Bon, je comprends, une expérience de pensée. Dans ce cadre, *quid* de Lonnie ? »

Il hésite.

« On ne peut pas juste...

— Dans l'expérience de pensée, Lonnie ferait une crise cardiaque. Il y a longtemps qu'il aurait dû en faire une. On pourrait par exemple utiliser cet oreiller à titre d'expérience de pensée. En cas de doute sur ce décès, nous dirions que les émeutiers l'ont étouffé. C'est malheureux, mais que peut-on attendre d'autre, vu leurs personnalités ? Ils sont impulsifs, n'ont aucun moyen de maîtriser leur colère. Leur nature les pousse à commettre des actes pareils.

— Voilà une sacrée expérience de pensée », dit Sebert.

« Est-ce qu'on a enregistré tout ça ? demande Felix, derrière le paravent de la grande salle. C'est bien mieux que ce que j'aurais pu espérer ! »

Tony est fidèle à lui-même. Il doit y avoir un moment qu'il réfléchit à une telle trahison, et voici que le hasard lui en donne l'occasion. Malheureusement, ça pourrait être fatal.

« Parfaitement clair, répond 8Pinces. Sur la vidéo comme sur l'audio.

— Excellent, dit Felix. Il est temps de passer à autre chose avant qu'ils ne zigouillent le vieux Lonnie avec l'oreiller. Presse le bouton pour lancer le réveil. Qu'est-ce que tu as choisi ? »

Tout comme Próspero semble l'avoir fait avec Ariel, il a laissé à 8Pinces le choix de la musique de l'île magique, même s'il lui a fourni la sélection de fichiers MP3 requise.

« Metallica. *Ride the Lightning*. C'est très bruyant.

— Mon ingénieux esprit ! » s'exclame Felix.

« Nom de Dieu ! grommelle Sal qui se redresse en sursaut, tout à fait réveillé. Qu'est-ce que ce boucan infernal ?

— Que se passe-t-il ? dit Lonnie en se frottant les yeux.

— J'entends un rugissement, répond Tony. Les émeutiers... Ils doivent se livrer à de nouveaux actes de violence ! Tenez-vous prêts ! Attrapez un oreiller et placez-le devant vous au cas où ils tireraient !

— Ma tête. Je me sens bizarre, bredouille Sal. On dirait une gueule de bois. Je n'ai rien entendu.

— Moi, j'ai juste entendu une sorte de bourdonnement », dit Lonnie.

37. Mes sortilèges tiennent bon

La porte s'ouvre. Les lumières du couloir s'allument.
« Et maintenant ? demande Tony.
— C'est un piège », murmure Sal.
Lonnie s'approche prudemment du seuil de la cellule, jette un coup d'œil dehors : « Personne. »

« Et à présent envoie la musique solennelle, dit Felix à 8Pinces. À partir du foyer. La coupe de fruits y est toujours, avec les raisins ?
— Elle devrait. Je m'en assure, répond 8Pinces en scrutant l'écran. Ouais, je la vois.
— Bien joué, les gobelins ! J'espère que la trappe dessous fonctionne bien.
— On l'a vérifiée deux fois. Alors, pour ça, j'ai choisi une mélodie de Leonard Cohen, poursuit 8Pinces. *Bird on a Wire*. Jouée deux fois moins vite. Je l'ai enregistrée moi-même au clavier.
— Bon choix, dit Felix.
— J'ai utilisé le violoncelle avec une sorte de fond sonore au thérémine. Style woo woo.
— Woo woo, c'est bon. J'attends ça avec impatience. Appuie sur le bouton. »

« Ça vient du couloir, déclare Sebert.

— Ce n'est pas *Bird on a Wire ?* s'enquiert Tony.

— Ils nous font marcher, dit Sal.

— "À ma façon, j'ai essayé d'être libre", déclame Lonnie. Peut-être est-ce un message de quelqu'un qui cherche à nous aider. On ferait aussi bien d'aller voir. Sinon on va juste rester assis ici.

— Et pourquoi pas ? dit Sebert en se mordillant l'index.

— Laissons-les passer en premier, lui chuchote Tony. Au cas où il y aurait des coups de feu. »

« Ils ont franchi la porte, annonce 8Pinces. Tous les quatre. À cet endroit-là, la vidéo n'est pas trop bonne, mais, regardez, les voilà. Ils descendent le couloir et vont vers le foyer.

— Je culpabilise d'infliger ça à Lonnie, dit Felix. Mais on ne peut rien y faire. De toute façon, il a de mauvaises fréquentations depuis pas mal de temps. On lui a mis le petit haut-parleur ?

— Oui, répond 8Pinces. Sur son col, il fonctionne. Quand vous aurez besoin de l'allumer, faites défiler avec ça et appuyez sur "retour". »

Ils observent sur l'écran les quatre hommes qui se rapprochent de la porte du foyer. Scotché au mur de part et d'autre du chambranle, un T-rex extraterrestre en carton les invite à entrer.

« Comme conversation stupide, c'est excellent, murmure Felix pour lui-même.

— Qu'est-ce c'est, un jardin d'enfants ? s'écrie Sebert. D'abord des palmiers et maintenant ça.

— Qui a la responsabilité de cet établissement ? demande Sal. Il y a des changements qui s'imposent ! »

Il se tâte le front.

« C'est un dinosaure, ça ? Je me sens bizarre. Je crois que j'ai de la fièvre. »

Cependant, tous franchissent le seuil.

« Qu'est-ce que c'est encore ? dit Tony. On croirait un foyer des artistes ! Il y a même une coupe de fruits, nom de Dieu ! Mais il n'y a que du raisin. Il devrait y avoir une assiette de fromage et de crackers.

— Quelle jolie musique ! s'exclame Lonnie. C'est *La Flûte enchantée* ?

— Je m'en fiche. J'ai faim », décrète Sal.

Il chancelle.

« On ferait aussi bien de manger que de ne pas manger, déclare Sebert. Et de se prendre un raisin. »

« Ne touche pas aux raisins », murmure une petite voix à l'oreille de Lonnie.

C'est une voix d'homme, une voix qu'il reconnaît presque.

« Quoi ? s'écrie-t-il. C'est qui ? »

Il touche son col, détecte le petit haut-parleur. Il recule alors tandis que les trois autres mangent des fruits.

« Il a un drôle de goût, dit Sal. On ne devrait pas en manger.

— C'est déjà fait, réplique Sebert.

— Je me sens bizarre, déclare Tony. J'ai besoin de m'asseoir. »

« Assez de raisins, dit Felix. Apparemment, ça marche. Tu sais ce qu'il y avait dans ce truc ? Que j'ai injecté ?

— Un peu de ci, un peu de ça, répond 8Pinces. Œil de triton. Kétamine. Sauge. Champignons. C'est génial, si le dosage est bon. Ils seront complètement déchirés en deux-deux. Ça agit vite, mais ça ne dure pas longtemps. Personnellement, ça ne me gênerait pas de m'en taper un peu, là, tout de suite.

— Envoie le tonnerre », dit Felix.

Il y a un grondement, une coupure d'électricité. Puis les lumières reviennent ; la coupe de fruits a disparu. Sur le mur se dessine une ombre terrifiante : un oiseau gigantesque, dont les ailes se déploient, se replient.

« Ça en jette, dit Felix à 8Pinces.

— Oui, vous avez choisi des ailes fabuleuses. »

Une voix se met à chanter, un peu faux :

« Vous êtes trois dévoyés
Par quoi vais-je commencer ?
Votre infinie méchanceté
M'a beaucoup blessé,
En conséquence, vous voilà azimutés,
Felix, vous l'avez démoli,
Exilé, banni ;
Sal a perdu son enfant,
C'est pas marrant,
Et vos malheurs ne font que se profiler !
Il vous faut vous repentir et regretter
Si vous voulez que cette histoire puisse se bien terminer :
Cette histoire... c'est vous ! »

« Où est-il passé ? s'écrie Tony. Le truc avec les ailes ! Ce démon ! Il est là-bas ?

— Qu'est-ce que j'ai fait ? » dit Sal.

Il se met à pleurer.

« Il aurait mieux valu que je meure ! Vous avez entendu ! Ils ont tué Freddie et tout est ma faute ! À cause de ce qu'on a fait à Felix !

— C'est horrible, proteste Sebert. On nous a empoisonnés ! Où est mon corps ? Je me vaporise !

— Qu'est-ce qui vous prend ? » dit Lonnie.

« Très moche, ce poème, mais il a rempli sa mission, déclare Felix. Ça, plus les raisins.

— Ouah, génial, dit 8Pinces. Ils sont comme totalement paniqués ! Il faut qu'on sache ce qu'il y a d'autre dans ce mélange.

— On va les abandonner à leur mauvais trip et jeter un coup d'œil à Ferdinand et Miranda, déclare Felix. Passe-nous leur enregistrement vidéo. Qu'est-ce qu'ils fabriquent depuis tout à l'heure ?

— Attendez que je revienne en arrière. Bon, ils ont monté un tas de briques de Lego, conformément à vos directives. Puis ils ont échangé des discours à l'eau de rose. À présent, ils sont en train de jouer aux échecs. Elle lui dit…

— Bien. Ils suivent le script. Ils sont très beaux ensemble.

— On dirait presque qu'ils sont sérieux. Le grand amour et tout le bazar. C'est plutôt élégant. Même si l'image n'est pas très nette.

— Elle l'est suffisamment, dit Felix. Retournons au foyer. »

38. Pas un froncement de sourcils de plus

Dans le foyer, le calme ne règne pas.

Sal est recroquevillé dans un coin de la salle, agrippé à ses genoux. Les larmes roulent sur ses joues ; il est l'illustration du malheur et semble vivre une expérience interactive avec le sol.

« C'est noir, c'est complètement noir là, en bas, dit-il. Pourquoi c'est si noir ? Il faut que j'aille là-bas, là où c'est tout noir, il faut que je le retrouve ! »

Tony est occupé à frapper l'air.

« Allez-vous-en, allez-vous-en ! hurle-t-il. Ne m'approchez pas ! »

Sebert paraît se croire couvert d'insectes, ou d'autres formes de créatures multi-pattes. Il bredouille : « Débarrassez-moi de ça ! Des araignées ! »

Lonnie, raisonnable, s'est barricadé derrière la table et garde ses distances.

« Vous êtes sûr de ne pas avoir forcé la dose ? dit 8Pinces. Avec les raisins ? Ça va, vous voyez, un peu trop loin...

— J'ai suivi les instructions », répond Felix.

Il voulait de l'angoisse et il en a. Mais une angoisse chimique compte-t-elle vraiment ? Et quels sont les effets secondaires, et combien de temps durent-ils ?

« Combien de minutes nous reste-t-il pour notre vidéo officielle ? demande-t-il. Celle qui est diffusée dans les cellules et devant les invités du directeur ? »

8Pinces vérifie l'heure.

« On devrait être aux deux tiers de la diffusion.

— Il faut qu'on accélère cette affaire ! s'écrie Felix. Envoie Stéphano et Trinculo.

— Ils sont prêts, ils attendent », répond 8Pinces.

La porte du foyer s'ouvre et Coyote-Rouge et TimIIz, costumés de pied en cap, entrent en se pavanant. Ils ont le visage peint en blanc, et une bouche de clown. Coyote porte son smoking élimé de chez Oxfam, TimIIz l'ensemble caleçon long rouge en pilou, le chapeau melon incliné de manière primesautière.

« Moi, j'aimerais pas voir un truc pareil si j'étais défoncé, dit 8Pinces. Mais c'est perso.

— Nos dignitaires n'apprécient pas non plus », constate Felix.

En effet, Sal, Tony et Sebert reculent vers le mur, le regard fixe et inquiet.

« Oooh... regarde ! s'écrie TimIIz en les montrant du doigt. Monstrueux ! Monstrueux ! Beurk, quelle odeur de pourriture ils répandent !

— Monstres pourris, enchaîne Coyote-Rouge. Je sens... la corruption !

— On pourrait les montrer aux amateurs, ajoute TimIIz. Foutus dingues. SDF. Drogués. Canailles. Ça fait toujours rire.

— Les gens paieraient cher pour voir ça, poursuit Coyote-Rouge. Le ministre de la Justice camé à mort. Belle manchette !

— Envoie les graines de sorcière pour la danse, demande Felix.

— On y va », répond 8Pinces.

Après une brève pause, Caliban apparaît avec ses deux choristes, l'un et l'autre coiffés de leur couvre-chef Godzilla assorti. Ils ont écrit un nouveau numéro pour la circonstance. 8Pinces appuie sur une touche pour déclencher l'accompagnement, et la musique inonde la pièce. Caliban se met à chanter :

« Vous me traitez de monstre.
Mais qui est plus monstrueux que vous ?
Vous avez volé, escroqué, soudoyé, mystifié,
Sans vous soucier de qui vous pouviez écraser,
Vous me traitez de rien, vous me traitiez de chien,
Vous me traitiez de criminel, de bon à rien,
Mais vous, les escrocs en col blanc, les comptes, vous les truquez,
L'argent du contribuable, vous le volez, on sait ce que vous avez piqué,
Alors qui est plus monstrueux
Qui est plus monstrueux,
Qui est plus monstrueux que vous ?

Monstres, monstres, on va vous montrer aux foules,
Monstres, monstres, de cap en pied,
Monstres, monstres, ainsi tout le monde saura
Quels monstres vous êtes !

On sait ce que vous avez pris ! Escrocs en col blanc !
Escrocs en col blanc ! Assez de faux-semblants ! »

« Démons ! hurle Tony.

— Je suis un monstre ! gémit Sal, la tête dans ses mains.

— Que savent-ils ? dit Sebert en jetant un regard fou autour de lui. Qui leur a dit ? C'était une dépense justifiée !

— Messieurs, messieurs ! les implore Lonnie, derrière la table. Ressaisissez-vous ! »

« Je sais que ce sont de pauvres cons qui essaient de liquider notre troupe, mais, même pour moi, c'est à gerber, dit 8Pinces. Ça dépasse le mauvais trip, ils sont morts de trouille.

— Ça fait partie du plan. De toute façon, ils l'ont bien cherché, marmonne Felix.

— Vous n'avez pas pitié d'eux ? » demande 8Pinces.

Bien qu'elle ait gardé le silence – il n'y a pas eu une seule phrase à souffler –, Miranda est restée derrière lui tout du long – une ombre, une lumière tremblotante. Mais voici qu'elle murmure : Si fait, monsieur, si j'étais humain. Quel bon cœur, cette fille.

8Pinces l'a-t-il entendue ? Non, mais Felix oui.

« As-tu, dit-il, toi qui n'es qu'un souffle d'air, l'intuition, le sentiment de leurs souffrances alors que, moi, je n'aurais pas davantage de compassion ?

— On a repris la pièce ? s'écrie 8Pinces. Suis-je censé dire "Si fait, monsieur, si j'étais humain" ?

— Non, ça va, répond Felix. Je marmonnais, c'est tout. Mais tu as raison, c'est assez de vengeance. Pas un froncement de sourcils de plus. Il est temps de les remettre sur pied. Envoie les gobelins. »

Je vais les chercher, monsieur, chuchote Miranda. M'aimez-vous, mon maître ?

39. Joyeux, joyeux

Au milieu d'une phalange de gobelins tout de noir vêtus, les captifs sont escortés jusqu'au couloir et gagnent la grande salle, que des flux de lumière bleutée éclairent faiblement. Ils sont un peu plus calmes : plus de pleurs bruyants, plus de cris perçants, plus de hurlements ni de gémissements. L'effet de la substance injectée dans le raisin doit être en train de se dissiper.

Le reste de la troupe est déjà rassemblé, à l'exception d'Anne-Marie, toujours enfermée avec Freddie dans leur cellule, et de 8Pinces, à l'ordinateur derrière le paravent en compagnie de Felix qui attend de faire son entrée.

Une fois les quatre dignitaires courtoisement installés au premier rang et flanqués des gobelins, au cas où ils perdraient les pédales et chercheraient à fuir, 8Pinces envoie un roulement de tambour et un appel de clairon, coupe les lumières, active un projecteur doré, et… Tan tan taaan… Felix surgit de derrière le paravent et fait un grand geste avec sa tenue magique aux animaux en peluche. Il brandit sa canne à tête de renard, ce qui déclenche un regain de musique des éléments. Pour cela, 8Pinces a choisi *Somewhere over the Rainbow*, avec des accords répétés et lents, en mineur, sur deux saxos basses et un violoncelle.

« Qu'un air solennel, le meilleur réconfort de l'esprit égaré, guérisse ton cerveau, à présent stérile, qui bout sous ton crâne », dit-il d'un ton grave.

Toutes les lumières s'allument.

« Merci pour tes bons offices, Lonnie – toi, au moins, tu m'as traité avec une certaine décence par le passé, contrairement à Sal et surtout à Tony ici présent. »

Tous les quatre le dévisagent comme s'il était fou ou comme si eux l'étaient.

« Felix Phillips ? s'écrie Sal. Je rêve ? D'où sors-tu ?

— En personne. Bien qu'ici je sois M. Duc.

— Tu as tellement disparu de la circulation que je te croyais mort, dit Lonnie.

— Que se passe-t-il ? demande Sal. Qu'as-tu fait de Freddie ? Tu es réel ?

— Bonne question, rétorque Felix. Peut-être suis-je une vision enchantée générée par cette île magique. Vous tirerez ça au clair en temps voulu. Bienvenue, mes amis ! »

Tony n'est pas ravi.

« C'est toi qui as monté ça, dit-il, la voix encore pâteuse à cause du cocktail chimique. Toujours tes vieux trucs, pour impressionner la galerie comme d'habitude. J'ai toujours pensé que tu étais parano ! Ton cher programme d'alphabétisation par la littérature, tu peux lui dire adieu. »

Il s'interrompt pour tenter d'en revenir à son comportement habituel.

« Tu as mis de la drogue dans ces raisins, je suppose. C'est illégal.

— Si Freddie a été blessé, lance Sal, tu le paieras cher, je te ferai inculper de…

— Je ne pense pas. Sal, tu es le ministre de la Justice, je veux donc une certaine justice. Premièrement, je demande à retrouver mon poste au Festival de Makeshiweg. J'ai été injustement congédié pour que Tony puisse prendre ma place. C'était un complot, une fourberie que vous avez concoctée tous les deux, et tu le sais.

— Tu es fou ! s'exclame Tony.

— Là n'est pas la question. De toute façon, l'expérience que vous venez de vivre est une "immersion artistique". Ce que tu vas expliquer à tous, Sal, c'est que la Troupe du pénitencier Fletcher a présenté une pièce de théâtre interactif extrêmement créative et que, maintenant que tu as pu goûter à ses bienfaits – sans parler de ses raisins –, tu saisis pleinement son potentiel éducatif, au point que tu la soutiendras totalement à l'avenir. Tony, en tant que ministre du Patrimoine, tu annonceras que tu lui garantis cinq années supplémentaires de subventions – subventions revalorisées, j'insiste. Après cela, Tony démissionnera. Il pourra dire qu'il souhaite passer davantage de temps avec sa famille. Quant à Sebert, il se retirera de la course au leadership.

— C'est insensé ! Qu'est-ce qui te fait penser… bredouille Tony.

— J'ai tout filmé, leur explique Felix. Tout. Sal en train de piauler et de sangloter dans un coin, visiblement défoncé à mort ; Sebert qui raconte que son corps se vaporise ; toi, Tony, déchiré jusqu'à la moelle, en train de brailler contre des démons invisibles. Pas un seul d'entre vous n'aimerait que ça devienne viral sur Internet, comme ce le serait si vous refusiez de faire amende honorable et d'agir comme on vous le demande.

— Ce n'est pas juste, proteste Tony.

— Appelons ça un rééquilibrage. » Felix baisse la voix et s'adresse directement à Tony : « Et, à propos, j'ai enregistré la fascinante conversation que tu as eue avec Sebert pendant que Sal et Lonnie dormaient. Elle nous en dit long sur la loyauté.

— Je ferai fouiller ces lieux, ils trouveront le matériel, ils détruiront...

— Ne gaspille pas ton énergie. La vidéo est déjà dans le *cloud*. »

C'est du bluff – elle est sur une clé USB au fond de sa poche en attendant qu'il ait le temps de la charger –, mais son ton est convaincant, et Tony fléchit :

« On n'a pas le choix alors.

— Ce serait mon interprétation, dit Felix. Sebert ?

— C'est une incitation. Tu nous as piégés.

— Je vous ai donné du temps et de l'espace, et vous en avez fait l'usage que vous vouliez. » Felix se tourne de nouveau vers Sal : « De plus, je veux une libération conditionnelle anticipée pour mon technicien chargé des effets spéciaux. Maintenant, si ces conditions sont réunies, je vous pardonne à tous et nous mettrons le passé derrière nous. »

Il y a un silence.

« D'accord », dit Sal, principal bénéficiaire de cet arrangement.

Tony et Sebert ne disent mot, mais si leurs regards pouvaient tuer, songe Felix, *je serais mort au moins dix fois.*

« Bien, poursuit-il. Je suis heureux que vous soyez tous d'accord ; et accessoirement, j'ai aussi enregistré en vidéo le marché que nous venons de passer, pour avoir une garantie supplémentaire.

— Alors, l'émeute, le confinement dans la cellule... demande Lonnie. Était-ce... Non... C'était du théâtre ?

— Et où est Freddie ? dit Sal. Il est vraiment mort ? Je l'ai entendu crier. J'ai entendu le coup de feu !

— Je compatis, lui confie Felix. J'ai perdu ma propre fille dans cette dernière tempête. C'est irréparable.

— Mais, s'écrie Lonnie, c'était il y a au moins douze ans...

— Viens avec moi », dit Felix à Sal. Sal se lève et Felix glisse son bras sous le sien. « Je veux te montrer quelque chose. »

« Les voici, chuchote Anne-Marie. C'est Felix et votre père. Jouez la surprise. »

Freddie et elle sont assis en tailleur par terre, l'échiquier entre eux.

« Dans une seconde, ils jetteront un coup d'œil par la fenêtre. Vous avez le texte en tête ?

— Je suis prêt, chuchote Freddie en retour.

— Doux seigneur, vous trichez ! dit Anne-Marie, particulièrement séduisante.

— Non, mon très cher amour, je ne le ferais pas pour l'empire du monde », répond Freddie.

La porte de la cellule s'ouvre à la volée.

« Freddie ! hurle Sal. Tu es vivant !

— Papa ! braille Freddie. Tu es vivant aussi !

— Dieu soit loué ! »

Ils se tombent dans les bras.

Le Barde s'était montré plus éloquent pour ce moment-là, songe Felix, mais l'essentiel est dit.

Une fois passé les exclamations de joie et les embrassades, Freddie déclare :

« Papa, j'aimerais te présenter ma nouvelle partenaire, Anne-Marie Greenland. Elle a dansé avec Kidd Pivot, et elle vient de jouer Miranda. »

Anne-Marie s'est relevée tant bien que mal ; sa robe a glissé très bas sur son épaule, les fleurs en papier sont de travers. Elle sourit malicieusement, tend la main. Sal ne la lui serre pas. Il la regarde en plissant les yeux.

« C'est professionnel ou amoureux ? dit-il.

— Les deux, répond Freddie. Du moins, je...

— Attendez une minute ! s'écrie Anne-Marie. On n'en a pas vraiment parlé ! J'ai besoin de réfléchir à tout ça !

— On dîne ce soir ? lui propose Freddie.

— Je suppose. » Anne-Marie remonte sa manche. Elle rougit, aussi.

Felix se tourne vers Sal.

« Une vraie histoire d'amour, dit-il. Tu ne peux pas lutter contre. De toute façon, c'est le meilleur dénouement qui soit. »

Après avoir pris congé de la troupe, les dignitaires sont escortés dans le couloir, jusqu'aux portes de sécurité donnant sur l'accueil. Leurs alarmes ont miraculeusement réapparu à leurs ceintures.

Ils sont attendus pour prendre un verre avec le directeur et quelques autres grands pontes de la hiérarchie dans le cadre d'une réception spéciale avec séance photos au menu. Il y aura des petites saucisses piquées de cure-dents, moins toxiques que les raisins ; du fromage à la crème tartiné sur des crackers ; une boisson alcoolisée ou deux. Estelle sera là, qui écoutera attentivement. Elle rapportera plus tard à Felix tous les détails.

Y aura-t-il la moindre discussion sur la manière grandiose dont ils se sont fait berner ? *Il n'y en aura pas*, pense Felix. Rien sur la prétendue mutinerie ni sur le prétendu confinement en cellule. Rien sur les curieuses hallucinations. Rien sur la vie antérieure de M. Duc. Rien, en un mot, de compromettant pour les visiteurs.

À la place, ils féliciteront le directeur pour la très grande qualité de la Troupe du pénitencier Fletcher. Ils lui promettront une prochaine déclaration où ils annonceront la poursuite du programme et le relèvement des subventions. Il y aura des poignées de main et des toasts. Il y aura des félicitations à la ronde.

Sal n'aura aucun mal à mentir : c'est un politicien accompli. Quant à Tony et Sebert, ils se tairont ; ainsi pourront-ils au moins préserver leur réputation de toute vidéo virale et garder l'espoir de siéger à divers conseils d'administration une fois qu'ils se seront retirés de la vie politique. Peut-être auront-ils même l'honneur d'entrer au Sénat un de ces jours. Pour services rendus.

Freddie et Anne-Marie s'apprêtent à rejoindre la réception du directeur, mais pas avant qu'Anne-Marie n'ait planté une bise sur la joue barbue de Felix.

« Tu es le meilleur, lui dit-elle. J'aimerais que tu sois mon vrai père. Ce serait nettement mieux.

— Tu as été brillante, lui répond-il.

— Merci, mais Freddie m'a aidée. Il a pigé presque immédiatement, il est vraiment entré dans le rôle. »

Elle rayonne.

L'amour chez les jeunes, songe Felix avec mélancolie. *Si bon pour le teint.*

Felix s'attarde pour aider 8Pinces à ranger le matériel. Il faut récupérer les minuscules micros, décrocher les haut-parleurs ; il faut démonter les éclairages spéciaux. Le tout doit être emballé pour être ensuite retourné à la boutique de location.

Felix s'occupe de trier, pendant que 8Pinces vérifie la qualité audiovisuelle de son dernier enregistrement – la scène dans la grande salle quand Sal accepte les conditions. Allez savoir si ça ne pourrait pas se révéler capital un jour.

« Je crois que je capte une station de radio ou quelque chose, dit 8Pinces. Dans mes écouteurs. J'entends... On dirait une chanson.

— Quelle sorte de chanson ?

— C'est très discret, mais... Attendez. C'est "Joyeux, joyeux".

— "Joyeux, joyeux désormais je vivrai / Sous la fleur suspendue à la feuillée" ? »

Ce doit être Miranda, qui fait le souffleur une fois encore. La maligne, elle a infiltré les écouteurs d'Ariel ! Mais elle semble s'être embrouillée sur le script.

« On a déjà fait cette partie-là », dit-il à son intention.

Ils avaient finalement repris la chanson d'Ariel, avec juste une légère modification : *Là où l'abeille butine, moi aussi je butine*.

« Non, remarque 8Pinces. C'est pas ça. C'est "Joyeux, joyeux, joyeux, joyeux / La vie n'est qu'un rêve". »

Un frisson parcourt brutalement Felix. Les cheveux sur sa nuque se hérissent. « C'est ce que je lui chantais, chuchote-t-il pour lui-même. Quand elle avait trois ans. » A-t-elle des souvenirs après tout ? A-t-elle le souvenir d'avoir eu trois ans ? A-t-elle le souvenir de n'avoir jamais eu quatre ans ? En ce cas...

« Quelle coïncidence, dit Felix. J'avais pensé l'inclure dans l'histoire antérieure à la pièce, mais j'y ai renoncé. » Il invente. « Peut-être sous la forme d'une chanson que Prospéro chante à la petite Miranda quand ils sont dans le rafiot pourri. C'est ce qu'on fait quand les gamins ont peur, on leur chante quelque chose. »

C'est ce qu'on fait quand on tient leurs mains fiévreuses et qu'on leur caresse le front dans une chambre d'hôpital, mais on a beau se démener, ils s'en vont et disparaissent dans le recul obscur et l'abîme du temps.

« Je connais cette chanson. Ç'aurait été chouette, dit 8Pinces. Et, sérieusement, merci de m'avoir obtenu une libération conditionnelle anticipée. C'était un coup de génie.

— Heureux d'avoir pu t'aider. Sans toi, je n'aurais pas pu mener toute cette affaire à bien. Cette musique, tu l'entends toujours ? »

8Pinces tend l'oreille.

« Non, plus maintenant.

— Puis-je mettre tes écouteurs ? »

8Pinces les lui tend. Felix écoute, écoute. Rien à présent, pas de chanson. Rien que le silence. Où est sa Miranda ? Qu'essaie-t-elle de lui communiquer ?

Dehors, c'est le crépuscule. Felix avance péniblement vers sa voiture. Le blizzard attendu est déjà passé, mais il n'a sûrement pas été trop méchant : de petites congères blanches rident le macadam.

Au volant de sa voiture, il redescend la colline en silence. Si ça avait été une vraie première, les comédiens et les techniciens seraient sortis tous ensemble pour manger quelque part et s'encourager les uns les autres en attendant les critiques. Comme c'est parti, Felix aura un œuf pour son souper ; et il sera tout seul, à moins que sa Miranda ne décide de se joindre à lui. Elle doit être dans la voiture quelque part, bien qu'il n'y ait pas trace d'elle.

En tout cas, j'ai réussi, se dit-il. *Ou du moins, je n'ai pas échoué.*

Pourquoi éprouve-t-il ce sentiment de désillusion ?

Plus noble est l'acte de vertu que la vengeance, entend-il dans sa tête.

C'est Miranda. Elle lui souffle son texte.

V. CETTE CHOSE DES TÉNÈBRES

40. Dernier devoir

Vendredi 15 mars 2013

La veille du dernier jour de classe, Felix achète vingt paquets de chips au sel Miss Vickie's. À l'aide d'une lame de rasoir, il fend discrètement l'emballage de chaque paquet, sur l'envers, juste en dessous de la partie froissée correspondant à la fermeture. Par chaque fente, il insère quinze cigarettes, une à une. Marlboro est la marque de prédilection : apparemment, elles sont populaires. Il ne peut effectuer cette opération trop tôt, sinon les cigarettes auront le goût de chips et vice versa.

Puis il referme la fente avec une scelleuse portative thermique. Il a procédé à ce petit trafic de paquets de chips à chaque pot de dernière des pièces qu'il a montées à Fletcher.

Il range les chips dans deux sacs de Mark's Work Wearhouse en espérant que tout se passera bien.

Le lendemain, Anne-Marie le retrouve au parking. Elle assiste à la dernière séance sur requête spéciale. D'une certaine façon, c'est le pot de dernière de la troupe et, comme Guibolss l'a souligné, elle en fait partie, donc pourquoi faudrait-il qu'elle en soit exclue ?

« Merci d'être venue, lui dit Felix.

— Je ne manquerais ça pour rien au monde ! Freddie voulait m'accompagner, mais je lui ai dit pas cette fois. C'est pour les gars. »

Felix en conclut que Freddie est toujours mordu. Ou qu'ils le sont tous les deux. Il sourit.

« Freddie n'est pas jaloux de WonderBoy ? demande-t-il malicieusement. Vos scènes étaient très intenses.

— Tu veux dire passionnelles ? Oui, c'est vrai. Mais Freddie ne les a pas vues, il jouait aux échecs avec moi. De toute façon, WonderBoy a lâché du lest à présent. Il accepte.

— Il accepte quoi ?

— Il accepte que ce ne soit qu'une pièce de théâtre. »

Les paquets de chips passent la Sécurité sans encombre : qui soupçonnerait qu'ils renferment des produits de contrebande ? Dylan et Madison, très vraisemblablement, mais si c'est le cas ils ferment les yeux. Peut-être estiment-ils que la Troupe mérite bien une récompense pour les efforts qu'elle a déployés. Dylan remet son alarme à Felix :

« C'était une vidéo magnifique, monsieur Duc ! Cette *Tempête* ! Je pensais pas que ça me plairait, pas de bagarres ni rien, mais je me suis vraiment laissé prendre.

— Oui, tout le monde s'est laissé prendre, dit Madison. C'était très étrange.

— Vous avez raison, monsieur Duc, il n'y avait pas de tapettes, poursuit Dylan. Cet extraterrestre bleu ou je ne sais quoi, et le numéro de rap des graines de sorcière – ils étaient sensationnels ! Vous étiez géniale, madame Greenland. Cette Miranda, elle était canon !

— Merci, répond Anne-Marie un peu sèchement.

— Qu'est-ce qu'il y a dans votre sac ? demande Dylan.

— Rien de pointu. Des cookies au chocolat que j'ai préparés pour les gars et des poupées, c'est tout. Vous les avez déjà vues.

— Rien de bizarre dans les cookies ? continue Dylan avec un grand sourire.

— Tenez, vous pouvez les goûter », dit Anne-Marie.

Elle leur en offre un à chacun.

« Et les poupées, qu'est-ce qu'elles font ici ? s'enquiert Madison.

— C'est un pot de dernière. Elles faisaient partie de la troupe. Sur la vidéo. Vous les avez vues.

— Oh, oui. Pas grave », marmonne Madison.

Il lance un regard à Dylan : déjantés, ces artistes.

« Assurez-vous juste qu'elles ressortent avec vous. Vous ne voudriez pas qu'on les moleste.

— Ce sont de grandes filles », répond Anne-Marie, sans rire.

Qu'est-ce qu'elle fricote ? s'interroge Felix. *Avec les poupées ?*

« Quelle pièce vous ferez l'an prochain, monsieur Duc ? demande Dylan à Felix.

— Je n'ai pas encore décidé.

— Eh bien, *merde*, en tout cas », répond Madison.

« Un spectacle remarquable, déclare Felix à la troupe réunie. Pas un seul accroc. On n'aurait pas pu faire mieux ! Un parfait exemple de la force du théâtre interactif, une excellente démonstration de l'utilité des arts du théâtre et (il s'autorise un sourire sincère), encore mieux, grâce à vous tous, le programme d'alphabétisation par la littérature est assuré pour les cinq prochaines années. La Troupe du pénitencier Fletcher n'est plus menacée. »

Applaudissements spontanés, checks.

« Fils de pute de génial ! braille Guibolss.

— Accordez-vous cinq étoiles. Dorénavant, une future génération de comédiens en herbe pourra, comme vous, profiter des privilèges du théâtre et acquérir des connaissances concrètes dans ce domaine. Laissez-moi ajouter que ça a été la meilleure production de *La Tempête* que j'aie jamais montée. »

Pas la peine qu'ils sachent que c'est la seule et l'unique.

« On ne peut pas faire mieux, et je n'essaierai plus jamais de la remonter. J'ai déjà félicité individuellement les principaux membres de la troupe, mais je dois dire que, collectivement, c'était l'équipe de gobelins la plus talentueuse qu'on aurait pu souhaiter. Hourra pour nous tous ! »

Vivats variés, encore des checks.

« Et un ban spécial pour notre courageuse Miranda, Mme Anne-Marie Greenland, qui a assumé le rôle de Miranda en dépit de conditions qui auraient poussé la plupart des comédiennes à refuser. C'est effectivement une jeune demoiselle bien audacieuse ! »

Cette fois-ci, des vivats plus stridents, des applaudissements et un chœur de « Oui ! » et « Génial ! ».

Guibolss lève la main, Felix hoche la tête.

« De la part de tous les gars, je veux dire merci, monsieur Duc. Vous êtes le plus grand. C'était... »

Il rougit sous ses taches de rousseur.

« Génial, bordel ! » lance 8Pinces.

Encore des applaudissements.

Felix esquisse une petite révérence.

« C'était un plaisir, dit-il. Et à présent, votre dernier devoir, pour quinze pour cent du total de vos notes. Nous allons écouter vos présentations sur la vie de vos personnages après la pièce. Puis nous terminerons par le pot de dernière avec rafraîchissements et collation, dont des chips. Tout roule. »

Cette dernière précision pour qu'ils sachent qu'il n'a pas eu de problèmes pour introduire les cigarettes en douce.

« On commence par l'équipe Ariel. »

D'un geste, il invite 8Pinces à prendre la parole, puis s'assied au bureau libre à côté d'Anne-Marie.

41. L'équipe Ariel

8Pinces est mal à l'aise. Il se balance d'un pied sur l'autre, se racle la gorge. Il a l'air plus juvénile que jamais.

« Voici le rapport de l'équipe Ariel, dit-il, c'est-à-dire WonderBoy, Surin, Popol, Starter et moi. On l'a préparé ensemble. On a tous apporté nos idées. Les mecs, vous assurez grave, lance-t-il à ses coéquipiers.

« On devait imaginer ce qui arrive au mec le plus important de son équipe après la fin de la pièce. Donc, le mec de notre équipe, c'est Ariel. Je sais qu'au début on est tous tombés d'accord pour penser que c'était un extraterrestre, mais on a changé d'avis. Comme l'a dit M. Duc, cette pièce porte sur le fait qu'on change d'avis, et c'est Ariel qui pousse Prospéro à évoluer de la vengeance au pardon, parce que, ces types ont beau être des salauds, une fois qu'ils ont assez souffert, il les plaint pour tout ce qu'ils subissent, donc on suppose qu'il n'y a pas de problèmes – si on change d'avis. »

Il jette un coup d'œil à l'assemblée. Hochements de tête, deux pouces levés.

« Super. Donc on a décidé que c'était pas un extraterrestre. Sinon, il faudrait qu'il soit récupéré par un vaisseau spatial, ou bien téléporté, comme dans *Star Trek*. On a eu une autre idée.

« On pense qu'Ariel est, euh, une projection holographique. Ça explique qu'il peut se déplacer aussi vite, devenir invisible et se diviser comme ça. Ça colle, hein ? »

Il sourit.

« Vous avez besoin de comprendre ce que c'est qu'une projection holographique ? Est-ce qu'il faut, euh, que j'entre dans les détails ? demande-t-il à Felix.

— Brièvement, lui répond ce dernier.

— Bon, c'est comme du 3D, mais sans les lunettes. Maintenant, si Ariel est une projection, qui le projette ? Est-ce Prospéro ? Est-ce qu'Ariel sort de la tête de Prospéro ? On s'est dit que c'était pas possible, parce que, dans ce cas, lorsque Prospéro lui dit "Retourne aux éléments, sois heureux, sois libre !" et le laisse partir, Ariel disparaîtrait, point à la ligne. Il serait éliminé. Après tous les trucs géniaux qu'il a faits pour Prospéro, ce serait pas juste du tout.

« Donc on s'est lancés dans des recherches sur les éléments, merci pour les notes, monsieur Duc, et on pense que c'est une projection holographique, euh, des systèmes météorologiques. C'est un esprit de l'air, qui, en plus, peut faire du feu et de l'eau aussi, alors il pige ce genre de phénomènes. Comme sur la chaîne météo, on voit les tourbillons de poussière et les trombes marines, et la façon dont les nuages génèrent de l'électricité – voilà d'où vient l'énergie, celle qu'Ariel utilise pour exécuter les jobs de Prospéro. Parce que tout ça demanderait beaucoup d'énergie, surtout les éclairs.

« Donc, après la fin de la pièce, Ariel n'est pas récupéré par un vaisseau spatial et il ne va pas traîner au milieu des fleurs sur une galaxie très très lointaine.

Peut-être qu'il se prend un peu de vacances, avec les coucous ou allez savoir – il les a pas volées, on est d'accord ? Mais, après, il reste sur terre et s'envole pour lutter contre le réchauffement climatique. Un peu comme Tornade dans les X-Men, sauf qu'il a pas les yeux blancs et en plus c'est pas une nana. Il est vraiment heureux d'avoir ce genre de boulot, parce qu'il veut aider, il a toujours aimé rendre service, c'est juste que ça lui plaisait pas qu'on lui dise tout le temps ce qu'il fallait faire ; il voulait un projet à lui et il a davantage d'âme et de sentiments que Prospéro croyait : c'est dit clairement dans la pièce.

« Nous, on pense que notre idée est bonne et que tout coïncide.

« Signé 8Pinces, WonderBoy, Popol, Surin et Starter. »

8Pinces attend, l'air anxieux. Il y a des hochements de tête et des murmures partout dans la salle.

« Pas banal ! dit Felix. Très inventif ! Je regrette de ne pas y avoir pensé moi-même. »

Ce n'est pas un mensonge : il le regrette vraiment, plus ou moins. Peu importe que personne à l'époque de Shakespeare n'ait entendu parler du réchauffement climatique : Felix les a priés de réfléchir à leurs propres interprétations, et ils se sont exécutés.

« Des objections ? »

Il n'y en a pas : c'est le dernier jour et tout le monde est de bonne humeur.

« Vous avez tous vos points », dit Felix.

Sourires heureux de l'équipe Ariel. 8Pinces retourne à son bureau, et ses coéquipiers lui flanquent de grandes claques sur l'épaule.

« C'est maintenant au tour de l'équipe d'Antonio, le Sale Frangin, annonce Felix. Voyons quel est le sort d'Antonio. »

42. L'équipe d'Antonio, le Sale Frangin

C'est d'une démarche arrogante qu'Œil-de-serpent vient se planter devant la classe. On croirait qu'il porte un pardessus au col relevé et un feutre enfoncé sur le front. Dans ce tableau, il a caché une arme invisible quelque part sous son bras. Il projette le menton en avant, abaisse les sourcils, relève le coin d'une lèvre. Est-il toujours dans la peau de son personnage ? Felix a du mal à se prononcer. Dans tous les rôles qu'Œil-de-serpent a interprétés au fil des années, il a toujours été crapuleux, presque trop. Il est à la lisière de la comédie, mais n'a jamais franchi la limite. Il incarne le double maléfique de tous les gars présents dans la pièce et, du coup, il est effrayant. L'atmosphère se fige dans le silence.

« L'équipe Antonio, c'est moi, bien sûr, commence-t-il, plus le roi Alonso – je veux dire, Krampus – et Phil le Toubib, qui est Sébastien, plus Fissa Fissa, qui est ma doublure et maîtrise le texte mieux que moi. Tous ces mecs ont appris à connaître Antonio de très près et de manière très perso, ils ont donc une bonne idée de ce qu'il va sûrement faire quand le bateau aura appareillé pour Naples avec tout le monde à bord. On a écrit ça tous ensemble, même si c'est moi qui lis. Merci, Phil, de m'avoir aidé pour l'orthographe, sauf que je dois dire que t'as une écriture merdique, on croirait un toubib, j'ai eu un mal de chien à lire tes notes. »

La tension se dénoue : rires de la classe.

« Bon, on y va. Le rapport de l'équipe d'Antonio, le Sale Frangin.

« Premièrement, Antonio est le pire salopard de la pièce. Il n'y a pas un truc qu'il ait fait qui ne soit pas dégueulasse. Il cherche toujours et avant tout à défendre ses intérêts personnels. Même quand il envisage d'assassiner le roi et Gonzalo pour que Sébastien devienne roi, il ne pense pas à Sébastien, mais à lui, parce que le deal, c'est que Milan, donc lui, Antonio, n'aura pas à payer… n'aura pas à payer de tribut, ce qui est pareil que des impôts. C'est donc une sorte d'évasion fiscale, avec un meurtre en plus.

« Mais, du point de vue d'Antonio, on doit ajouter que c'est en partie la faute de Prospéro, qui ne s'intéressait qu'à sa magie. C'est comme laisser sa bagnole ouverte : Prospéro a facilité les choses pour Antonio. Donc qu'est-ce qu'il croyait ? Il a été stupide, il a récolté ce qu'il a semé, même si Antonio devait être un salopard au départ, sinon il n'aurait pas profité de la situation.

« Néanmoins, plus Antonio fait de saloperies, plus il devient salaud ; comme Macbeth, pour ceux d'entre vous qui y ont participé. Comme le discours du sang, pas vrai ? "Et dans le sang / Je suis allé si loin que si je n'y pataugeais plus / Revenir en arrière serait aussi dur que de franchir la rivière", et certains parmi nous le savent bien pour l'avoir vécu personnellement pas vrai, parce qu'une fois qu'on est barré dans un truc, on se dit que reculer, c'est se dégonfler, et qu'il faut aller jusqu'au bout. Achever. Quoi que ce soit. »

Sages hochements de tête dans la troupe, ou disons de certains des membres.

« En tout cas, aucun risque pour Antonio quand il commet ses premières saloperies, parce que Prospéro... Prospéro remarque rien, il se comporte tellement connement – désolé pour mon langage, Anne-Marie –, il a la tête dans le sable de la magie comme une autruche ou va savoir et ne voit rien de rien. Il est tellement occupé à donner des ordres aux lutins et à d'autres et à faire sortir les morts de leurs tombes – pourquoi échafauder des trucs pareils, je vous le demande ? – qu'il ne prête pas attention à sa personne ni à rien de ce qui le touche de près ou de loin. Lui-même le reconnaît au début. Il aurait mieux valu qu'il fasse comme Antonio, qui ne fait jamais confiance à personne. À personne.

« C'est un mec dans ce genre, Antonio, on l'aime ou on l'aime pas, et je pense que dans l'ensemble vous le détestez. Mais, comme tout le monde, il a son propre point de vue sur les choses. Donc, il embarque sur le bateau en partance pour Naples, et après ?

« Rappelez-vous, Prospéro lui pardonne en un sens, et on a écrit "en un sens" parce que Prospéro dit qu'il ne parlera pas du projet d'assassiner le roi *pour le moment*. "Pour le moment je ne raconterai rien", il dit, ce qui signifie qu'il le fera sûrement après et que, là, Antonio sera cuit.

« Alonso, le roi, dit à Prospéro qu'il regrette, mais pas Antonio. Il ne regrette pas. Il est sans doute furax... vraiment fou de rage, parce qu'il s'est fait prendre, qu'il ne sera plus le duc et qu'il risque de passer sa vie en prison ou d'avoir la tête tranchée, ce qui est le sort réservé aux traîtres de son espèce.

« Donc, sur le voilier, il attend son heure et, quand ils sont presque à Naples, il monte un nouveau complot avec Sébastien : tous deux se faufilent dans la cabine du roi Alonso et ils l'étouffent. Après, il y a un combat à l'épée avec Ferdinand, qui les a pris en flagrant délit, mais ils ont le dessus et le tuent, vu qu'ils sont à deux contre un et qu'en plus ils trichent.

« Après, ils poignardent Prospéro, parce que ce stupide balourd a libéré Ariel, quel crétin, donc Prospéro n'est plus magicien. Ils vont s'occuper de Gonzalo, qui de toute façon est à moitié mort de trouille, mais il se tape une attaque avant même qu'ils aient besoin de lui régler son compte, et il s'écroule. Après, ils violent Miranda – désolé, Anne-Marie, mais c'est comme ça que ça se passerait – et ils font participer Caliban au viol, histoire de la punir encore plus – violée par un monstre –, donc Caliban finit par avoir ce qu'il voulait.

« Après, ils décident de balancer la fille par-dessus bord pour être sûrs que Milan n'ait pas d'héritier, mais cette idée plaît pas du tout à Caliban qui veut garder Miranda et la violer un peu plus : il essaie de les arrêter, du coup, ils l'assassinent lui aussi. Stéphano et Trinculo restent à l'écart, parce que ce sont des froussards, et en plus ils tiennent à garder leur boulot à la cour ou autre. On ne peut pas le leur reprocher, ils sont comme tout le monde.

« Voilà. C'est notre rapport. Antonio agit comme on pouvait s'y attendre, et Prospéro ne voit rien venir, parce qu'il n'a jamais rien vu venir, dès le départ. On sait que, pour beaucoup de personnages de cette pièce, ce n'est pas une fin sympa, mais nous, on voulait raconter la vérité sous un angle plutôt réel, et voilà, c'est ce qui se passe. Antonio est un salaud, que pourrait-on espérer d'autre ? Merci, les gars, lance-t-il au reste de l'équipe Antonio, de nous avoir aidés à coller à la vie telle qu'elle est, sans enrobage. »

Et de la même démarche arrogante de rebelle, il regagne son siège. La classe garde le silence.

« Excellent, déclare Felix. Vous avez fait un travail rigoureux, et je ne peux pas dire que je discute vos conclusions, si déplaisantes soient-elles. »

N'y aura-t-il pas de miséricorde pour Antonio ? se demande-t-il. Il semble que non. Shakespeare n'était pas miséricordieux non plus : après que Prospéro lui a pardonné, Antonio n'a même plus droit à une seule ligne dans la pièce.

« C'est dur, constate Anne-Marie.

— Oui. La vie est dure, lui accorde Œil-de-serpent.

— Je pense que l'équipe Antonio mérite, elle aussi, la note maximale, dit Felix à la classe. Pas vous ? »

Gestes d'acquiescement et murmures. Les autres n'aiment pas cette histoire : il n'y a pas d'heureux dénouement et elle n'offre aucune rédemption. Mais, tout bien réfléchi, ils sont obligés d'accepter.

« Qu'est-ce qui pourrait peut-être sauver Prospéro et Miranda ? demande Felix. Et Caliban ? »

Popol lève la main.

« Les matelots, propose-t-il. Peut-être eux. Le maître d'équipage. Il pourrait.

— Peut-être, dit Felix. Ce n'est pas impossible. »

La classe se détend : une fenêtre d'espoir s'est ouverte. Ça leur plaît, les fenêtres d'espoir. Mais, bon, à qui ça déplaît ?

43. L'équipe Miranda

Felix consulte sa liste. « Maintenant, c'est à l'équipe Gonzalo. Bic Tordu ? »

Bic Tordu rassemble ses papiers quand Anne-Marie s'avance à grands pas.

« Si ça ne vous ennuie pas, déclare-t-elle en se tournant vers la classe, j'ai quelque chose à ajouter. Je sais que je n'aurai ni notes, ni cigarettes, ni rien, mais j'ai participé à cette production ; d'ailleurs, ça a été un plaisir de travailler avec vous tous, et je ne peux pas laisser passer ce qu'on vient d'entendre. Felix ? Monsieur Duc ? »

Elle demande la permission, mais c'est une formalité : il est clair qu'elle videra son cœur quoi qu'il arrive.

« Vas-y, lui dit Felix avec un sourire indulgent.

— Vous parlez comme si Miranda n'était qu'une poupée de chiffon. Comme si elle était couchée, jambes écartées, affalée sur les meubles et totalement offerte avec, sur elle, une pancarte disant : "violez-moi". Mais ça ne se passerait pas ainsi.

« Premièrement, elle est forte. Elle n'a pas été engoncée dans des corsets ni coincée dans des pantoufles de verre et d'autres choses de ce genre à la cour. C'est un garçon manqué ; depuis l'âge de trois ans, elle escalade toute l'île. Deuxièmement, depuis que Caliban a tenté de la violer alors qu'elle avait peut-être douze ans, Prospéro a dû lui apprendre à se défendre toute seule dans l'hypothèse où ça se reproduirait quand il aurait le dos tourné. Au moment où elle se retrouve sur ce bateau voguant vers Naples, elle maîtrise énormément de mouvements rapides, et c'est tant mieux parce que ces messieurs bouffis d'orgueil n'imagineraient pas qu'elle puisse rendre coup pour coup. Elle a des muscles aussi – regardez la manière dont elle déplaçait ces fameuses bûches pour soulager Ferdinand.

« Ce n'est pas tout. Prospéro a déjà dit qu'il avait enseigné à Miranda bien plus que ce que d'autres jeunes filles peuvent apprendre. Cependant, à part les échecs, on ne nous dit pas ce qu'il lui a enseigné ; bon, elle sait aussi ce qu'est un utérus. D'après moi, elle aura appris un peu de magie. Elle a certainement entendu parler d'esprits, elle en a même peut-être vu quelques-uns, puisque au départ elle est persuadée que Ferdinand en est un ; elle dispose aussi d'autres exemples de ce que Prospéro peut accomplir grâce à ses pouvoirs de sorcier, comme maîtriser Caliban, par exemple. Que croyez-vous qu'elle fabriquait l'après-midi quand Prospéro piquait son roupillon ? Elle se plongeait dans ses bouquins – les bouquins de Prospéro ! Tel père, telle fille – elle avait le don, elle apprenait les ficelles.

« Mais il y a encore autre chose. Elle a un accord secret avec Ariel. Voici comment elle s'y est prise. Vous connaissez cette fameuse chanson que vous trouviez tous stupide ? "Là où l'abeille butine, là moi aussi je butine / La cloche du coucou est mon lit..." Bon. Ça paraît vraiment stupide. Mais les coucous et les histoires d'abeille, c'était ce dont Ariel avait dit vouloir s'occuper si un jour il avait le choix. Donc, Miranda, qui a entendu ça, a pris la précaution de déterrer tous les coucous de l'île pour les prendre à bord avec elle. Sa cabine est remplie de coucous ! Et comme Ariel a un faible pour les abeilles, elle se sert de l'abeille enchantée sur son bras (Anne-Marie remonte sa manche et leur montre son abeille tatouée) et de la magie qu'elle a étudiée dans les livres de Prospéro pour créer l'illusion d'une ruche. C'est un genre de sortilège pour Ariel, de dépendance, de drogue ! Il est obligé de la suivre, de l'aider. Après, il aura sa dose de coucous et d'abeilles. »

La maligne, songe Felix. *Elle ira loin, mais loin dans quoi ?*

« Ce ne sont que des abeilles illusoires, dit-il. C'est une illusion d'abeilles.

— Et alors ? Ariel s'en fiche ! s'écrie Anne-Marie. Pour lui, c'est pareil : l'illusoire est réel.

— Est-ce que ça te paraît logique, Ariel ? demande Felix à 8Pinces. Tu étais partie prenante de ce, euh, de cette modification ?

— Je n'y ai pas réfléchi, répond 8Pinces. Mais ça me semble bien. Pourquoi pas ? C'est cool.

— Voici ce qui arrive à Antonio, reprend Anne-Marie. Quand il passe à l'acte. »

Elle retire sa chemise, se débarrasse de ses bottes, de son jean ; elle porte son haut ajusté de danseuse, son short en satin vert. Debout sur la pointe des pieds, elle s'étire, et ses mains viennent toucher le sol. Elle se redresse, se pose sur un pied, attrape son autre pied derrière elle, tend le bras : posture de l'archer. Tous les mecs de la salle sont fascinés.

À présent, les deux pieds de nouveau sur le sol, elle se penche en avant, met la main en coupe derrière son oreille, écoute.

« Les deux méchants s'approchent de la cabine d'Alonso avec des intentions criminelles. Ariel les repère et alerte Miranda, qui lui demande de déclencher des éclairs afin de protéger la cabine en attendant qu'elle soit sur place. Ferdinand est en train d'essayer de repousser les deux hommes quand elle arrive sur les lieux, mais il cède du terrain. Miranda intervient alors et casse le poignet de Sébastien d'un coup de pied en ligne haute. »

Anne-Marie fait une démonstration. Elle exécute trois pirouettes, décrit une vive arabesque, puis déploie le pied droit, talon en avant.

On entend des acclamations étouffées dans la classe : tous se penchent en avant, ce qui n'a rien d'étonnant, songe Felix. S'il avait leur âge, il se pencherait aussi. D'ailleurs, il se penche.

« C'est la main dans laquelle Sébastien tient son épée, poursuit Anne-Marie, mais il a un poignard dans l'autre main, et Antonio a une épée et un poignard. Et à présent voici Caliban, toutes griffes dehors, de sorte qu'ils sont à trois contre deux, et Ferdinand perd du sang. Miranda convoque alors l'artillerie lourde. *Goddess Power*, la puissance féminine ! »

Elle traverse la salle en pirouettant jusqu'à son énorme sac en tapisserie, qu'elle ouvre d'un geste sec. En sortent Iris, Cérès et Junon dans leur tricot en laine. Seulement, leurs yeux sont maintenant peints d'un blanc opaque. Elle les a équipées d'un harnais et attachées à de longues et minces lanières en cuir.

« D'abord, Iris ! À l'attaque ! »

Elle la fait tournoyer comme un lasso autour de sa tête.

« Pan, prends ça, Antonio ! Elle s'envole avec son épée ! Cérès maintenant ! Junon à présent ! »

Elle les fait tourner en décrivant des huit dans l'air.

« Attrapez-les, mes déesses ! Les deux, foncez ! *Goddess Power*, en plein dans les couilles ! Aaaaah-pan ! Ratatinez-les comme des raisins secs ! Et tant pis pour votre petit projet de viol aujourd'hui, les gars !

— Encaisse ça, Toni-o ! crie Popol, et le reste d'entre eux braillent des hourras.

— Mais il lui faut encore s'occuper de Caliban. Il plonge, il a le regard lubrique, il bave. Attention, sale type ! »

Anne-Marie balance les déesses dans son sac de tricot, bondit sur le bureau de Felix et se campe en équilibre sur le bord. Puis elle plie les genoux et lève les mains au-dessus de sa tête pour effectuer un salto arrière à 360° vrillé et se rétablit à terre. À présent, elle est à l'horizontale, fait des ciseaux avec ses jambes, les croise, roule, se rassied, le tout en un fondu enchaîné de caramel brun. C'est une figure de son numéro avec Kidd Pivot.

« Disloqués, les deux bras couverts d'écailles du Caliban, annonce-t-elle. Douloureux. »

Elle saute sur ses pieds, brandit les deux poings et balance deux poignées de confettis scintillants dans l'air.

« Maître », lance-t-elle à Felix.

Puis elle s'incline devant les spectateurs. Un tonnerre d'applaudissements éclate, étonnamment bruyant pour un si petit groupe d'hommes.

« Merci de la part de l'équipe Miranda et les déesses », dit Anne-Marie.

Elle fait une révérence de théâtre. Bien que son front soit légèrement moite, c'est à peine si elle respire fort. Elle se rassied à son bureau et remet sa chemise.

« Bien, dit Felix. C'était une interprétation rafraîchissante. Je pense que nous allons nous offrir une pause café. »

44. L'équipe Gonzalo

Debout avec leurs gobelets en carton, ils dégustent le café de qualité supérieure de Felix pendant qu'Anne-Marie fait passer les cookies au chocolat. Par chance, il y en a assez pour tout le monde.

« Vérole, ils sont rudement bons, dit Guibolss.

— C'est une sacrée pâtissière de fils de pute, renchérit Œil-de-serpent.

— Dommage qu'elle n'ait pas mis de hasch dedans », ajoute 8Pinces.

Gloussements.

« Un numéro de virtuose, dit Felix à Anne-Marie. Mais les déesses auraient-elles vraiment ce genre de pouvoir ? Elles ne sont qu'un simulacre orchestré par Ariel. Ce ne sont pas de réelles déesses.

— Maintenant, oui », réplique Anne-Marie.

Felix consulte sa montre.

« Bon, il faut qu'on s'y remette, annonce-t-il. Encore deux rapports. »

On ramasse les gobelets en carton, on les jette à la poubelle, les cookies se sont volatilisés.

« Maintenant, c'est à Bic Tordu.

— Je crains un peu de vous décevoir, déclare Bic Tordu. Après Anne-Marie. Je ne danse pas très bien. »

Personne ne le contredit. Personne ne rit. Vaillamment, il avance d'un pas lourd vers le devant de la salle.

« Merci pour la chance que vous m'avez donnée, dit-il en préambule. Ça été pour moi instructif de jouer le rôle du noble Gonzalo – même si les nobles personnages sont souvent ingrats – et aussi d'avoir pu participer à ce, euh, cet épisode novateur de théâtre interactif que vous, monsieur Duc, nous avez offert cette semaine avec tant de succès. Je crois que, pour les VIP qui ont eu la surprise d'y participer au débotté, si on peut dire, ça a été aussi une révélation. »

Il s'autorise un petit rire rétrospectif.

« Totalement vrai, dit Guibolss. On les a drôlement instruits ! »

Bic Tordu lui décoche un petit sourire.

« Ce rapport est l'œuvre de l'équipe Gonzalo, poursuit-il. Gonzalo n'a aucun allié ni complice dans la pièce, à part Ariel, qui déjoue son assassinat, et Prospéro, qui œuvre en coulisses. Néanmoins, Colonel Death, TimIIz et Riz gluant m'ont fait l'honneur de m'aider à rédiger ce rapport. »

Il esquisse un mince sourire avunculaire dans leur direction.

« Rapport : La vie de Gonzalo après la fin de la pièce. Par l'équipe Gonzalo.

« Nous pouvons répartir les personnages de *La Tempête* entre optimistes et pessimistes. Les optimistes sont les tenants du côté le plus positif de la nature humaine, les pessimistes du côté le plus négatif. Donc, Ariel, Miranda et Ferdinand sont optimistes ; Alonso, Antonio et Sébastien sont pessimistes. Stéphano,

Trinculo et Caliban oscillent entre les deux, nourrissent l'espoir de bénéficier d'une bonne fortune mais ne rechignent pas non plus à recourir à la violence et à la mort et/ou à réduire d'autres individus en esclavage.

« Gonzalo se situe à l'extrême bout positif du spectre, à tel point qu'on se demande comment il a survécu en tant que conseiller à la cour du roi Alonso, où se pressent tant de cyniques, d'opportunistes et de courtisans. Qu'il ait survécu donne une certaine vraisemblance à un possible et authentique repentir d'Alonso, à la sincérité de ses déclarations et au fait que Ferdinand et Miranda pourront donc envisager, pour leur accession au trône, une transition saine et heureuse, soutenus par Alonso dans la mesure de ses moyens. Si Alonso n'avait pas été quelque peu bienveillant depuis le début – même s'il a contribué au cruel traitement infligé à Prospéro –, il n'aurait pas employé Gonzalo pour le conseiller.

« Mais Gonzalo n'a guère de pouvoir. Mis à part Prospéro, pas un seul des personnages positifs – Miranda, Ferdinand, Ariel, Gonzalo – ne jouit d'une position de pouvoir, et même celle de Prospéro est plutôt singulière. Comme le dit Caliban, sans ses livres, il n'est rien.

« L'extrême bonté est-elle toujours faible ? Une personne ne peut-elle être bonne que si elle n'a pas de pouvoir ? Ce sont des questions que nous pose *La Tempête*. Il y a bien entendu un autre type de force, celle que la bonté oppose au mal ; une force que le public de Shakespeare aurait bien comprise. Mais ce genre de force n'apparaît pas beaucoup dans *La Tempête*. Gonzalo n'est simplement pas tenté. Il n'a pas à refuser un dessert diaboliquement délicieux, puisqu'on ne lui en propose jamais.

« Voici maintenant ce que nous, l'équipe Gonzalo, proposons pour la vie future de Gonzalo :

« Supposons que nos amis pessimistes aient tort – Antonio ne l'emporte pas, Prospéro n'est pas jeté par-dessus bord –, supposons que tout en fait se déroule comme la fin de la pièce semble le prévoir. Oublions également la sympathique fantaisie sur Miranda et ses amies les déesses dont Anne-Marie vient de nous régaler avec tant de verve. Ça, c'est moi qui l'ajoute, car l'équipe Gonzalo n'était pas au courant de cette intervention. »

Il adresse à Anne-Marie un sourire pas totalement chaleureux.

« Revenons-en à notre rapport. *La Tempête* se dit en faveur de secondes chances, et nous devrions faire de même.

« Donc, tout le monde regagne Naples en profitant des vents favorables qu'Ariel a levés par l'intermédiaire de Prospéro et le mariage de Ferdinand et Miranda est célébré. Prospéro leur dit adieu et retourne à Milan, où il récupère son duché et jette sans nul doute Antonio en prison ou bien le neutralise. Prospéro nous dit qu'une de ses pensées sur trois sera sa tombe, mais ça nous en laisse deux sur trois pour gouverner Milan. Espérons qu'il fera mieux cette fois-ci.

« À la cour de Naples, Sébastien est bridé, du fait que Prospéro connaît ses intentions traîtresses à l'égard de son frère le roi, intentions que le vieux magicien a couchées sur papier et remises à Miranda pour qu'elle ait une arme contre Sébastien si nécessaire. Quant à Gonzalo, Ferdinand, Miranda et même le roi Alonso lui sont tellement reconnaissants des bonnes actions qu'il a accomplies au fil du temps qu'ils comblent tous ses désirs.

« Nous, l'équipe de Gonzalo, avons décidé d'éprouver la bonté de Gonzalo. Il choisit de retourner sur l'île avec un groupe de gens aussi bons que lui pour y fonder un royaume-république qu'il présidera et où il n'y aura ni différences de rang, ni durs labeurs, ni comportement sexuel immoral, ni guerres, ni crimes, ni prisons.

« C'est notre rapport.

« Signé Bic Tordu, Riz gluant, TimIIz et Colonel Death. »

Il adresse de nouveau un large sourire à toute la salle.

« Merci, dit Felix. Et comment marche-t-elle ?

— Quoi donc ? demande Bic Tordu innocemment.

— La république idéale de Gonzalo.

— L'équipe Gonzalo laisse cela à votre imagination, répond Bic Tordu. Disons que Gonzalo n'est pas un magicien. Il ne peut pas commander à des gobelins, de même qu'il ne peut pas ressusciter les morts. En plus, il n'a pas d'armée. Il dépend du bon fond des autres. Mais peut-être la généreuse Fortune, connue également sous le nom d'Étoile très favorable, lui sourira. C'est également un personnage de la pièce. Sans elle, Prospéro n'aurait jamais eu sa chance. Elle est très importante.

— Très juste, dit Felix. Oui. Bien vu ! La note maximale pour l'équipe Gonzalo. Comme disait mon oncle, mieux vaut être chanceux que riche.

— Je ne suis ni l'un ni l'autre », réplique Bic Tordu d'une voix douce.

Ce qui déclenche des éclats de rire gratifiants.

« Tu n'es peut-être pas encore chanceux, dit Felix, mais avec les étoiles très favorables, on ne sait jamais. Qui vient ensuite, en dernier ? Ah, l'équipe Graine de sorcière. »

45. L'équipe Graine de sorcière

Le visage cramoisi et plus piqueté de taches de rousseur que jamais, Guibolss s'avance vers le devant de la classe. Une jambe en avant, le pied tourné vers l'extérieur, le pelvis incliné et l'autre jambe oscillant comme si elle était soudée au genou, il s'efforce à toute fin d'adopter une posture de dominant. De son air renfrogné de Caliban, il passe en revue la troupe et les techniciens rassemblés, puis remonte lentement ses manches.

Bon numéro, pense Felix. *Il fait durer les choses.*

« L'équipe Graine de sorcière au rapport, monsieur », dit-il à Felix.

La formule est quasi militaire, mais en même temps discrètement ironique.

« Voici la vérité, claire et réelle, commence-t-il. Graine de sorcière, je veux dire Caliban, il a personne dans son équipe. Même ses prétendus amis et alliés, ces deux connards pochetronnés, ils ont aucune loyauté à son égard, ils se moquent de lui, ils l'insultent, ils cherchent à se faire du blé sur son dos. Donc, dans la pièce, il a pas d'équipe. La seule équipe qu'il ait jamais eue est morte, c'était sa mère, que les gens traitaient de sorcière. Mais elle avait dû l'aimer un minimum vu qu'elle l'a pas noyé comme un chaton. Elle a fait l'essentiel, elle a réussi à ce qu'il reste en vie. Il faut lui reconnaître ça, tout bien réfléchi. Elle était sans personne sur l'île, à mettre le bébé au monde et tout ça. Elle avait peut-être ses défauts, mais elle a fait ce qu'elle a pu pour lui. Elle était coriace. »

Hochements de tête dans l'assistance : une pensée pour les mères coriaces mais faillibles.

« Puis elle est morte et Caliban a poussé tout seul. Il a bien accueilli Prospéro au début, mais après Prospéro est sur son dos vingt-quatre heures sur vingt-quatre, sept jours sur sept, et Ariel l'aide pas non plus, alors qu'en un sens ce sont tous les deux des esclaves. Comme Prospéro menace de les torturer, ils bronchent pas plus l'un que l'autre ; la seule différence, c'est qu'Ariel fayote alors que Caliban tient tête, donc il y a que Caliban qui a droit à des pincements ou qui se tape des crampes.

« Mais je suis content de dire que j'ai eu une équipe pour m'aider à établir ce rapport, et c'est le groupe de choristes et de costumiers de Graine de sorcière dans les numéros qu'on a présentés, à savoir Popol, TimIIz, Fissa Fissa et Coyote-Rouge. Les gars, vous avez été super, j'aurais pas pu m'en sortir sans vous, on a vraiment cartonné, et ça restera toujours un grand souvenir dans ma vie. »

Il s'interrompt. Est-ce étudié, ou il a vraiment la gorge serrée ? *Je l'ai trop bien formé*, songe Felix, *si même moi je suis infichu de faire la différence.*

« Voici donc notre rapport, reprend Guibolss. Rapport de l'équipe Graine de sorcière. Qu'arrive-t-il à Caliban une fois que c'est fini ? À la fin de la pièce, il est là en suspens, du coup on sait pas vraiment.

Est-ce qu'il va devenir le bon serviteur de Prospéro, ou quoi ?

« Bien, on a pensé à plusieurs façons dont ça pourrait se passer. Premièrement, Caliban reste sur l'île et le reste du groupe s'en va à bord du voilier. Il récupère l'île, il en est le roi, comme il voulait, mais il y a plus personne, donc où est l'intérêt ? On peut pas être roi si on est pas le roi de quelqu'un, pas vrai ? »

Hochements de tête de la troupe. Ils écoutent attentivement : ils ont vraiment envie de connaître le sort de Caliban.

« Bien, donc a balancé cette première possibilité. Ensuite – c'est la deuxième option –, il monte avec tous les autres à bord du voilier pour Naples. Prospéro se fait tuer et Miranda violer, comme ce qu'a dit l'équipe Antonio – désolé, Anne-Marie, mais dans la vraie vie il y aurait pas de déesses, donc c'est ce qui se passerait –, seulement, elle est pas violée par Graine de sorcière. Uniquement par Antonio, parce que c'est un sacré salaud, comme il a dit. Après, il la tue, parce qu'il veut être duc et qu'il est pas question qu'il ait de la concurrence, il faut qu'elle disparaisse, c'est logique. Caliban est furax, mais il peut rien faire, parce que cette fois Stéphano et Trinculo l'enchaînent à fond de cale.

« Quand ils arrivent à Naples, ils l'exhibent pour ramasser de l'argent, exactement comme ils l'avaient envisagé. Ils racontent aux badauds que c'est un sauvage de la jungle, un monstre à moitié poisson, et aussi qu'il bouffe les gens. Tout le monde lui balance des trucs dessus, comme à un gorille en cage, on l'insulte méchamment, pareil que Prospéro, Miranda, Stéphano et Trinculo, on le pique avec des bâtons pour qu'il gronde et jure, et on se moque de lui. En plus, on lui file de la merde à bouffer. Alors, au bout d'un moment, il attrape un paquet de maladies – il a jamais été vacciné, d'accord ? – et un jour il a une éruption de boutons et de la fièvre, et après il s'effondre et il meurt. »

Silence dans la salle. Tout est très plausible.

« Mais c'était trop noir pour nous, reprend Guibolss. Pourquoi les autres personnes de la pièce ont droit à une seconde chance et pas lui ? Pourquoi il faut qu'il souffre autant parce qu'il est ce qu'il est ? C'est comme si c'était, vous voyez, un Noir ou un indigène, ou va savoir. La scoumoune au carré depuis le premier jour. Il a jamais demandé à venir au monde. »

Encore plus de hochements de tête. Guibolss tient son public. *Où les emmène-t-il ?* se demande Felix. Vers l'inconnu, ça se voit dans ses yeux. Il va leur balancer une surprise.

« Alors, voilà ce qu'on pense, poursuit Guibolss. On pense à ce passage où Prospéro dit : "Cette chose des ténèbres, je la reconnais mienne." Qu'est-ce qu'il veut dire par là ? Juste que Caliban travaille pour lui ou qu'il est, vous voyez, son esclave ? Il y a forcément plus que ça. »

Il se penche en avant, et les regarde dans les yeux l'un après l'autre.

« C'est ce qu'on pense. C'est forcément vrai. Voilà : Prospéro est le père de Caliban. »

Murmures, petits mouvements de tête. Ils ne sont pas convaincus.

« Suivez-moi, insiste Guibolss. Examinons ça. Sa mère est une sorcière, d'accord ? Sycorax. Elle est méchante ! Prospéro est un sorcier. Ils font beaucoup de trucs du même genre – charmes, sortilèges, déclencher le mauvais temps –, y compris quand ils embarbouillent Ariel, sauf que Prospéro fait ça mieux, et qu'on est censés penser que, venant de lui, c'est bien et, venant d'elle, c'est dégueulasse. Supposons qu'ils se soient rencontrés plus tôt à une sorte de convention de sorciers, par exemple, et qu'ils aient eu une histoire. Un coup d'un soir. Il la baise, repart rapidos à Milan ; elle se retrouve en cloque, on découvre son état et on l'abandonne sur l'île.

« Prospéro échoue sur le rivage. À ce moment-là, Sycorax est morte, n'empêche, à peine il jette un coup d'œil à Caliban qu'il comprend de qui ce gamin est le fils. Il traite la mère morte de tous les noms, c'est naturel ; il avoue pas la vérité au petit, mais se dit qu'il pourrait quand même en faire quelque chose – ce gamin a sûrement des qualités, pas vrai, puisqu'il tient à moitié de lui. Au début, il est fier de Caliban, parce qu'il est autonome, qu'il se débrouille tout seul sur l'île, qu'il rapporte de la nourriture, des noix de caryer et du poisson, n'importe – il demande qu'à faire plaisir. Donc Prospéro gâte le petit, il lui apprend des trucs. À parler, et tout.

« Là-dessus, le gamin essaie de se taper Miranda. C'est naturel aussi, peut-être pas sympa, y avait-il consentement, va savoir, il dit, elle dit, bon, de toute façon qui est fautif, d'avoir laissé Miranda gambader librement ? Prospéro aurait dû le voir venir. Il aurait dû boucler la petite, si c'était tellement important. Prospéro devrait se manger une partie de la faute pour cette affaire.

« C'est pas comme ça qu'il réagit. À la place, il se met dans tous ses états, accumule les insultes, applique la torture, oublie toutes les qualités de Caliban, son talent musical par exemple. Pourtant, vers la fin, Prospéro commence à comprendre que tout est peut-être pas que la faute de l'autre. En plus, il voit que les mauvais côtés de Caliban sont très proches des siens. Tous les deux sont des furieux, tous les deux ont l'insulte facile, tous les deux sont habités par l'envie de vengeance : ils sont bien pareils. Caliban est comme son méchant alter ego. Tel père, tel fils. Alors, là, il avoue : "Cette chose des ténèbres, je la reconnais mienne." C'est ce qu'il dit, et c'est ce qu'il pense.

« Donc, après la pièce, Prospéro essaie de réparer ses torts. Il prend Caliban à bord du bateau, le flanque sous la douche, le brique pour le débarrasser de son odeur de poisson, lui commande de beaux habits neufs, en fait un page ou un truc du genre, vous voyez, pour qu'il apprenne à manger dans une assiette. Il dit qu'il regrette et qu'il faut qu'ils repartent sur des bases nouvelles. Il sollicite le côté artistique de Caliban, avec ses beaux rêves et tout. Une fois que Caliban est propre, bien habillé et qu'il sait se tenir, les gens le trouvent plus si moche. Ils pensent qu'il est, vous voyez, fruste.

Donc, de retour à Milan, Prospéro l'installe comme musicien. Maintenant qu'il a sa chance, le gamin se débrouille vraiment bien. Il est capable, vous voyez, de faire ressortir chez les gens les émotions de l'obscur, via la musique. Cela dit, il faut qu'il évite l'alcool, pour lui, c'est du poison, ça le rend fou. Donc il fait cet effort-là et reste sobre.

« Et tout à coup, c'est une star. Prospéro est vraiment fier de lui. Le gamin est en haut de l'affiche de tous les concerts style ducal. Il a un nom de scène, il a un groupe : Graine de sorcière et les choses des ténèbres. Il est, genre, célèbre dans le monde entier.

« C'est notre rapport. On espère qu'il vous plaît. »

Cette fois, la classe est totalement d'accord. Il y a un chœur de « Ouais » et de « Chapeau », et une salve d'applaudissements qui enfle jusqu'à ce que le reste de la troupe se mette à frapper des mains en rythme, puis à taper des pieds. « Graine de sorcière ! Graine de sorcière ! On veut Graine de sorcière ! »

Felix se lève. Il faut éviter les débordements.

« L'équipe Graine de sorcière, c'était excellent. Note maximale ! Une interprétation extrêmement créative ! Et une conclusion parfaite pour la partie formelle de notre cours. Maintenant, le pot de dernière ! Prêts ? »

46. Nos divertissements

Paquets de chips et canettes de ginger ale circulent à la ronde. Il y a des conversations, des cliquetis de canettes, une ambiance de fête feutrée. Dans quelques minutes, ils approcheront furtivement Felix, un à un, et ils lui balanceront des espèces de remerciements timides. C'est toujours comme ça lors de ces soirées. Ça, plus l'ouverture des paquets de chips et les cigarettes prestement fourrées dans les poches.

Le nombre de cigarettes par paquet est le même, et pourquoi pas ? Ils s'en sont tous tellement bien tirés. Une fois que Felix aura disparu, les marchandages et le troc commenceront : les cigarettes constituent une monnaie parallèle, très appréciée pour les pots-de-vin et l'obtention de marchandises et de faveurs.

« C'est pas ma marque habituelle », dit Bic Tordu.

Gloussements : tout le monde sait qu'il ne fume pas.

« S'il y a un trou à un bout et le feu à l'autre, moi, je la fume », braille Coyote-Rouge.

Surin : « C'est de ma femme que tu parles. »

Rires.

« Oui, mais il est où le bon bout ? »

Nouveaux rires.

« Pardon, Anne-Marie.

— Attention, fait Anne-Marie. N'oubliez pas que j'ai le pouvoir de la déesse.

— À propos, bien joué, Anne-Marie, dit Felix. Je n'avais rien vu venir.

— Tu n'arrêtes pas de dire que la magie doit être imprévisible. Je voulais te surprendre.

— Et tu as réussi.

— On t'est vraiment reconnaissants, Freddie et moi. C'est...

— Inutile. J'ai été heureux de vous aider.

— Nous aussi, on a une surprise pour vous. » Guibolss s'est joint à eux.

« Oh ? s'exclame Felix. Quel genre de surprise ?

— C'est un autre numéro qu'on a écrit, lui explique Guibolss. Les graines de sorcière et moi. On l'a composé tous ensemble. On bosse sur, genre, une comédie musicale.

— Une comédie musicale ? s'écrie Anne-Marie. Sur Caliban ?

— Oui, sur ce qui se passe après la fin de la pièce. Le rapport, ça nous a fait réfléchir : pourquoi Caliban aurait pas droit à une pièce ?

— Continue, lui dit Felix.

— Bon, alors, ça commence au moment où Stéphano et Trinculo l'enferment dans une cage et l'exhibent pour récolter du pognon. Mais, dans la comédie musicale, il s'évade. C'est ce numéro qu'on a bossé – quand il s'échappe et clame qu'il sera plus un esclave, qu'il vivra plus dans une cage. »

Boom boom boom, les graines de sorcière envoient les premières mesures. Guibolss chante :

« Liberté, hourra ! Hourra, liberté ! Liberté, hourra, liberté !

Suis sorti de ma cage, là, j'ai la rage –
Plus de barrage pour les poissons
Plus de bois pour le feu
Que tu m'as demandé de rapporter
Plus d'écuelle à gratter, plus de plat à laver ;
Jamais plus j'te lècherai les pieds
Jamais plus j'marcherai derrière tes souliers
Dans le bus, j'irai pas à l'arrière
Et toi rends-nous notre terre !

Ban-ban, Ca-Caliban,
Pas de maître pour moi, non, j'en suis pas !
Alors, mets-toi ça dans le cul, rends-moi mon dû,
Là, il est très très tard, la rage m'a empoigné,
Je suis prêt à me dé-chaî-ner !
Je bosserai pas pour des clous
Et j'vivrai pas dans un placard à pisser dans un trou
Alors que tu te fais du blé en me collant sous les verrous !

Tu m'files des coups de pied dans la tête, tu m'abandonnes dans la neige,
Où tu m'laisses pour mort,
Parce que j'te suis rien.
Ban, ban, Ca-Caliban,
Tu me prends pour un animal, un moins que rien !

Là, Graine de sorcière est noir, et basané,
Graine de sorcière est rouge, m'en fous si t'es fâché,
Graine de sorcière est jaune et blanc déshérité,
Il a des tas de noms, il traîne dans l'obscurité,
Tu l'as mal traité, si bien qu'il est totalement apeuré,
Graine de sorcière !

Ban-ban, Ca-Caliban,
Pas de maître pour moi, non, j'en suis pas !
Bouge-toi, mec ! Y pense plus, laisse couler...
Pas pour moi, non, pas pour moi, non, pas pour moi, non ! Non non non ! »

« C'est fort, dit Felix. Très fort.
— Plus que fort, renchérit Anne-Marie. Ça a... Ça pourrait vraiment... Mais que se passe-t-il après qu'il s'est évadé de la cage ?
— On pense qu'il pourrait peut-être s'attaquer à tous ceux qui l'ont si mal traité, répond Guibolss. S'offrir une vengeance totale, un peu comme Rambo. Les attraper un par un, à commencer par Stéphano et Trinculo.
— Et Prospéro ? s'enquiert Felix.
— Et Miranda ? dit Anne-Marie.
— Peut-être qu'ils sont pas dans la comédie musicale, répond Guibolss. Ou peut-être que oui. Peut-être que Caliban leur pardonne. Peut-être que non. Peut-être qu'il les suit, qu'il leur saute dessus et les arrange avec ses griffes. On y réfléchit encore. »

Felix est intrigué : Caliban a échappé à la pièce. Il a échappé à Prospéro, comme une ombre se détache de son propre corps pour s'en aller rôder par elle-même. À présent, il n'y a plus personne pour le refréner. Prospéro sera-t-il épargné, ou bien le châtiment se pointera-t-il par la fenêtre une sombre nuit pour lui trancher la gorge ? Il se tâte le cou avec circonspection.

« Vous pensez que vous pourrez peut-être vous charger de la mise en scène, monsieur Duc ? demande Guibolss. Quand ce sera fini ? C'est vous, euh, qu'on choisirait en premier. »

Il sourit timidement.

« Si je suis toujours en vie », répond Felix.

Cette proposition lui procure un plaisir absurde, même s'il est bien entendu que ça n'arrivera jamais. À moins que ?

« C'est possible. On ne sait jamais. »

47. Sont maintenant terminés

Felix est en train de finir son ginger ale quand 8Pinces, Guibolss et Œil-de-serpent s'approchent de lui.

« Encore un truc, dit Œil-de-serpent. À propos du cours, tout ça.

— Quoi ? »

Qu'a-t-il oublié ?

« La neuvième prison, répond 8Pinces. On n'en a compté que huit. Vous vous rappelez ?

— Vous aviez promis de nous dire si on devinait pas, insiste Guibolss.

— Oh, oui, fait Felix en rassemblant ses esprits. À la fin, tout ne se termine pas si bien que ça pour Prospéro, n'est-ce pas ? Il récupère son duché, mais ça ne l'intéresse plus trop. Donc il gagne, mais il perd aussi. Plus important, il perd les deux êtres qu'il aime : Miranda, qui vit désormais avec Ferdinand et va partir loin de lui, à Naples ; et Ariel, qui quitte son service sans même un regard en arrière. Prospéro le regrettera, mais Ariel ne donne pas l'impression de le regretter : il est heureux d'être libre. Le seul qui restera peut-être avec Prospéro est Caliban, et ce n'est pas vraiment un cadeau. Cependant, pourquoi

Prospéro aurait-il besoin de lui, maintenant qu'il quitte l'île ? De retour à Milan, il aura d'autres serviteurs. Peut-être emportera-t-il cette chose des ténèbres avec lui en raison d'un certain sentiment de responsabilité : c'est à lui, et à personne d'autre qu'elle appartient. Mais au moment qui nous intéresse, Prospéro se sent coupable pour autre chose.

— D'où tirez-vous tout ça ? dit Guibolss. À propos de sa culpabilité ?

— C'est là, réplique Felix en parcourant son texte. Il dit : "Ne me laissez pas sur cette île nue / Par votre sortilège retenu." Prospéro abolit ses charmes et s'apprête à briser sa baguette magique et à noyer son livre, afin de ne plus jamais pratiquer la magie. C'est le public qui a désormais la maîtrise des sortilèges, déclare-t-il : à moins que les spectateurs ne consacrent le succès de la pièce par leurs applaudissements et leurs hourras, il restera prisonnier de l'île.

« Puis il ajoute qu'il veut également qu'ils prient pour lui. Il dit : "Et à la fin je désespère / Si ne me secourt la prière, / Assez puissante pour forcer / La Merci même, et absoudre tous les péchés." En d'autres termes, il veut un pardon divin. Quant aux dernières phrases de la pièce, "Si vous voulez que soient pardonnées vos offenses, / Que me délivre alors votre indulgence", elles ont une double signification.

— Oui, c'est dans les notes, remarque Bic Tordu.

— J'ai oublié ce passage, dit Œil-de-serpent.

— Une indulgence était un carton pour échapper gratuitement à l'enfer, explique Felix. Dans le temps, ça s'achetait.

— On peut toujours, intervient Œil-de-serpent. Ça s'appelle une amende.

— Ça s'appelle une caution, dit Guibolss. Seulement, c'est pas gratos, on est d'accord ?

— Ça s'appelle une libération conditionnelle anticipée, ajoute 8Pinces. Seulement, on la paie pas. On est censé la mériter.

— C'était quoi, le truc de culpabilité ? dit Anne-Marie. Qu'est-ce que Prospéro a fait de si terrible ?

— Oui, quoi ? » demande Felix. C'est une question rhétorique.

D'autres membres de la troupe les ont rejoints.

« Il ne nous le dit pas. C'est une énigme de plus dans la pièce. Mais *La Tempête* est une œuvre sur un homme produisant une pièce – une œuvre sortie de sa tête, ses "fantaisies" –, il se peut donc que la faute pour laquelle il réclame le pardon soit la pièce elle-même.

— Élégant ! s'écrie Anne-Marie.

— Je ne pige pas, dit Œil-de-serpent. Une pièce n'est pas un crime.

— Un péché, précise Felix. Pas une faute d'ordre judiciaire. Une faute morale.

— Je ne pige toujours pas, répète Œil-de-serpent.

— Tous ces sentiments de vengeance ? Toute cette colère ? Faire souffrir d'autres personnes ?

— Bon, oui, peut-être, concède Œil-de-serpent.

— D'accord, mais la neuvième prison ? reprend 8Pinces.

— C'est dans l'épilogue, répond Felix. Prospéro le dit au public, concrètement : "Si vous ne me laissez pas partir, je serai obligé de rester sur l'île" – c'est-à-dire qu'il sera prisonnier d'un enchantement. Il sera forcé de revivre ses sentiments de vengeance indéfiniment. Ce serait comme l'enfer.

— J'ai vu un film d'horreur dans cet esprit, déclare 8Pinces. Sur le site Rotten Tomatoes.

— Les deux derniers mots de la pièce sont "délivrez-moi", poursuit Felix. On ne dit pas "délivrez-moi" si on est libre. Prospéro est prisonnier de la pièce qu'il a lui-même composée. Maintenant, vous l'avez : la neuvième prison, c'est la pièce elle-même.

— OK, cool ! s'exclame 8Pinces. C'est génial.

— Malin, dit Anne-Marie.

— Je ne suis pas certain d'être totalement convaincu, grommelle Bic Tordu.

— Quelle pièce on fait l'an prochain ? demande Surin. Vous revenez, hein ? On a sauvé le programme ?

— Je vous promets qu'il y aura une pièce l'an prochain. C'est ce pourquoi nous avons travaillé tous ensemble. »

« J'ai comme envie de pleurer, dit Anne-Marie tandis qu'ils redescendent le couloir ensemble. Parce que c'est fini. Les divertissements sont maintenant terminés. Et c'était un divertissement vachement bon ! »

Elle prend Felix par le bras. La porte de sécurité se referme derrière eux avec un bruit sourd.

« Les divertissements se terminent. Mais seulement ceux-là. Tu en auras d'autres. Comment ça va avec Freddie ?

— Jusqu'à présent pas mal », dit Anne-Marie avec sa sobriété habituelle.

Il observe son profil : elle affiche un sourire immanquable.

Ils passent la Sécurité, et Felix prend congé de Dylan et de Madison.

« C'était super, lui dit Dylan. Fantastiques cookies, ajoute-t-il à l'adresse d'Anne-Marie.

— À bientôt, monsieur Duc, lance Madison. Même date, l'an prochain ?

— Trois fois *merde*, hein ? poursuit Dylan.

— J'ai hâte d'y être », répond Felix.

Sur le parking, il remercie encore Anne-Marie, puis franchit la porte au volant de sa voiture poussive et descend la colline en suivant la route sinueuse. De chaque côté, des amoncellements beigeasses, d'où ruissellent des filets de neige fondue. Subitement, c'est le début du printemps. Combien de temps a-t-il passé à l'intérieur du pénitencier Fletcher ? Des années, lui semble-t-il.

Sa Miranda a-t-elle quitté le pot de dernière, elle aussi, a-t-elle franchi la Sécurité, est-elle dans la voiture avec lui ? Oui, elle est là sur la banquette arrière, dans un coin : ombre parmi les ombres. Elle est triste de quitter tous ces êtres merveilleux dans leur beau monde nouveau.

« Il est nouveau pour toi », dit-il.

ÉPILOGUE :
DÉLIVREZ-MOI

Dimanche 31 mars

Felix est dans sa bicoque, il fait ses bagages ; encore qu'il n'y ait pas grand-chose à emballer. Des bricoles. Quelques vieux vêtements ; il les plie avec soin, les range dans sa valise noire à roulettes. Le printemps est officiellement là ; dehors, la neige fond, les oiseaux travaillent déjà leur voix. Le soleil coule à flots par la porte ouverte, ce qui est aussi bien, car l'électricité a été coupée chez Felix.

Quand il a péniblement traversé la neige humide pour aller demander des explications à la ferme, il a découvert qu'elle était désertée : la famille de Maude avait décampé en laissant – il le présume – un solide paquet de factures impayées. Ils ont fait place nette. C'est à croire qu'ils n'ont jamais habité les lieux : comme s'ils s'étaient incarnés aussi longtemps que Felix avait eu besoin d'eux, puis qu'ils s'étaient évaporés dans les champs et les bois. « Vous, elfes des collines, des ruisseaux, des lacs tranquilles et des bosquets », murmure-t-il pour lui-même. Mais il est plus vraisemblable qu'ils soient dans le camion de Bert, en route pour l'Ouest et de plus riantes perspectives.

Il a eu sa vengeance, si l'on peut dire. Ses ennemis ont souffert, ce qui lui a procuré un réel plaisir. Puis Felix a semé le pardon à la ronde tout en écoutant Tony serrer les dents, ce qui lui a procuré encore plus de plaisir. Et tant qu'il gardera la fameuse vidéo dans le *cloud* où il l'a stockée, ce n'est pas demain la veille que Tony pourra lui mettre des bâtons dans les roues, malgré l'envie que ce fourbe connard en aura. Mais il a démissionné de son poste et a donc perdu tout crédit. Il n'a pas de moyens de pression, il n'a pas de plateforme de pouvoir ; il ne compte plus parmi les gens influents. Tony est hors du jeu tandis que Felix s'est remis en selle, ce qui est dans l'ordre des choses.

Concrètement, Felix a retrouvé son ancien poste : directeur artistique du Festival de théâtre de Makeshiweg. Il peut monter sa *Tempête* d'il y a douze ans, sa *Tempête* longtemps perdue, si ça lui plaît.

Si curieux que ça puisse paraître, il n'en a plus envie. La version de la Troupe du pénitencier Fletcher est sa vraie *Tempête* : jamais il ne pourrait faire mieux. Maintenant qu'il a réussi de manière tellement spectaculaire, pourquoi prendrait-il la peine de se lancer dans une initiative plus médiocre ?

Quant à directeur artistique, il n'en aura que le titre. Il sera une *éminence grise*, il œuvrera en coulisses. Il brisera son bâton, il noiera son livre, parce qu'il est temps que les jeunes prennent la relève.

Il a engagé Freddie comme directeur adjoint : il apprendra sur le tas, Felix lui donnera un coup de main pendant un moment, mais en substance il se chargera de lui passer les clés, processus qu'il a déjà entamé. Le garçon apprend vite et a le sentiment qu'il ne remerciera jamais assez Felix, et ça aussi, c'est un sentiment agréable : de n'être jamais assez remercié.

Anne-Marie a été embauchée comme chorégraphe en chef pour les comédies musicales que Freddie veut ajouter au répertoire de Makeshiweg. La première qu'ils vont produire, c'est *Crazy for You* : elle comporte suffisamment de numéros de danse pour permettre à Anne-Marie de déployer son talent. Elle pourra s'éclater, faire un tabac, et Felix ne doute pas un instant qu'elle y parvienne.

Ils travaillent superbement ensemble, ces deux-là. On jurerait qu'ils sont faits l'un pour l'autre, tels deux champions de danse sur glace. Quand il les regarde étudier des croquis de costumes, discuter gravement de leur esthétique et bidouiller leurs scénographies sur écran, Felix sent sa gorge se serrer comme s'il assistait à un mariage : cet étrange mélange de nostalgie du passé et de joie pour l'avenir ; la joie des autres. Lui-même n'est plus qu'un témoin bienveillant qui leur jette des poignées de riz virtuel. Leur chemin ne sera pas facile, car le théâtre n'a jamais été facile, mais au moins leur aura-t-il mis le pied à l'étrier. Sa vie a eu ça de bon qu'elle a donné ce résultat, aussi éphémère ce résultat pourra-t-il être au final.

Mais tout est éphémère, se dit-il. Les palais somptueux, les tours coiffées de nuages. Qui le sait mieux que lui ?

Il avait cru que Sal O'Nally s'énerverait à propos de Freddie : son fils adoré soufflé sous son nez par Felix, arraché au monde du droit et de la politique, dans lequel il avait voulu le caser, et lié à un garçon manqué comme Anne-Marie. Au contraire, Sal semble soulagé : l'avenir de son garçon a un sens, Freddie est heureux et, surtout, il n'est pas mort ! Que du positif pour un père aussi aimant. Aujourd'hui, même les pères aimants doivent lâcher prise tôt ou tard. Désormais, le garçon travaillera à son propre destin, dans la mesure de ses moyens, comme tout le monde.

Felix s'interrompt dans sa tâche pour faire le point. Autant pour sa garde-robe que pour lui, le qualificatif « minable » est encore loin du compte, s'il y réfléchit. Il se fera couper les cheveux et s'offrira enfin de meilleures dents ; très bientôt, il ira faire des courses. Il lui faut des habits neufs, parce qu'il part en croisière.

Estelle a organisé ça pour lui. Parmi ses nombreuses relations, il y a des gens à la tête de compagnies de croisières. Profite de l'occasion ! lui a-t-elle conseillé. Saisis la Fortune aux cheveux, parce qu'après les moments éprouvants qu'il a connus, ne serait-ce pas une bonne idée qu'il fasse une pause et se détende ? Qu'il se prélasse sur une chaise longue au soleil ? Que le sel marin l'aide à se rétablir ?

Ça ne lui coûtera rien : tout ce qu'il aura à faire, ce sera de donner deux conférences sur ses merveilleuses expériences théâtrales au pénitencier Fletcher. Il pourrait même présenter les vidéos, s'il le juge opportun ; les gens seraient fascinés, son approche est tellement novatrice ! Ou bien s'il ne peut les montrer pour des questions de confidentialité liées aux comédiens, il pourrait au moins discuter de ses méthodes. Et les Caraïbes sont splendides à cette époque de l'année, a-t-elle ajouté. Elle-même participerait aussi à la croisière. Ils pourraient faire de la danse en ligne et d'autres trucs ensemble. Ce serait amusant !

Felix a commencé par regimber. Un bateau de croisière bourré de vieux, encore plus vieux que lui, somnolant sur des chaises longues et faisant de la danse en ligne... C'était son idée, sinon de l'enfer, au moins des limbes. D'un état de suspension quelque part sur la route de la mort. Mais, en y repensant, qu'a-t-il à perdre ? Après tout, il y est déjà sur la route de la mort, alors pourquoi ne pas faire bombance pendant le trajet ?

Donc il a dit oui, mais à une condition. 8Pinces a obtenu sa libération conditionnelle et Felix ne peut pas, en conscience – affirme-t-il à Estelle –, laisser le jeune gars livré à lui-même. D'après ce qu'il a entendu, le jour suivant la levée d'écrou est même encore plus terrifiant que le jour où on est bouclé. 8Pinces doit donc, lui aussi, participer à la croisière. Il pourrait réciter certains des discours d'Ariel durant les exposés de Felix ; il les connaît sur le bout des doigts, c'est un comédien-né. Et, dans ce genre de croisière, le garçon pourrait peut-être rencontrer un homme d'affaires influent – quelqu'un dans le numérique – qui reconnaîtrait ses talents considérables et lui offrirait le champ créatif dont il aurait besoin. Avec tout le dur boulot qu'il a accompli pour Felix, ce garçon a bien le droit à des vacances.

Les bracelets d'Estelle ont tintinnabulé quand elle lui a pressé le bras : ils en sont maintenant à se presser le bras, c'est entendu. Pas de problèmes du tout, lui a-t-elle dit, en lui décochant un large sourire. Elle tirerait les ficelles qu'il fallait. Elle était d'avis que le jeune 8Pinces méritait un peu de bonne fortune, et l'air de la mer serait pour lui tellement libérateur.

Felix plie sa tenue d'animaux en peluche : la prendre ou la jeter ? Sur une impulsion, il la range dans la valise. Il l'embarquera en croisière avec lui, elle ajoutera une note de couleur et d'authenticité à ses présentations. L'aura qu'elle avait autrefois pour lui est en train de s'atténuer, telles des guirlandes festives à midi. D'ici peu, elle ne sera plus qu'un souvenir. Et voici sa canne à tête de renard. Ce n'est plus un bâton magique, ce n'est qu'un bout de bois. Brisé. Faudrait-il qu'il l'ensevelisse à plusieurs brasses dans la terre ? Ce serait bien théâtral. Et, de toute façon, où serait le public ?

« Adieu, lui dit-il. Mon art si puissant. »

L'idée lui tombe dessus comme une vague : il s'est trompé à propos de sa *Tempête*, il s'est trompé pendant douze ans. La finalité de son obsession n'était pas de ramener Miranda à la vie. La finalité était quelque chose de totalement différent.

Il se saisit de la photo de Miranda dans son cadre argenté, Miranda qui rit joyeusement sur sa balançoire. La voilà, à trois ans, perdue dans le passé. Mais non, car elle est aussi ici et le regarde se préparer à quitter la pauvre cellule où elle a été piégée avec lui. Déjà, elle s'estompe, perd de sa substance : c'est à peine s'il la perçoit. Elle lui pose une question. Exige-t-il qu'elle l'accompagne jusqu'au terme de son voyage ?

À quoi pensait-il donc – en la gardant ainsi attachée à lui tout ce temps ? En l'obligeant à obéir à ses ordres ? Quel égoïste il a fait ! Oui, il l'aime : sa chérie, son enfant unique. Mais il sait ce qu'elle veut au fond, et ce qu'il lui doit.

« Dans les éléments sois libre », lui dit-il.

Et enfin elle l'est.

La Tempête : l'original

Lors d'une tempête en mer, un navire se retrouve en difficulté. Alonso, roi de Naples ; son frère, Sébastien ; son conseiller, Gonzalo, et son fils, Ferdinand, sont à bord, ainsi qu'Antonio, le duc de Milan, Stéphano, le sommelier, et Trinculo, le bouffon. Les éclairs frappent, le navire commence à sombrer en dépit des efforts du maître d'équipage et des marins, et tous craignent pour leur vie. Dans cette scène, Ariel, l'esprit des éléments, est en général visible dans les gréements.

Sur la rive d'une île proche, Miranda, quinze ans, plaint les malheureux qui se noient, mais son père, le magicien Prospéro, lui affirme que personne n'est blessé et qu'il a fait tout ça pour son bien à elle. Il lui explique ensuite pourquoi il a soulevé cette tempête. C'est lui, et pas Antonio, le duc légitime de Milan. Absorbé par les sciences occultes, il a délégué les affaires du duché à son frère, lequel a profité de la situation pour se liguer avec Alonso, ennemi politique de Prospéro. Alonso a envahi Milan, et Prospéro et Miranda, alors âgée de trois ans, ont été flanqués dans un vieux rafiot pourri, sans rien hormis quelques vêtements et les livres de Prospéro, que lui a remis Gonzalo, le bon conseiller. Ils ont dérivé jusqu'à l'île où, depuis douze ans, ils vivent dans une « cellule », une sorte de grotte.

À présent, une étoile favorable et la déesse de la fortune ont mis ses ennemis à la portée de Prospéro. Il a orchestré cette illusion de tempête afin qu'ils s'échouent sur l'île. Ses objectifs sont doubles : se venger et améliorer le sort de Miranda.

Prospéro plonge Miranda dans le sommeil, revêt sa tenue magique et convoque son serviteur en chef, l'esprit Ariel. Ariel sert Prospéro, qui l'a libéré du pin fendu où l'avait emprisonné la sorcière Sycorax, dont il refusait d'exécuter les ordres odieux, mais à présent il réclame sa liberté. Prospéro lui reproche son ingratitude, mais lui promet de le libérer s'il l'aide à mener à bien le plan qu'il a ourdi contre ses ennemis. Ariel décrit alors la « tempête » qu'il a levée. Trois groupes de voyageurs ont abordé l'île en différents endroits : Ferdinand seul, Stéphano et Trinculo au même point, mais séparément, et le groupe des nobles de son côté.

Nouvel ordre pour Ariel : se vêtir en nymphe de la mer, se rendre invisible à tous à l'exception de Prospéro et trouver Ferdinand – lequel croit que son père s'est noyé. Ariel doit le conduire en musique jusqu'au lieu où il découvrira Miranda.

Prospéro réveille Miranda et ils vont chercher l'autre serviteur de Prospéro, Caliban, le fils, hideux et brutal, de Sycorax. Caliban, Prospéro et même Miranda échangent injures et reproches : Caliban accuse Prospéro de lui avoir volé l'île et Prospéro insiste sur le fait que Caliban a essayé de violer Miranda. Caliban regrette de ne pas avoir réussi, ce qui lui aurait permis de peupler l'île de Caliban ; puis, contraint par les esprits de Prospéro, qui le pincent, il s'en va ramasser du bois.

Ariel guide Ferdinand, qui est frappé d'admiration devant Miranda, comme elle l'est devant lui. Afin que les choses ne soient pas trop faciles, ce qui les dévaloriserait, Prospéro organise une épreuve : il désarme Ferdinand magiquement, l'accuse d'être un imposteur et un traître et déclare qu'il va l'emprisonner. Ferdinand clame qu'il supportera ce traitement pourvu qu'il puisse contempler Miranda une fois par jour.

Ariel a pour mission d'espionner le groupe des nobles : Alonso, Sébastien, Gonzalo, Antonio et d'autres seigneurs. Convaincu que son fils s'est noyé, Alonso est très malheureux. Gonzalo essaie de le réconforter en vantant l'île et en décrivant la société utopique qu'il créerait s'il la dirigeait. Antonio et Sébastien se moquent de lui. Ariel apparaît et plonge Alonso et Gonzalo dans le sommeil, à la suite de quoi Antonio propose à Sébastien de les assassiner, afin de placer Sébastien sur le trône de Naples. Néanmoins, Ariel réveille les dormeurs juste à temps et file rapporter ces développements à Prospéro.

Pendant ce temps, Caliban ramasse du bois, quand il voit approcher le bouffon Trinculo. Craignant d'avoir affaire à un esprit qui va le tourmenter, il se cache sous son manteau. Un orage approche et Trinculo se réfugie à son tour sous le fameux manteau, en dépit de la puanteur de poisson qu'il dégage et du monstre qui est dessous. Stéphano, le sommelier, approche en titubant : il est ivre. Il soûle Caliban aussi, Caliban qui décide alors de vénérer Stéphano comme un dieu et d'en faire son maître à la place de Prospéro. Il chante une chanson à cet effet.

Entre-temps, Ferdinand a été contraint de charrier des bûches. Miranda apparaît et le supplie de se reposer – elle fera le travail pour lui. Ils s'avouent leur amour et se promettent de se marier. Prospéro, dissimulé à leur vue, se réjouit.

Caliban, Stéphano et Trinculo sont à présent encore plus soûls et, après une dispute orchestrée par Ariel, Caliban propose qu'ils tuent Prospéro et installent Stéphano comme le roi de l'île, avec Miranda pour reine. Ariel les détourne de leur chemin grâce à sa musique et Caliban leur dit de ne pas avoir peur, car l'île est souvent pleine de bruits enchanteurs.

Alonso, Gonzalo, Sébastien et Antonio cessent de rechercher Ferdinand et font une pause quand des esprits de forme étrange leur présentent un banquet. Prospéro observe, invisible, tandis qu'ils s'approchent pour manger ; mais le banquet disparaît et Ariel surgit sous les traits d'une harpie et réprimande Alonso, Antonio et Sébastien pour le traitement criminel qu'ils ont infligé à Prospéro et il laisse entendre que la perte de Ferdinand est le châtiment d'Alonso. Les trois coupables sont alors poussés à la folie, avec, en plus, des envies de suicide pour Alonso.

Prospéro va maintenant voir Ferdinand, le libère de sa servitude et salue en lui son futur gendre, mais le met en garde contre une intimité prématurée. Il ordonne à Ariel de présenter une autre illusion – un masque où trois déesses comblent le jeune couple de leurs bénédictions.

Le spectacle s'interrompt lorsque Prospéro repense à Caliban et à son projet de l'assassiner. Il explique à Ferdinand que les êtres qu'il a vus sont des esprits, qu'ils ont disparu, comme il est de règle – tout étant fondamentalement insubstantiel, de l'étoffe des rêves.

Ariel décrit à Prospéro la manière dont il a égaré Caliban et ses deux complices. Prospéro et lui accrochent à un fil une belle garde-robe pour mystifier davantage les conspirateurs et les retarder. Stéphano et Trinculo veulent s'approprier les vêtements, alors que Caliban les presse de commencer par commettre le meurtre. La tentative de vol tourne court car une horde de chiens et de limiers, des esprits en réalité, encouragée par Ariel et Prospéro, se lance aux trousses des coupables.

Sur l'ordre de Prospéro, Ariel va chercher le groupe des nobles. Lorsqu'il décrit leurs souffrances à son maître et lui avoue qu'il les plaint, Prospéro, impressionné par le fait qu'un simple esprit de l'air puisse éprouver de la pitié, décide de suivre l'exemple d'Ariel. Il lui ordonne de les libérer de leur égarement. Puis il déclare que l'heure est pour lui venue d'abjurer sa « magie brute », de briser son bâton et de noyer son livre de sortilèges.

Le groupe des nobles arrive, guidé par Ariel. Prospéro confronte Alonso et Antonio, ainsi que Sébastien, leur complice, quant à leur trahison envers lui, mais déclare qu'il leur pardonne. En aparté, il avertit Antonio et Sébastien : il connaît leur projet d'assassiner Alonso, mais n'en dira rien pour le moment.

Alonso pleure toujours la perte de Ferdinand. Prospéro lui confie qu'il a lui aussi perdu son enfant – une fille –, mais le conduit ensuite à sa « cellule » et lui montre Ferdinand et Miranda qui jouent aux échecs ensemble. Alonso, stupéfait et reconnaissant, accepte le mariage de Ferdinand et Miranda. Miranda, pour sa part, est abasourdie de découvrir soudain un nouveau monde rempli de gens tellement incroyables.

Prospéro lui fait remarquer que c'est pour elle qu'ils sont nouveaux. (Il sait, lui, ce qu'ils valent).

Le maître d'équipage se présente, amené par Ariel, et explique qu'à leur réveil ses matelots et lui ont découvert que leur navire était à l'ancre et intact. Entrent Caliban, Stéphano et Trinculo, dépenaillés et couverts de plaies ; ils sont réprimandés comme il se doit et se repentent. Prospéro reconnaît que Caliban est « cette chose des ténèbres », laquelle est en quelque sorte sienne.

Des plans sont dressés pour le retour en Italie et le mariage imminent. Prospéro rentrera en possession de son duché. Ferdinand et Miranda seront un jour roi et reine de Naples. Ariel veillera à ce qu'ils bénéficient de mers calmes pour leur voyage.

Prospéro termine la pièce par un épilogue, dans lequel il dit au public que puisque ses pouvoirs magiques sont désormais abolis, il doit rester prisonnier de l'île à moins que les spectateurs ne lui pardonnent et ne le délivrent en recourant à leur magie propre pour applaudir la pièce.

REMERCIEMENTS

Ça a été un grand plaisir de travailler sur ce livre, en partie parce qu'il m'a donné l'occasion de lire beaucoup de choses sur Shakespeare et *La Tempête*, ainsi que sur la valeur de la littérature et de l'art dramatique au sein des prisons.

Les livres et films suivants m'ont été particulièrement utiles :

The Tempest de Julie Taymor avec Helen Mirren dans le rôle de Prospéra.

The Tempest dans la version de Globe on Screen avec Roger Allam dans le rôle de Prospéro.

Et la version de *The Tempest* donnée au Festival de Stratford – à laquelle j'ai personnellement assisté – avec Christopher Plummer dans le rôle de Prospéro.

Le *Shakespeare Insult Generator*.

Le livre stimulant de David Thomson, *Why Acting Matters*.

L'essai de Northrop Frye sur *La Tempête* dans *Une perspective naturelle. Sur les comédies romanesques de Shakespeare*.

L'excellente et très utile édition de *The Tempest* dans les Oxford World's Classics series ; l'éditeur en est Stephen Orgel.

« Tempêtes », d'Isak Dinesen, tirée de son recueil de nouvelles intitulé *Anecdotes du destin*.

Worlds Elsewhere, d'Andrew Dickson, qui explore les multiples représentations de Shakespeare à travers le monde et le temps.

Il existe une très longue tradition de littérature carcérale. J'en ai lu ici et là en écrivant mon roman, *Captive*, et plus récemment en travaillant sur *Graine de sorcière*. À part des ouvrages contemporains aussi connus que *Orange Is the New Black*, j'ai été cette fois-ci particulièrement intéressée par des ouvrages traitant de la manière dont la littérature et l'art dramatique étaient enseignés ou vécus au sein des prisons. La série d'essais de Stephen Reid rassemblés dans *A Crowbar in the Buddhist Garden* s'est avérée stimulante dans son ensemble, de même que le stupéfiant roman de Rene Denfeld, *En ce lieu enchanté*. Le témoignage qu'Avi Steinberg a donné dans *Running the Books* sur son travail de bibliothécaire en prison m'a été très utile, de même que *Shaking It Rough*, d'Andreas Schroeder. Plus particulièrement, le mémoire de Laura Bates, *Shakespeare Saved My Life*, a été encourageant. Il m'a été utile d'apprendre que le Bard College organisait des programmes universitaires en prison et de découvrir ensuite qu'il en existait beaucoup d'autres.

Cela posé, il faut aussi préciser que le pénitencier Fletcher est bien entendu une institution fictionnelle. Il n'est pas certain qu'il existe un lieu absolument identique, même si de nombreux établissements ont certaines de ses caractéristiques.

Felix Phillips a emprunté son patronyme à feu Robin Phillips, qui a longtemps été le metteur en scène du Festival de théâtre de Stratford en Ontario, Canada. Pour voir sa magie à l'œuvre, regardez l'excellent documentaire *Robin and Mark and Richard III*, où il transforme, sous vos yeux, un acteur invraisemblable pour en faire le sinistre Richard.

Anne-Marie Greenland joue le rôle de Miranda grâce à des enchères organisées par la Fondation médicale pour l'aide aux victimes de tortures.

Et on peut apprendre beaucoup de choses sur les moyens de converser avec des proches disparus et sur d'autres expériences curieuses dans *L'Ami invisible*, de John Geiger.

Ma gratitude va à mes éditeurs, Becky Hardie, de Hogarth, et Louise Dennys, de Knopf Canada : malgré le calvaire qu'elles endurent depuis longtemps, elles m'ont poussée à en dire plus ; et à ma correctrice-relectrice, Heather Sangster, de Strongfinish.ca. Et aussi à Ellen Seligman, mon éditrice pendant plus de vingt-six ans chez McClelland & Stewart, qui nous a quittés en mars 2016 sans avoir pu lire ce livre.

Merci aussi à mes premiers lecteurs : Jess Atwood Gibson ; Eleanor Cook ; Xandra Bingley ; Vivienne Schuster et Karolina Sutton, de Curtis Brown, mes agents au Royaume-Uni ; et à Phoebe Larmore, mon agent de longue date en Amérique du Nord ; et à Ruth Atwood et Ralph Siferd.

Et à Louise Court, Ashley Dunn, et à Rachel Rokicki, de Penguin Random House, qui m'ont gentiment encouragée à tenir mes délais.

Merci également à Devon Jackson, qui m'a aidée pour une partie des premières recherches sur les prisons. Également à mon assistante, Suzanna Porter ; et à Penny Kavanaugh ; et à V. J. Bauer, qui a conçu mon site web : margaretatwood.ca. Et aussi à Sheldon Shoib et Mike Stoyan. Et à Michael Bradley, Sarah

Cooper et Jim Wooder, à Coleen Quinn et Xiaolan Zhao, ainsi qu'à Evelyn Heskin ; et à Terry Carman et aux Shock Doctors pour garder les lumières allumées. Et enfin, des remerciements spéciaux à Graeme Gibson – un vieil enchanteur, mais heureusement pas celui de ce livre-ci.

TABLE DES MATIÈRES

Prologue : La projection 9

I. Le recul obscur

1. La mer 17
2. Charmes supérieurs 20
3. L'usurpateur 28
4. La tenue magique 35
5. Une pauvre cellule 41
6. L'abîme du temps 49
7. Enfiévré par des études secrètes 56
8. Amène la troupe 63
9. Ses yeux, des perles 77

II. Un beau royaume

10. Une étoile très favorable 85
11. Acolytes 93
12. Presque inaccessible 98
13. Felix s'adresse à la troupe 103
14. Premier devoir : les jurons 114
15. Ô merveille que vous êtes 117
16. Invisible à toute autre prunelle 124
17. L'île est pleine de bruits 132

| 18. Cette île est à moi | 137 |
| 19. Un monstre sacrément ignoble | 144 |

III. Nos comédiens

20. Deuxième devoir : prisonniers et geôliers	155
21. Les gobelins de Prospéro	156
22. Les personnages	164
23. Miranda admirée	171
24. Je t'avertirai des choses d'à présent	179
25. Antonio, le Sale Frangin	186
26. Ingénieux mécanismes	198
27. Toi qui ignores ce que tu es	205
28. Graine de sorcière	209
29. Approche	219

IV. Magie brute

30. Un échantillon de mon art	227
31. La généreuse Fortune, à présent ma protectrice	236
32. Le discours de Felix aux gobelins	246
33. Voici l'heure venue	252
34. Tempête	260
35. Riche et étrange	264
36. Un vrai labyrinthe	270
37. Mes sortilèges tiennent bon	277
38. Pas un froncement de sourcils de plus	282
39. Joyeux, joyeux	286

V. Cette chose des ténèbres

| 40. Dernier devoir | 299 |
| 41. L'équipe Ariel | 304 |

42. L'équipe d'Antonio, le Sale Frangin 307
43. L'équipe Miranda 312
44. L'équipe Gonzalo 317
45. L'équipe Graine de sorcière 322
46. Nos divertissements 329
47. Sont maintenant terminés 334

Épilogue : Délivrez-moi 339
La Tempête : L'original 347
Remerciements 353

10/18, une marque d'Univers Poche,
est un éditeur qui s'engage pour
la préservation de l'environnement
et qui utilise du papier fabriqué à partir
de bois provenant de forêts gérées
de manière responsable.

Imprimé en France par CPI

N° d'impression : 3036851
X07413/01